Die Tränen der Töchter

Khady

Die Tränen der Töchter

Eine afrikanische Frau bricht ihr Schweigen

Unter Mitarbeit von Marie-Thérèse Cuny

Deutsch von Dr. Mechtild Russell
Mit einem Glossar von Dr. Gisela Hack-Molitor

Weltbild

Originaltitel: *Mutilée*
Originalverlag: Oh! editions

Besuchen Sie uns im Internet:
www.weltbild.de

Deutsche Erstausgabe 2006
Weltbild Buchverlag –Originalausgaben–

Projektleitung: Almut Seikel
Redaktion: Jürgen Bolz
Übersetzung: Dr. Mechtild Russell
Glossar: Dr. Gisela Hack-Molitor
Umschlag: Hauptmann & Kompanie
Werbeagentur GmbH, München
Umschlagabbildungen: © Khady Koita (links)
© VEER John Giustina / Getty Images (rechts)
© David Sacks / Getty Images (Hintergrund)
Satz: Andrea Göttler
Druck und Bindung: Bagel Roto-Offset GmbH & Co. KG,
Gewerbegebiet Sachsen-Anhalt Süd,
Kirchweg, 06721 Schleinitz
Gedruckt auf chlorfrei gebleichtem Papier

Printed in Germany

ISBN 3-89897-368-9

Denen, die immer wieder
an Leib und Seele leiden

Salindé

New York, März 2005

Für mich, die Afrikanerin, ist es eisig kalt. Ich laufe, ich bin in meinem Leben immer gelaufen, so viel, dass meine Mutter oft mit mir geschimpft hat.
»Warum läufst du herum? Hör auf, herumzulaufen! Das ganze Viertel kennt dich!«
Manchmal hat sie sogar eine imaginäre Linie auf der Türschwelle gezogen.
»Siehst du diese Linie? Von jetzt an wirst du sie nicht mehr überschreiten!«
Was ich mich beeilte zu tun, um mit meinen Freundinnen zu spielen, Wasser zu holen, über den Markt zu spazieren oder die vorüberziehenden Soldaten zu beobachten, die in ihrer schönen Uniform hinter der Mauer des ihnen zugewiesenen Geländes defilierten. »Laufen« – das war für meine Mutter ihre Art, auf Soninké* zu sagen, dass ich überallhin lief und zu neugierig auf meine Umwelt war.
In der Tat bin ich »mein Leben lang gelaufen«, so weit ich konnte – heute für die UNICEF in Zürich, gestern zur 49. Sitzung der UNO, zur Generalversammlung, die sich für die Rechte der Frau stark machte. Khady ist bei der UNO! Die kämpferische Frau mit dem Namen Khady, das Mädchen von einst mit dem »aufgeblähten Bauch«, wie ihn alle kleinen afrikanischen Kinder haben. Die kleine Khady, die am Brunnen Wasser holen geht, hin-

---

* Erklärungen zu Wörtern aus den afrikanischen Sprachen sowie zu den verwendeten Abkürzungen finden Sie im Glossar ab Seite 217.

ter den Großmüttern und Tanten im Boubou hinterhertrippelt, voller Stolz auf ihrem Kopf das Gefäß mit den Erdnüssen trägt, die gemahlen werden sollen, Khady, der man aufgetragen hat, die schöne bernsteinfarbene, mit Öl überzogene Paste unversehrt zurückzubringen, und die plötzlich in Panik gerät, als sie sieht, wie sich die Paste auf dem Boden ausbreitet! Ich höre meine Großmutter noch hinter mir rufen: »Hast du sie fallen lassen? Du wirst schon sehen!«

Ich sehe sie die Stufen der Eingangstreppe herunterkommen, bewaffnet mit einer Rute aus Besenreisig, während sich meine Schwestern und Cousinen über mich lustig machen! Sie schlägt mich auf den Rücken, den Po, und ungeschickt wie ich bin, fällt mir mein kleiner Lendenschurz vor die Füße! Die Mädchen eilen mir zu Hilfe, und Großmutter, immer noch wütend, wendet sich ihnen zu: »Ihr wollt sie verteidigen? Ich werd's euch schon geben!«

Ich nutze die Gelegenheit, ihr zu entwischen, um mich zu Großvater zu flüchten, mich hinter seinem Faltbett zu verstecken, wo mich niemand suchen wird. Großvater ist meine Zuflucht, meine Sicherheit. Er mischt sich nie in unsere Erziehung ein und überlässt sie den Frauen. Er schreit nicht, sondern er erklärt.

»Khady, wenn man dich nach etwas ausschickt, musst du dich auf das konzentrieren, was du machst! Ich bin sicher, dass du mit deinen Freundinnen gespielt hast und nicht gesehen hast, wie der Topf hingefallen ist.«

Nach der verdienten Tracht Prügel habe ich Anspruch auf Zärtlichkeiten von meiner Großmutter und den Mädchen, auf saure Milch und Couscous, das mich trösten wird. Auch wenn mein Hintern noch grün und blau ist, spiele ich unter dem großen Mangobaum mit den Schwestern und Cousinen mit Puppen. Die kleine Khady wartet auf das Ferienende im September, um in die Schule zu gehen, wie all ihre Brüder und Schwestern.

Meine Mutter legt Wert darauf, es wird uns nie an Heften und Stiften fehlen, dafür wird sie sich krumm legen. Das Leben ist so angenehm in dem großen Haus in den Vororten von Thiès, einer Stadt mit breiten, baumbestandenen Avenuen, einer friedlichen Stadt, im Schatten der Moschee, in der Großvater und die anderen Männer von Sonnenaufgang an beten werden ... Mein Vater arbeitet bei der Eisenbahn, ich sehe ihn nicht oft. Man hat mich – so will es die Tradition – in die Obhut einer Großmutter gegeben und ihr meine Erziehung anvertraut, es ist Fouley, Großvaters zweite Frau, die keine Kinder hat. Bei uns soll eine Frau ohne Kinder nicht unter ihrer Kinderlosigkeit leiden. Das Haus meiner Mutter liegt hundert Meter von dort entfernt, und ich pendle zwischen beiden hin und her und nasche bei der einen wie der anderen von den Leckereien aus der Küche. Großvater hat drei Frauen: Marie, die Mutter meiner Mutter, ist die erste Frau, Fouley, zu der man mich zur Erziehung »gegeben« hat, die zweite, und Asta die dritte – Großvater hat sie nach dem Tod seines älteren Bruders geheiratet, wie es Brauch ist. Sie alle sind unsere Großmütter, Frauen ohne Alter, die uns in gleicher Weise lieben, uns gleichermaßen bestrafen und trösten.

In meiner Geschwisterschar sind wir drei Jungen und fünf Mädchen; zu unserer Sippe gehören jede Menge Cousinen, Nichten und Tanten. Bei uns sind alle Cousin oder Cousine, Tante oder Nichte von irgendjemandem und von allen. Wir wissen nicht, wie viele es sind, manche Cousins kenne ich nicht einmal. Meine Familie gehört zur Kaste der Vornehmen, dem Volk der Soninké, ursprünglich Landwirte und Kaufleute. Früher trieben sie Handel mit Stoffen, Gold und Edelsteinen. Großvater hat bei der Eisenbahn in Thiès gearbeitet und meinem Vater dort Arbeit verschafft. Wir sind eine Familie von Geistlichen und von Landwirten und stellen die Imame des Dorfes. In einer vornehmen Familie, »horé«, wie wir sie nennen – aus einer Schicht, die nichts mit der europäischen Vorstellung von Adel zu tun hat –, ist die Erziehung sehr streng. Man bringt uns bei, ehrlich und treu zu sein und ein einmal gegebenes Wort zu halten, Werte und Prinzipien, die uns unser ganzes Leben begleiten.

Ich bin kurz vor der Unabhängigkeit 1959 geboren, an einem Tag im Oktober. Als ich im Oktober 1966 in die Schule kam, war ich also sieben Jahre alt. Bis dahin habe ich glücklich gelebt, umgeben von Zärtlichkeit. Man hat mich mit Feldarbeit, Kochen und dem Gebrauch der Gewürze vertraut gemacht, die die Großmütter auf dem Markt verkaufen. Im Alter von vier oder fünf Jahren habe ich mein Bänkchen bekommen; Großmutter Fouley hat es für mich machen lassen, denn jedes Kind hat sein Bänkchen. Man setzt sich darauf, um Couscous zu essen, und räumt es dann im Zimmer seiner Mutter oder seiner Großmutter weg, bei derjenigen, von der man erzogen, gewaschen, gekleidet, ernährt, gestreichelt und bestraft wird. Das Bänkchen ist eine stete Quelle von Streitereien zwischen den Kindern: »Du hast meine Bank genommen« – »Das ist nicht deine Bank!« – »Gib ihr ihre Bank zurück, sie ist die Ältere!« Man behält sie lange, bis das Holz kaputtgeht oder man größer geworden ist und eine größere Bank bekommt. Dann kann man sein Bänkchen an ein kleineres Kind weitergeben. Großmutter hat es für mich anfertigen lassen und bezahlt. Ich habe es stolz auf meinem Kopf getragen: Symbol für den Abschied von der frühen Kindheit, wo man noch auf dem Boden sitzt, und den Beginn jener Zeit, in der man sich setzt und läuft wie die Großen. Ich laufe durch die Felder, die Gassen des Marktes, zwischen den Flammenbäumen, den Affenbrotbäumen und den Mangobäumen des Hofes, vom Haus zum Brunnen, von Großmutters Haus zum Haus meiner Mutter. Ich laufe, umgeben von einer schützenden Hülle, die auf brutale Weise zerstört werden wird.

Seitdem ich sieben war, bin ich gelaufen – von Thiès nach New York, über Rom, Paris, Zürich und London, ich habe nie aufgehört zu laufen, vor allem seit dem Tag nicht, an dem die Großmütter mir eröffnet haben: »Heute, mein Kind, wollen wir dich reinigen.«

Am Vorabend sind meine Schwester und meine Cousinen aus Dakar gekommen, um bei uns ihre Schulferien zu verbringen: meine Schwester Daba, sechs Jahre alt, Lélé, Annie und Ndaié, meine Cousinen ersten Grades, und andere, entfernter verwandte Cousinen, deren Namen ich vergessen habe. Etwa zehn Mädchen zwischen sechs und neun Jahren, die mit ausgestreckten Beinen auf der Eingangstreppe saßen, vor dem Zimmer einer meiner Großmütter. Wir spielen »Papa und Mama«, spielen »Gewürze auf dem Markt verkaufen«, spielen mit unseren kleinen Küchenutensilien aus Eisen, die unsere Eltern für uns basteln, spielen mit den Puppen aus Holz und Stofflumpen.

An diesem Abend schlafen wir wie jeden Tag ein, im Zimmer einer Großmutter, einer Tante oder einer Mutter.

Am nächsten Morgen werde ich sehr früh geweckt und unter einer Dusche gewaschen. Meine Mutter kleidet mich in ein geblümtes, ärmelloses Kleid aus afrikanischem Stoff, aber mit europäischem Schnitt. Ich erinnere mich noch an die Farben: kastanienbraun, gelb und pfirsichfarben. Ich schlüpfe in meine kleinen Gummisandalen, meine »tapettes«. Es ist noch sehr früh. In unserem Viertel ist noch alles still.

Wir überqueren den Weg und gehen an der Moschee vorbei, wo die Männer gerade beten. Die Tür steht weit offen, und ich höre ihre Stimmen. Die Sonne ist noch nicht aufgegangen, es ist bereits sehr heiß. Es ist Regenzeit, aber es regnet nicht. In wenigen Stunden wird die Temperatur auf fünfunddreißig Grad ansteigen.

Meine Mutter bringt mich mit meiner Schwester in ein

großes Haus, zur dritten Frau von Großvater, einer Frau von etwa fünfzig Jahren. Sie ist klein, zierlich, freundlich und sehr angenehm. Meine Cousinen verbringen bei ihr ihre Ferien, auch sie sind schon gewaschen und angezogen und warten dort, eine kleine, herausgeputzte Gruppe, unschuldig und leicht unruhig. Meine Mutter geht weg und lässt uns hier zurück. Ich beobachte sie, wie sie sich entfernt, klein und zierlich – eine Mischung aus maurischem Blut und Peul-Blut. Meine Mutter ist eine großartige Frau, eine Dame, die ich zwar wenig kenne, die aber ihre Kinder, Jungen wie Mädchen, ohne Rücksicht auf das Geschlecht erzogen hat. Schule für alle, lästige Pflichten für alle, Bestrafungen und Zärtlichkeiten für alle. Nun geht sie weg und sagt uns nichts. Etwas Besonderes geht hier vor, denn die Großmütter kommen und gehen und diskutieren geheimnisvoll miteinander; wir bleiben ausgeschlossen. Ohne zu wissen, was mich erwartet, weiß ich doch sehr wohl, dass dieses Gerede etwas Beunruhigendes an sich hat. Plötzlich ruft eine der Großmütter uns Mädchen, denn die »Dame« ist da. Mit einem riesigen indigo- und nachtblauen Boubou bekleidet, mit großen Ohrringen behängt, ist sie klein, und ich erkenne ihr Gesicht. Die Dame ist eine Freundin meiner Großmütter und gehört der Kaste der Schmiede an. In ihrer Kaste »beschneiden« die Männer die kleinen Jungen, während die Frauen die kleinen Mädchen »beschneiden«. Zwei weitere Frauen sind ebenfalls anwesend, Matronen mit kräftigen Armen, die ich nicht kenne. Meine Cousinen, die schon größer sind, wissen vielleicht, was uns erwartet, doch sie haben den anderen nichts davon gesagt.
In der Sprache der Soninké eröffnet uns die Großmutter, dass wir »gereinigt werden, um Zutritt zum Gebet zu erlangen« (salindé). Auf Deutsch sagt man »beschneiden«. Es ist ein brutaler Schock. Jetzt weiß ich, was mich erwartet: diese Sache, von der die Mütter zu Hause von

Zeit zu Zeit sprechen, als handele es sich um die Zuerkennung einer geheimnisvollen Würde. In diesem Augenblick habe ich den Eindruck, Bilder wieder zu sehen, die ich sicherlich verdrängt hatte. Die großen Schwestern haben das durchgemacht, aufgeklärt von den Großmüttern, die die Verantwortung für die Führung des Hauses und die Erziehung der Kinder hatten. Wenn ein Mädchen geboren wird, sind sie es, die ihm nach seiner Taufe am siebten Tag die Ohren mit einer Nadel durchstechen und den schwarzen und roten Faden hindurchziehen, damit das Loch sich nicht wieder schließen kann. Sie kümmern sich um Hochzeiten, Geburten, Neugeborene, und sie sind es auch, die unsere Reinigung beschlossen haben.

Die Mütter sind weggegangen. In diesem Augenblick fühle ich mich auf eine merkwürdige Weise im Stich gelassen, aber ich weiß jetzt, dass keine Mutter, auch wenn sie ein starkes Herz hat, mit ansehen kann, was man ihrer Tochter antun wird. Vor allem kann sie ihre Schreie nicht ertragen. Sie weiß, um was es geht, weil sie es selbst durchgemacht hat, und wenn man ihr Kind anrührt, ist es, als würde ihr Fleisch aufs Neue bluten. Trotzdem akzeptiert sie es, denn es ist nun mal so, und sie kann sich nichts anderes als dieses barbarische Ritual vorstellen, durch das man angeblich »gereinigt wird, um beten zu können«, um als Jungfrau in die Ehe zu gehen und treu zu bleiben.

Es ist ein Betrug, dass die afrikanischen Frauen sich diesem Ritual weiterhin unterwerfen müssen, das rein gar nichts mit Religion zu tun hat. In unseren Ländern in Schwarzafrika wird die Beschneidung von den Animisten, den Christen, den Moslems sowie den Falasha-Juden praktiziert. Ihr Ursprung liegt viele Jahrhunderte vor dem Beginn der islamischen Religion. Die Männer haben sie aus verschiedenen – unakzeptablen – Gründen gewollt: um ihre Macht zu behaupten, um sicherzustellen, dass ihre Frauen nicht zu anderen Erzeugern gehen oder dass die Männer von feindlichen Stämmen sie nicht vergewaltigen! Andere, noch absurdere Erklärungen besagen, dass das Geschlechtsorgan der Frauen unrein sei, teuflisch; die Klitoris, selbst teuflisch, würde, wenn sie den Kopf des Kindes bei der Geburt berührt, dieses zu irgendeinem Unglück verdammen, sogar zum Tode. Einige haben geglaubt, dass diese falsche Vorstellung von einem winzigen Penis einen Schatten auf die Manneskraft werfen könne.

Zutreffend ist einzig und allein der Wille zur Beherrschung der Frauen. Man hat die Ausführung den Frauen anvertraut, denn für einen Mann war es ganz und gar ausgeschlossen, diesen intimen Teil weiblicher Sexualität zu »sehen« oder zu »berühren«, auch nicht bei seinen kleinen Töchtern.

Mit sieben Jahren habe ich keine Ahnung davon, dass ich wie alle Mädchen mit einer Klitoris ausgestattet bin und wozu diese gut ist. Ich habe sie nie bemerkt, und ich werde sie auch nicht mehr sehen. Das Einzige, was an diesem Morgen zählt, ist die Ankündigung eines entsetzlichen Schmerzes, von dem ich andeutungsweise gehört habe, wie schrecklich er sein soll. Doch das schien nichts mit mir zu tun zu haben. Die Erinnerung an eine Mutter oder eine Großmutter, die zum Beispiel einem aufsässigen Jungen mit einem Messer oder einer Schere droht, mit einer bedeutsamen Geste auf sein kleines Anhängsel zeigt und dabei sagt: »Wenn du nicht gehorchst, beschneide ich dich!« Der Junge flüchtet immer vor dieser Androhung; an seine Beschneidung hat er eine schmerzliche Erinnerung, doch mit dem Unterschied zu uns Mädchen, dass er später darunter nicht leiden wird und dass es sich in diesem Fall um eine in erster Linie hygienische Maßnahme handelt. Aber ich habe gesehen, dass sie auf seltsame Weise wie Enten liefen, sich anschließend unter Schwierigkeiten hinsetzten

und zwei oder drei Tage, manchmal eine ganze Woche lang jammerten. Ich fühlte mich damals in Sicherheit, da ich ja ein Mädchen war.
Damals, 1967, weiß ich noch nicht, was dieser blutige Schnitt für meine Zukunft bedeuten wird. Er wird mich jedoch auf einen schwierigen, bisweilen grausamen Lebensweg bringen, bis vor die UNO im Jahre 2005.
Mein Herz beginnt heftig zu schlagen. Man sucht uns davon zu überzeugen, bei der Reinigung nicht zu weinen. Wir sollen tapfer sein. Die Großmütter wissen sehr wohl, dass wir jung sind und notgedrungen schreien und weinen werden, aber sie reden nicht von Schmerz. Sie sagen: »Das dauert nicht lange. Es wird einmal wehtun, aber dann ist es vorbei, also sei tapfer.«
Zu diesem Zeitpunkt sehe ich keinen Mann in unserer Nähe. Die Männer sind in der Moschee oder – noch vor der großen Hitze – auf den Feldern. Niemand ist da, zu dem ich flüchten könnte, vor allem nicht mein Großvater. In jener Zeit lasteten die Traditionen des Dorflebens noch schwer auf den Menschen, und für unsere Mütter und Großmütter hieß das, es musste getan werden, und damit basta! Sie selbst stellten keine Fragen, zum Beispiel, ob wir später in der Stadt leben würden oder was in den anderen Häusern geschah, in denen der Wolof. In meiner Straße waren wir nur zwei Familien, die die Salindé praktizierten: die Familie aus der Region Casamance, Mandingo, und die unsrige, Soninké. Weiter weg gab es auch die Tukulor und die Bambara, die die Tradition ebenfalls fortführten. Aber die Beschneidung ist eine Praxis, die geheim bleibt, von der man nicht spricht, vor allem nicht mit den Wolof. Dinge, die man nicht sagen sollte. Unsere Eltern hatten die Vorstellung, uns später mit Cousins derselben Familie zu verheiraten. Sie wollten richtige Soninké-Frauen, traditionelle. Niemand dachte, dass es eines Tages Mischehen geben würde zwischen unterschiedlichen Volksgruppen und Familien.

Soninké, Serer, Peul, Bambara oder Tukulor sind zugewanderte Volksgruppen, die in die Stadt gekommen sind. Und wie in jeder Zuwandererfamilie bemühen sich die Eltern darum, das Dorf nicht zu vergessen und ihre Traditionen an die Kinder weiterzugeben. Es gibt gute Traditionen, aber die Beschneidung ist eine schreckliche.
Die Kinder schweigen und machen sich wahrscheinlich vor Angst fast in die Hose. Aber niemand versucht zu entkommen, das wäre undenkbar. Selbst wenn wir mit den Augen nach jemandem Ausschau halten, der uns von hier wegbringen könnte. Vielleicht der Großvater ... Wäre er sich der Tragweite dieser Handlung bewusst gewesen, hätte er einschreiten können. Aber ich glaube nicht, dass man ihn unterrichtet hat. Die Frauen werfen den Männern vor, sie zu diesem Ritual anzuhalten, doch in vielen Dörfern sagt man den Vätern nichts, außer wenn die Beschneidung als kollektives Initiationsritual durchgeführt und das ganze Dorf informiert wird. In den großen Städten wird die Sache innerhalb der Häuser praktiziert, und dies sogar heimlich, damit die Nachbarn nichts davon merken. Mein Vater war nicht da, man hat ihn nicht nach seiner Meinung gefragt, ebenso wenig wie meinen Großvater mütterlicherseits. Das ist Frauensache, und wir sollen wie diese Frauen werden.
Sie haben zwei große Matten ausgerollt, eine vor der Tür eines Zimmers, die andere am Eingang der Dusche im Innenbereich. Dieses Zimmer ist so wie die Zimmer der Frauen der Familie: ein großes Bett, ein kleines Buffet und einige Metallkoffer, die den Besitz der Frau enthalten. Eine Tür, um zur Waschstelle – ein Loch im Zementboden und ein Wasserkrug – und zur Vorratskammer zu gelangen. Weitere Kleider für uns sind auf dem Bett ausgebreitet. Ich weiß nicht mehr, wer zuerst gerufen wurde, so sehr hatte ich Angst. Man war da und

wollte mit großen Augen zuschauen, um zu erfahren, was da geschah, doch die Großmütter hatten uns das strikt untersagt.

»Geh da weg! Setz dich hin! Setz dich auf die Vortreppe!«

Ich darf nicht sehen, was man mit der anderen macht. Im Inneren sind in diesem Augenblick drei oder vier Frauen und ein kleines Mädchen. Als ich die fürchterlichen Schreie dieses kleinen Mädchens gehört habe, sind mir die Tränen heruntergelaufen. Es gab kein Entrinnen mehr, man musste das durchstehen. Ich wartete als Vierte oder Fünfte, mit ausgestreckten Beinen auf dieser Vortreppe sitzend und bei jedem Schrei erzitternd, mein ganzer Körper war von den Schreien der anderen verkrampft.

Zwei Frauen halten mich fest und ziehen mich in das Zimmer. Die eine, hinter mir, hält meinen Kopf und drückt ihre Knie mit ihrem ganzen Gewicht auf meine Schultern, damit ich mich nicht bewege; die andere hält mich an den Knien fest und spreizt meine Beine. Das Festhalten hängt vom Alter des kleinen Mädchens, vor allem von seiner Reife ab. Wenn es sich sehr bewegt, weil es groß und fest gebaut ist, sind mehr Frauen notwendig, um es unter Kontrolle zu bringen. Ist das Kind klein und ein bisschen mager, sind weniger Frauen da. Die Dame, die die Operation vornimmt, hat für jedes Mädchen eine Rasierklinge zur Verfügung, die die Mütter eigens für diese Gelegenheit gekauft haben.

Mit ihren Fingern zieht sie so weit sie kann an diesem winzigen Stück Fleisch und schneidet, als würde sie ein Stück Zebufleisch tranchieren. Leider kann sie es nicht mit einer einzigen Bewegung machen. Sie ist gezwungen zu sägen.

Die Schreie, die ich von mir gab, klingen mir noch in den Ohren. Ich weinte und schrie: »Ich sag's meinem Vater, ich sag's Großvater Kisima! Kisima, Kisima, Kisima, komm, komm, sie wollen mich umbringen, komm und hol mich, sie wollen mich umbringen, komm ... Maman! Komm! Baba, Baba, wo bist du, Baba? Wenn mein Vater kommt, bringt er euch um, er bringt euch um, er bringt euch um ...!«

Die Frau schneidet, sägt und macht sich gleichzeitig mit einem ruhigen Lächeln lustig, als wollte sie sagen: »Ja, ja, wenn dein Vater kommt, bringt er mich um, so ist das eben ...«

Ich rufe meine gesamte Familie zu Hilfe, Großvater, Vater und Mutter auf einmal, die Worte müssen raus, ich muss meinen Protest herausschreien angesichts dieser Ungerechtigkeit. Mit geschlossenen Augen, denn ich will nicht mit ansehen, kann nicht mit ansehen, was diese Frau gerade verstümmelt.

Das Blut ist ihr ins Gesicht gespritzt. Es ist ein unerklärlicher Schmerz, der mit keinem anderen vergleichbar ist. Als würde man mir das Gedärm herausreißen. Als wäre tief in meinem Kopf ein Hammer. Nach einigen Minuten spüre ich den Schmerz nicht mehr an einer bestimmten Stelle, sondern im ganzen Körper, der plötzlich von einer hungrigen Ratte oder einer Armee von Ameisen befallen scheint. Der Schmerz zieht vom Kopf über den Bauch bis hin zu den Füßen.

Ich war kurz davor, in Ohnmacht zu fallen, als eine der Frauen mich mit kaltem Wasser besprühte, um das Blut abzuwaschen, das auf mein Gesicht gespritzt war, und mich daran hinderte, das Bewusstsein zu verlieren. In diesem konkreten Augenblick glaubte ich, sterben zu müssen, bereits tot zu sein. Ich fühlte meinen Körper nicht mehr richtig, nur dieses schreckliche Zucken aller Nerven in mir, und meinen Kopf, der zu zerspringen drohte.

Gut fünf Minuten lang schneidet und sägt diese Frau, zerrt und beginnt aufs Neue, um sicher zu sein, dass sie alles entfernt hat, und ich höre wie eine entfernte Litanei: »Sei ruhig, wir sind fast fertig, du bist ein tapferes

Mädchen ... Sei ruhig ... Beweg dich nicht! Je mehr du dich bewegst, desto mehr tut es weh ...«

Als sie zu schneiden aufgehört hat, wischt sie das Blut, das reichlich fließt, mit einem in lauwarmes Wasser getauchten Stück Stoff auf. Später hat man mir gesagt, dass sie eine selbst hergestellte Substanz ins Wasser gibt, ich vermute, etwas Desinfizierendes. Anschließend trägt sie mit Ruß vermischte, schwarze Karitébutter zur Vermeidung von Infektionen auf, doch während der gesamten Operation erklärt sie nichts.

Am Ende dann sagt sie:

»Steh jetzt auf!«

Sie helfen mir, denn ich fühle Leere, von den Nieren bis in die Zehenspitzen, und ich kann mich nicht auf den Beinen halten. Im Kopf spüre ich einen wütend hämmernden Schmerz, in den Beinen gar nichts mehr. Mein Körper ist wie gespalten.

In diesem Augenblick hasse ich diese Frau. Und schon ist sie zu einem anderen Mädchen gegangen, mit einer anderen Klinge, um ihm den gleichen Schmerz zuzufügen. Meine Großmütter haben mich wieder in Empfang genommen, mich mit einem frischen Tuch abgewischt, mir einen neuen Lendenschurz angezogen. Wir müssen das Zimmer verlassen. Da ich nicht laufen kann, tragen sie mich über die Treppe und legen mich auf die Matte, zusammen mit den anderen, schon beschnittenen Mädchen, die immer noch weinen. Und auch ich weine, während die Nächste, in Angst und Schrecken versetzt, notgedrungen meinen Platz im Folterzimmer eingenommen hat.

Es ist ein Schmerz, den ich nie habe definieren können. In meinem ganzen Leben habe ich nichts vergleichbar Gewaltsames erlebt. Ich habe Kinder geboren, Nierenkoliken durchlitten – jeder Schmerz ist anders. An jenem Tag glaubte ich zu sterben und nie wieder aufzuwachen. Der Schmerz war so stark, dass ich einschlafen, in Ohnmacht fallen wollte. Diese Gewalt, die man meinem kindlichen Körper angetan hatte, konnte ich nicht verstehen. Niemand hatte mich vorgewarnt – weder meine älteren Schwestern noch meine älteren Freundinnen, niemand. Diese Gewalt war ungerecht und von unnötiger Grausamkeit, weil unerklärlich. Wofür wurde ich bestraft? Wozu diente dieses Ding, das man mir mit einer Rasierklinge weggeschnitten hatte? Warum nahm man es mir weg, wo ich doch damit zur Welt gekommen war? Ich musste etwas Böses in mir tragen, etwas Teuflisches, das man herausreißen musste, damit ich zu Gott beten konnte. Das verstand ich nicht.

Wir blieben auf der Matte liegen, bis die Letzte weinend auf ihr zusammenbrach. Als die »Dame« ihre Aufgabe erledigt und alle beschnitten hatte, säuberten die Frauen das Zimmer vom Blut der »Gereinigten«, bevor sie hinausgingen. Dann endlich kamen die Mütter und Großmütter und trösteten uns.

»Hör auf zu weinen, du warst tapfer, aber weine nicht so. Wenn es wehtut, ist man tapfer, weil es vorbeigeht, alles ist gut gegangen ... Hör auf zu weinen.«

Aber wir können nicht aufhören zu weinen. Weinen ist notwendig, es ist unsere einzige Waffe.

Und die kleinen Jungen im Haus blicken uns schweigend an, wie versteinert angesichts der Blutspuren und der Tränen ihrer Spielkameradinnen.

Die Frau, die mich beschnitten hat, kannte ich. Sie lebt immer noch. Großmutter Nionthou war so alt wie meine anderen Großmütter, sie ging zur gleichen Zeit wie sie zum Markt, und sie besuchte sie regelmäßig als Frau einer Kaste, die ganz für unsere Familie lebte. Die Frau eines Schmiedes hat die Aufgabe, die Mädchen zu beschneiden, ihr Mann beschneidet die Jungen. So wird in dieser Zeit die Tradition der Salindé von Dorf zu Dorf weitergegeben und erreicht auch Thiès, das zweitgrößte Wirtschaftszentrum des Landes.

Großmutter Nionthou kommt noch am selben Abend, um mich zu pflegen, am folgenden Tag und an jedem folgenden Morgen. Am ersten Tag habe ich schreckliche Schmerzen. Ich liege. Ich bin nicht in der Lage, mich umzudrehen, weder links- noch rechtsherum. Ich kann mich nur aufsetzen, indem ich mit den Händen meinen Hintern anhebe, um dadurch meinen Schmerz etwas zu lindern. Doch das bringt keine Erleichterung. Das Bedürfnis, Wasser zu lassen, wenn man es nicht kann, bedeutet einen zusätzlichen Schmerz. Kein Trost kann hier etwas ausrichten. Nicht einmal das traditionelle Frühstück, der Lakh, ein Brei aus Hirse und saurer Milch, der uns zu Ehren zubereitet wurde. Keine von uns bringt ihn herunter. Selbst das Tanzen einer unserer Großmütter, die mit den Youyous in die Hände schlägt, um unsere Tapferkeit zu feiern. Was für eine Tapferkeit? Ich war nicht tapfer, und ich bin froh, nicht tapfer gewesen zu sein. Inzwischen schenkten die Mütter, die Tanten und die Großmütter der Beschneiderin entweder einen Pagne oder einen Boubou, Reis, Hirse, oder auch einen kleinen Geldschein.

Beim Mittagessen merkte ich, dass ein oder zwei Schafe zur Feier dieses Ereignisses geschlachtet worden waren. So wussten die Männer also Bescheid, denn man entscheidet nicht ohne sie, ein Schaf zu schlachten. Und ich sah, wie die Familie es sich schmecken ließ, nachdem man uns ein Gericht angeboten hatte, das wir nicht hinunterbrachten. Ich habe zwei Tage lang nichts essen können. Außer am Abend, wo man uns Suppe gab, um damit unsere Schmerzen zu lindern. Wegen der Hitze musste man auch Wasser trinken. Das frische Wasser brachte für eine oder zwei Sekunden Linderung. Aber die Behandlung tut weh. Das Blut ist geronnen, und die »Dame« kratzt es mit ihrem Rasierer wieder auf. Während eine Schüssel mit lauwarmem Wasser uns Erleichterung bringen würde, muss sie mit dieser verfluchten Klinge weiter zerren und kratzen. Und ich kann nicht schlafen und liege mit gespreizten Beinen – ich habe solche Angst, sie aus Versehen zu schließen und den Schmerz aufs Neue zu entfachen. Man überlegt, was uns beruhigen könnte, und man findet nichts. Wasser, man müsste in Wasser eintauchen können und nicht wieder herauskommen, doch das kommt nicht infrage, solange die Wunde noch nicht vernarbt ist.

»Steh ein bisschen auf und versuch herumzulaufen.«

Unmöglich, ich lehne ab. Ich höre nur auf zu weinen, um vor mich hin zu dämmern, aus Müdigkeit und aus Verzweiflung, denn niemand ist gekommen und hat mich gerettet. Am Abend zwingt man mich, aufzustehen und im Zimmer zusammen mit den anderen zu schlafen, ein Dutzend Gehbehinderte, die auf einer Matte liegen, die Beine seitwärts abgespreizt. Niemand spricht, es scheint, als habe sich ein Schleier aus Blei auf unsere glückliche Kindheit gelegt. Jede hat ihren eigenen Schmerz, der gewiss dem Schmerz der anderen gleicht, von dem man jedoch nicht weiß, ob er von ihr auf die gleiche Weise empfunden wird. Bin ich weniger tapfer als die anderen? In meinem Denken geht alles durcheinander. Ich weiß nicht, wem ich böse sein soll. Dieser Dame, die ich sofort gehasst habe? Meinen Eltern? Meinen Tanten? Meinen Großeltern? Ich bin, glaube ich, böse auf alle. Ich bin böse auf das Leben. Als ich verstanden habe, was mich erwartete, hatte ich große Angst vor etwas, von dem ich hoffte, es möge eine völlig unbedeutende Sache sein. Ich wusste nicht, dass man so tief schneiden würde und dass der Schmerz so stark sein würde, dass er so lange, mehrere Tage, andauern würde, bevor er nachließ. Die Großmütter haben pflanzliche Aufgüsse gebracht, um uns die Stirn zu kühlen, und heiße Bouillon zu trinken gegeben, um die Bauchkrämpfe zu lindern.

Die Tage gehen vorbei, und der Schmerz lässt langsam

nach, doch die Seele tut noch weh. Selbst wenn man vier Tage später keine körperlichen Schmerzen mehr hat, leidet man im Kopf weiter. Er kocht innerlich, als wollte er explodieren. Vielleicht weil ich ihn, auf meiner Matte liegend, nicht hin und her drehen konnte, vielleicht, weil ich zwei Tage brauchte, bis ich wieder Wasser lassen konnte. Das war das Schlimmste. Die Großmütter erklären uns, dass der Schmerz umso größer sei, je länger man den Urin hielte. Sie haben Recht, aber man muss es können, und ich habe Angst, denn die Erste, die versucht hat, Wasser zu lassen, hat es nicht geschafft, und ich habe sie entsetzlich schreien hören, als würde sie noch einmal beschnitten. Die anderen halten sich seitdem zurück. Einige sind mutiger gewesen und haben sich noch am Abend erleichtert. Ich habe erst nach zwei Tagen Wasser lassen können, mit zusätzlichen Schmerzen. Ich habe noch einmal geschrien, und ich habe so geweint ... Noch eine gute Woche Behandlung, mit regelmäßigen Verbänden, morgens und abends, mit Karitébutter, mit zerstoßenen Pflanzen, so geheimnisvoll wie die Worte, die die Frau murmelt, wenn sie diese aschegeschwärzte Mixtur aufträgt. Diese Litanei, mit Gebeten vermischt, soll bösen Fluch vertreiben und uns bei der Heilung helfen. Man glaubt daran, auch wenn man sich nicht auskennt. Diese Frau unterzieht mich einer Gehirnwäsche, indem sie von Dingen spricht, die sie allein kennt, so wird das Blut aufhören zu fließen, so werde ich vor dem bösen Blick sicher sein.

Dann tauchen Großvater und die Männer nach und nach wieder auf. Ich vermute, dass sie gewartet haben, bis das Schreien und Weinen aufhört. Ich erinnere mich daran, wie Großvater seine Hand auf meinen Kopf legte und einige Minuten lang ein Gebet sprach, bevor er ohne weiteren Trost wieder ging.

Doch ich sage ihm nichts. Ich rufe ihn nicht mehr zu

Hilfe, das ist vorbei, es ist nicht mehr nötig. Dennoch hatte er nicht den Blick, den er an glücklichen Tagen hatte. Wenn ich daran denke, sage ich mir, dass er an diesem Tag nicht zufrieden war ... Er konnte nichts tun: es war ihm unmöglich, diesen Frauen das Ritual zu verbieten, das sie selbst durchgemacht hatten.

Und mir blieb nichts anderes übrig, als den Frauen zu glauben.

»Du wirst es bald vergessen, dann kannst du laufen und rennen wie vorher.«

Wenn die Schmerzen vorbei sind, kann man vergessen. Und das war nach einer langen Woche der Fall. Etwas hat sich unwiederbringlich in mir verändert, aber ich mache es mir nicht bewusst. Es musste erst Zeit vergehen, bis ich die Narbe ansehen konnte. Ich muss wohl Angst davor gehabt haben, und es gehört auch nicht zu den Dingen, die uns die Frauen beibringen. Sie bringen uns bei, es zu waschen, dieses Geschlechtsorgan, dem man nur als einem unvermeidlichen Teil von sich selbst Beachtung schenkt. Man darf es nie vergessen, damit keine schlechten Gerüche davon ausgehen, das sagen uns die Mütter immer wieder.

Drei oder vier Wochen später, nachdem die Cousinen wieder nach Hause, nach Dakar, zurückgekehrt waren und jede von ihnen ihr normales Leben wieder aufgenommen hatte, trieb mich die Neugier, nach dem zu suchen, was man mir entfernt hatte. Es gab dort nur eine hart gewordene Narbe, die ich mit meiner Hand leicht berührte, denn es tat noch weh, und ich vermutete, dass man dort geschnitten hatte. Aber was?

Fast eineinhalb Monate lang habe ich diesen inneren Schmerz gefühlt, wie ein Geschwür, das nicht aufgehen konnte. Aber ich habe nicht mehr daran gedacht, ich habe nicht einmal Fragen gestellt. Auch mir selbst habe ich keine Fragen gestellt. Die Großmütter hatten Recht, man vergisst. Niemand warnt uns davor, dass unser zukünftiges Leben als Frau nicht so sein wird wie bei anderen Frauen. Eines Tages kam eine Wolof-Frau aus dem Viertel zu uns ins Haus. Sie unternahm Reisen nach Mali und kannte sich in dem Thema gut aus. An diesem Tag waren gerade zwei kleine Cousinen beschnitten worden. Und ich habe gehört, wie diese Frau ganz laut sagte: »Ah! Und ihr Soninké, ihr macht noch immer diese barbarischen Sachen da? Ihr seid nicht aufgewacht, ihr seid Wilde geblieben! Diese Dinge da, das ist barbarisch!«

Sie hat dies lachend gesagt, scherzhaft, so wie es in Afrika üblich ist, um seinen Gesprächspartner nicht zu verletzen. Ich bin erst vor gut zehn Jahren darauf aufmerksam geworden, als ich angefangen habe, zu verstehen, dass mein Schicksal als Soninké-Frau in diesem intimen Schnitt seinen Ursprung hatte, der mich für immer von einer normalen Sexualität trennte. Dass es einst eine unbekannte Blume in mir gegeben hatte, die nie zur Blüte gelangen konnte.

Und es gab viele Afrikanerinnen wie wir, die glaubten, dass dies die Norm sei. Dass es normal sei, zu einer Frau zu werden, die nur dem Vergnügen eines Mannes zu dienen habe. Der nur noch die frische Blume aufzuheben habe, die für ihn abgeschnitten worden war, und ihrem vorzeitigen Verwelken zuzusehen habe.

In einer Ecke meines Kopfes sitze ich immer noch unter dem Mangobaum am Haus meiner Großeltern, dort wo ich glücklich und körperlich unversehrt war. Bereit, zum jungen Mädchen, dann zur Frau heranzuwachsen, bereit zu lieben, denn das hatte ich mir natürlich gewünscht … Man hat es mir verwehrt.

Jugend

Großmutter Fouley ist nicht mehr. Ihr wohlwollendes Gesicht, ihr friedlicher Gang haben sich meinem Gedächtnis für immer eingeprägt. Ihr strahlendes Bild ist mir geblieben. An diesem schlimmen Tag der Beschneidung hätte sie mich nicht vor der Barbarei »gerettet«, aber sie hätte mich besser als jeder andere getröstet, und sie hat mir furchtbar gefehlt. Während dieser langen Leidenswoche, wo ich auf meiner Matte liege, von Schmerzen geplagt, unglücklich, gedemütigt, denke ich an sie, ich sehe sie in ihrem großen hellblauen, weiß geblümten Boubou. Sie geht sicheren Schrittes, zuversichtlich und fest, nicht zu schnell und nicht zu langsam, außer wenn sie aufs Feld geht, denn da muss man sich beeilen, bevor die Sonne hoch am Himmel steht, und zurückkommen, bevor sie um die Mittagszeit brennt. Wenn ich mich hetze, so kommt dies wahrscheinlich aus der Zeit, als ich ihr gefolgt bin.

Wenn sie zum Markt geht, ist ihr Gang leichter, der Korb auf ihrem Kopf ist mit Gewürzen gefüllt, mit Erdnusspaste, Gombopulver und gefaltetem Papier, das man Zementsäcken entnommen hat, um damit die Käufer zu bedienen.

Großmutter hält mich an der Hand, ihre beiden Mitfrauen begleiten sie, und ich laufe hinter diesen drei Boubous her. Auf dem Markt stellen sich die drei Frauen in der gleichen Reihe auf, jede vor ihrem alten Holztisch, den sie mit einem Plastiktischtuch bedecken. Die Plätze sind im Voraus reserviert, und jeden Tag bezahlt man bei dem Gemeindebeamten eine Gebühr, die man »duty« nennt. Am Ende des Vormittages kommt er und

holt sich das, was ihm zusteht. Für jeden Tag bezahlt man eine Gebühr, unabhängig davon, ob man seine Ware verkauft hat oder nicht. Der Preis ist immer gleich, außer bei den großen Tischen. Aber für die kleinen Tische meiner Großmütter zahlt man zwischen fünfundzwanzig und fünfzig CFA-Francs.
Ich bleibe auf einer kleinen Bank sitzen, um ihnen zuzusehen. Von Zeit zu Zeit geht Großmutter zur Toilette oder kauft Fisch, wenn reichlich davon gefangen worden ist, denn an solchen Tagen ist er sehr viel billiger. Dann nehme ich voller Stolz ihren Platz ein. Wenn jemand vorbeikommt, muss ich erst den Preis sagen, dann kassiere ich das Geld und lasse es unter das kleine Plastiktischtuch gleiten. Ich verkaufe auch die kleinen, von Großmutter vorbereiteten Tüten, doch wenn jemand Erdnusspaste will, bitte ich eine der anderen Großmütter, dem Kunden die Tüte mit einem Löffel zu reichen, denn ich bin noch zu klein, um den Preis und die Menge abschätzen zu können. Wenn eine der Großmütter weggegangen ist und ihre Waren noch auf dem Tisch sind, wird immer eine andere aufstehen und sie vertreten und das Geld für sie beiseite legen. In meiner Familie habe ich keinen ernsthaften Streit zwischen den Frauen im Haus von Großvater erlebt. Sie leben die traditionelle Polygamie ohne Konflikte.
Gegen Mittag werden die kleinen Tüten in den Korb zurückgelegt, das Plastiktischtuch wird sorgfältig wieder zusammengefaltet, der Tisch wird auf den Kopf gestellt, die Bank daneben, und man geht weg, um am nächsten Tag wiederzukommen. Meine Großmütter gehen nur auf den Markt, wenn es einen Überschuss an Gewürzen zu verkaufen gibt. Der Ertrag aus der Landwirtschaft dient zuallererst der Ernährung der Familie. Man baut nicht an, um zu verkaufen, sondern in erster Linie, um satt zu werden. Man verkauft daher nur Gewürze und Erdnusspaste, niemals verlassen Hirse und

Reis die Speicher. Es kommt vor, dass es nichts mehr zu verkaufen gibt, doch wir haben immer genug zu essen. Wenn die Reis- oder Hirsesäcke leer sind, endet die Solidarität der Frauen aus dem Viertel keineswegs, egal welcher Volksgruppe sie angehören, den Mandingo, den Wolof oder den Serer, ob sie Schmiede sind, ob moslemisch, christlich oder animistisch. Das ist unsere Stärke, wie die unserer Familien, die traditionsgemäß zusammenhalten, sogar wenn sie zugewandert sind. Und in diesen Familien ist das kleine Kind König. Man braucht viele Kinder, um das Alter der Eltern und Großeltern zu sichern. Bei uns gibt es für niemanden, abgesehen von den Beamten, eine Sozialversicherung, eine Rente, ein Mindesteinkommen; es ist eine Welt des Sichdurchmogelns, der Wiederverwertung von allem und der kleinen Geschäfte.

An einem Frühlingstag, als Großmutter Fouley gegen elf Uhr vom Markt zurückkommt, füllt sie ihren Eimer im hinteren Zimmer, um zu duschen und dann in die Moschee zum Freitagsgebet zu gehen, und plötzlich fällt sie mit voller Wucht vor mir hin. Ich knie allein neben ihr. Ich schreie und laufe weinend weg, um Hilfe zu holen:

»Großvater! Großmutter ist hingefallen! Schnell!«

Großvater ist sehr groß, vor allem für mich, die ich kaum sieben Jahre alt bin. Er muss fast zwei Meter groß sein, und seine körperliche Kraft ist beeindruckend.

Er hebt Großmutter mit einem Griff auf und trägt sie zu seinem Bett.

»Hör auf zu weinen, gib mir ein Laken, um sie zuzudecken, und ruf deine Tanten.«

Alle Frauen kommen herbeigelaufen, und ich setze mich wieder zu ihr. Sie ist nicht ohnmächtig, sie spricht, sie betet für mich.

»Sei immer mutig im Leben. Gott möge dir helfen, Gott segne dich ...«

Die Stimme ist noch klar, dann verliert sich das Gebet in

einem schwächer werdenden Gemurmel. Die Erwachsenen glauben zunächst an ein einfaches Unwohlsein, und Großvater versucht, seine Frau zu beruhigen. Die Kinder zu beruhigen. Meine beiden Cousinen sind an ihr Bett gekommen, und Großmutter betet nun mit kaum hörbarer Stimme.

»Seid immer folgsam und habt Achtung, so wie ihr es mit mir haltet; ich bete darum, dass ihr immer zusammenbleibt, lasst die Familie nicht auseinander gehen ...«

Nach und nach verliert sich ihre Stimme, und sie versinkt in eine Art Koma. Die Frauen betupfen ihre Stirn mit frischem Wasser und massieren ihr die Beine. Die ganze Familie ist nun bei ihr und hält Wache, bereitet ihr Salben, alles, was ihr Erleichterung bringen könnte. Aber Erleichterung wovon? Warum ist sie so plötzlich gestürzt, mit fünfundfünfzig Jahren? Ich werde es nie erfahren.

Es ist Freitag. Niemand hat daran gedacht, Großmutter gleich ins Krankenhaus zu bringen. Zu dieser Zeit, aber auch heute noch, ist eine Behandlung im Krankenhaus im Senegal schwer zugänglich und sehr teuer. Großvater hat inzwischen nach dem leitenden Arzt der Region Thiès geschickt (einem Onkel der Familie), aber er hat den Boten nicht in den Ernst der Lage eingeweiht, und dieser Arzt, der Onkel, ist erst am Spätnachmittag gekommen.

Er scheint mir sehr ungehalten, als er sich respektvoll an Großvater wendet.

»Dieses Mal höre ich nicht auf dich und bringe sie ins Krankenhaus!«

Großvater selbst geht nie ins Krankenhaus, wenn es ihm einmal schlecht geht. Seine eigene Widerstandskraft, die er vielleicht seiner Abstammung von den Peul und Soninké zu verdanken hat, macht ihn blind gegenüber der Schwäche anderer Menschen, und ich meine mich zu erinnern, dass Großmutter schon früher gesundheitliche Probleme gehabt hatte; heute verstehe ich die Warnsignale. Ich hätte sie gern ins Krankenhaus begleitet und bei ihr gewacht, aber Kinder dürfen das nicht, nur die Mitfrauen dürfen sie dort pflegen. Wenn jemand ins Krankenhaus aufgenommen wird, muss ihm unbedingt ein Familienmitglied bei der Pflege behilflich sein.

Ohne meine Großmutter bin ich verloren. In dieser Nacht werde ich nicht schlafen.

Am Samstagabend gegen acht Uhr sind die beiden anderen Großmütter aus dem Taxi gestiegen und haben gerufen: »Fouley ist tot!« Ich bin gerade auf dem Treppenabsatz vor Großmutters Zimmer, und dieser Schrei wird für immer in meinem Gedächtnis bleiben. Zum ersten Mal in meinem Leben bin ich mit dem Tod konfrontiert. Großmutter Fouley ist meine Bezugsperson, meine eigene Mutter kenne ich eher wenig, sie hat mich sehr früh der Obhut der Großmutter anvertraut.

Großvater geht allein in sein Zimmer zurück; er muss wohl länger gebetet haben, bevor er wieder herauskommt und den Frauen sagt, sie sollten aufhören zu weinen.

»Weinen hilft nicht, das ist nicht gut, geweinte Tränen sind heißes Wasser, das auf ihren Körper fällt. Es ist besser, für sie zu beten!«

Diese traditionelle Formel, die ich zum ersten Mal höre, soll die weinenden Frauen beruhigen.

Ich fühle Leere. Die erste Ungerechtigkeit, deren ich mir bewusst bin. Warum sie? Warum geht sie weg? Die Großmütter verstehen meine Verzweiflung und die meiner Cousinen: die drei Enkelinnen, die sie aufgezogen hat, haben den Halt und Schutz ihres Lebens verloren. Sie versuchen, uns zu trösten, jedoch ohne viel Erfolg.

Gestern war ihr Zimmer schon leer, und es wird leer bleiben. Nur dies spüre ich, die Leere, die ich vergeblich mit meinen Tränen zu füllen suche. Am Sonntag-

morgen bringt man sie vom Krankenhaus nach Hause, denn die Bestattung muss schnell vorgenommen werden.
In den 1960er-Jahren gibt es kein Telefon; man muss eine Liste mit den Namen der Angehörigen der Familie aufstellen und diese zur nationalen Rundfunkstation bringen lassen, die sie am nächsten Tag verbreitet. Jedes Mitglied dieser Familie muss informiert werden, wenn einer von uns gestorben ist.
Im Senegal sind auch heute noch regelmäßig diese Ankündigungen zu hören. Ob es ein Minister ist, ein Präsident, irgendein Direktor oder der ärmste Bauer – jeder Einzelne ist wichtig, wenn er geht, und seine gesamte Familie – die in den Heimatdörfern zwangsläufig groß ist – muss davon erfahren.
Ich habe diese Mitteilungen schon gehört, ohne ihnen viel Beachtung zu schenken. Ich habe schon Trauerzüge bis zur Moschee, unweit von Großvaters Haus, ziehen sehen. Aber im Alter von sechs oder sieben Jahren ist der Tod noch unwirklich, er betrifft nur die anderen und hat keine Bedeutung für einen selbst.
Dieses Mal ertönt der Name meiner Großmutter im Radio mit der Ankündigung, dass Gott sie heimgerufen hat. Ich höre die Ankündigung um zwölf Uhr mittags, an diesem dunklen Frühlingssonntag. Ich werde nicht mehr mit ihr aufs Feld gehen, und sie wird mich nicht mehr auf ihrem Rücken tragen. Seit ich fünf oder sechs war, nahm sie mich mit, manchmal auf Großvaters Esel, manchmal auf dem Rücken. Ich hatte mein kleines Werkzeug, die Daba, um die Erde aufzukratzen und das Unkraut zu entfernen, das an den Erdnüssen klebte. Aber ich wollte mich eher unter einem Baum ausstrecken. Auf einem der Felder war ein Kapokbaum, auf einem anderen eine Art Akazie, auf einem dritten noch ein gewaltiger Niembaum, so groß wie ein Affenbrotbaum, jedoch mit immergrünem Laub, der sehr bittere,

ungenießbare Früchte trägt. Man verwendet seine Blätter in abgekochter Form für Massagen, bei Erschöpfung oder bei Fieber. Ich lief in alle Richtungen über das Feld, ich ruhte mich unter einem Baum aus, dann nahm ich für fünf Minuten mein Werkzeug wieder auf.

»Oh, wie bin ich müde, Großmutter ...«

Vor nicht allzu langer Zeit trug sie mich noch auf ihrem Rücken, und Großvater sagte zu ihr: »Du bist doch verrückt, dies Kind ist doch schon sieben!«

Einmal wäre ich vor der Haustür beinahe von einem Fahrrad umgefahren worden, und meine Großmutter hat mich praktisch den ganzen Tag lang getragen. Alle Welt hat gelacht, sogar Großvater: »Wenn dir morgen der Rücken wehtut, brauchst du dich nicht zu beschweren!«

Die Frauen haben ihren Leichnam mit sieben Metern weißem Tuch bedeckt. So trägt man sie auf einer Bahre zur Moschee. Die Männer bleiben dahinter stehen, um zu beten. Die Familie holt Tücher, handbestickte festliche Überwürfe, mit denen man den Leichnam bedeckt, um ihn zum Friedhof zu bringen. Dann nimmt man den Überwurf weg, es folgt die Grablegung.

Großvater hat ein wenig Sand vom Grab mitgenommen, und eine Frau sagt zu uns: »Ihr drei werdet diesen Sand in euren Wassereimer tun und euch damit abspülen.«

Nach dieser Dusche bedeckt man uns den Kopf mit den Überwürfen, die Großmutter zu ihrem Grab begleitet haben. Später hat man mir erklärt, warum man dieses Ritual durchführt: damit der Schmerz gelindert wird, uns keine Albträume quälen, aber auch, damit man die Verstorbene nicht vergisst.

Großmutters Schwester, die im Kongo lebt, konnte nicht an der Beisetzung teilnehmen und traf erst einige Tage später ein. In Afrika wartet der Leichnam nicht, er muss sofort bestattet werden. Großvater war in diesem Punkt sehr streng, man darf den Leichnam nicht zu Hause auf-

bahren, keine tagelangen großen und kostspieligen Zeremonien abhalten wie gewisse Familien, weshalb er sagte: »Wenn du jemanden verlierst, verlierst du dein Vermögen.«
Als diese Tante dann kam, war ich schon in der Schule angemeldet. Nach einigen Wochen sollte sie mit meinen beiden Cousinen, ihren beiden Töchtern, in ihr Dorf zurückkehren. Für die Tante war es selbstverständlich, dass ich mit ihnen gehen und bei ihnen leben würde; denn es war ja ihre Schwester, die uns alle drei erzogen hatte, und nun war es an ihr, diese Aufgabe zu übernehmen. Großmutter Fouley hatte unsere Erziehung begonnen, und nach der Tradition war es an ihrer Schwester, sie zu vollenden.
Seit dem Tod meiner Großmutter flüchte ich mich öfter zu meiner Mutter, auf die andere Seite der Straße. Die Situation ist etwas heikel, denn »aus Gründen der Diplomatie« können weder meine Mutter noch mein Vater es ablehnen, mich dieser Tante anzuvertrauen. Mein Vater antwortet ihr also, dass ich für den Monat September schon an der Schule angemeldet bin und in den nächsten Schulferien zu ihr kommen werde.
Ich glaube, meine Mutter wollte mich in ihrer Nähe behalten, ebenso mein Vater, der, trotz seiner Arbeit und seiner Abwesenheiten, ein beschützender Papa ist. Weil sie nicht sagen konnten, dass sie ihre Tochter behalten wollten, haben sie aus Höflichkeit die Schule als Ausrede benutzt. Meine Mutter legte großen Wert darauf, dass ihre Kinder, Jungen wie Mädchen, etwas lernten, denn sie selbst ist Analphabetin. So ist es mir erspart geblieben, in einem kleinen Dorf achthundert Kilometer von Thiès entfernt, am Fluss Senegal, zu landen, einem Dorf ohne Schule, wo ich niemanden gekannt hätte, bis auf meine beiden Cousinen und einen jüngeren Bruder von Großvater, der uns gelegentlich in Thiès besuchte.
Ich hatte Angst, dorthin zu gehen. Ich wollte im Kreise

der Familie bleiben, bei meinen Eltern. Großmutter Fouley hatte uns verlassen, aber es gab noch die Mutter meiner Mutter. Es waren also immer noch genügend Großmütter da, und ich liebte auch meinen Großvater sehr.

Wenn ich ihn um Geld bat, um Bonbons zu kaufen, sagte er nicht Nein, selbst wenn er mich ermahnte: »Eine einzige Münze! Und jetzt hau ab! Du denkst nur ans Bonbonkaufen, weißt du, wie man Geld verdient? Bald gibt es Essen, wenn du jetzt Bonbons isst, wirst du mittags nichts essen.«

Auf jeden Fall hatte ich die Münze. Er gab sie mir, auch wenn er mich vertrösten wollte: »Warte, du bekommst sie gleich oder morgen ...«

Sobald ich die Münze bekommen hatte, verließ ich das Haus und lief zum Laden oder zu meinen Tanten, die immer etwas zu verkaufen hatten – einen kleinen Krapfen, salzig oder süß, oder eine kleine Teigtasche mit einer Fisch- oder Fleischfüllung, je nachdem, welcher Tag gerade war. Der Kaufmann gab mir, was er an Bonbons hatte, oder einen Krapfen, den ich sofort verschlang, sobald ich im Zimmer von Großmutter Fouley Zuflucht gefunden hatte. Wenn andere kleine Kinder in meiner Nähe waren, zerbrach ich das Bonbon mit einem Stein in zwei oder drei Teile, um ein Stückchen davon abgeben zu können! Mit fünf Centimes konnte man ein oder zwei Bonbons kaufen. Zu der Jahreszeit, in der es Früchte gab, konnte man eine oder zwei Mangos dafür bekommen. Wenn es eine Orange war, schälte und viertelte man sie, um sie dann zu teilen, doch wenn es eine Mangofrucht war, wusch man sie und trocknete sie gut ab, dann biss man direkt in die Schale und gab die Frucht dem Nächsten, der seinerseits hineinbiss.

»He! Beiß aber nicht zu fest ...«

Man aß abwechselnd, bis nur noch der Kern übrig war. Den leckte man dann noch ab. Ich erinnere mich an

Großmutter Fouley, die uns einen Klaps auf den Nacken gab.
»Jetzt ist es aber genug, wirf den Kern weg, es reicht ... Und wasch dir den Mund und die Hände!«
In diesem Haus hatte ich eine eigene Bank. Das war mein symbolischer Platz im Kreise der Familie. Und Großmutter herrschte über mein Leben, ein Leben voller Liebe, das war sehr wichtig für mich. Sie kleidete mich nach ihrem Geschmack, wusch und frisierte mich, machte meine Zöpfe auf, um meine Haare einzuseifen, sie zu kämmen und mir aufs Neue Zöpfe zu flechten. Sie verbrachte einen ganzen Nachmittag damit, mir Zöpfe zu flechten. Sie wusch meine Kleider und bügelte sie. Ich war immer sauber und gut gekleidet, denn sie nahm es sehr genau; alles musste an seinem Platz sein, in dem großen Raum, in dem wir zu dritt mit ihr lebten. Es gab zwei richtige Betten, handgenähte Matratzen aus Raphiabast. Ich schlief bei ihr, und meine beiden Cousinen schliefen zusammen in dem anderen Bett. Morgens beim Wecken hieß es: »Spül deinen Mund aus, man sagt nicht ›guten Morgen‹, bevor man nicht den Mund ausgespült hat!« Die Erziehung war streng, Sauberkeit war ebenso unverzichtbar wie die Achtung vor den anderen.
Dieses Leben mit meinen beiden Cousinen im Zimmer von Großmutter Fouley war nun zu Ende.
Ich blieb noch kurze Zeit bei meinem Großvater, zwei oder drei Monate. Und dann gab es ein Erlebnis, das mich im Hinblick auf mein künftiges Schicksal hätte alarmieren müssen.
Es war die Heirat der Ältesten, meiner großen Schwester. Sie ist jung und geht noch zur Schule. Mir scheint, dass sie an dem Tag, an dem man ihr einen Heiratsantrag gemacht hatte, gerade weggegangen war, um die Ergebnisse ihrer Prüfungen zu erfahren, die sie im Übrigen glänzend bestanden hatte. Bei ihrer Rückkehr erfährt sie von

ihrer Heirat. Sie will es nicht, und sie schreit es laut heraus. Doch wir sind als künftige Ehefrauen erzogen. Die Frauen stehen früh auf und gehen spät schlafen. Die kleinen Mädchen lernen kochen, helfen ihren jungen Müttern und gehorchen dem Patriarchen des Hauses. Jede von uns liebte Großvater; für uns Kinder war es ein großes Glück, mit ihm essen zu dürfen. Er war sehr offen und zärtlich, doch sobald er ein Wort sagte, schwiegen alle. Die Unterordnung unter seine Autorität war allgegenwärtig. Ich fürchtete ihn, wie meine Schwestern und Cousinen, denn wenn wir zu undiszipliniert waren, musste nur eine der Frauen zu ihm gehen und es ihm sagen, und die Bestrafung ließ nicht lange auf sich warten. Großvater lief uns nicht hinterher, er wusste genau, dass wir früher oder später in sein Zimmer kommen mussten und dass es Prügel geben würde.

Großvater rief meine große Schwester zu sich.

»Du wirst mir einen Brief schreiben!«

Dies war seine Art, sie zu einem ernsten Gespräch zu sich kommen zu lassen.

Er hatte Verwandte in Frankreich, und sie erledigte Schreibarbeiten für ihn. Meine Großeltern und meine Mutter waren Analphabeten, mein Vater las den Koran, er kannte ihn auswendig. Er war sehr religiös, respektvoll und tolerant. Doch nur meine Mutter und mein Vater haben begriffen, dass es wichtig ist, uns zur Schule zu schicken – wir waren acht Geschwister, und alle acht haben wir etwas gelernt. Die einen mehr als die anderen, aber alle haben die Primarschule abgeschlossen oder die mittlere Reife erlangt. Nur die Jungen haben das Abitur gemacht, während für die Mädchen das Lernen mit der mittleren Reife aufhörte, der Punkt, wo es für die Eltern wichtig ist, sie zu verheiraten. Meine älteste Schwester hatte gerade ihre mittlere Reife erlangt, sie wollte weiterlernen und dachte nicht ans Heiraten.

Als sie in Großvaters Zimmer kommt, denkt sie in ihrer

Naivität, dass sie wirklich einen Brief schreiben soll. Er hat schon sein Werkzeug vorbereitet, um sie zu schlagen, einen Strick. Warum sie diesen Mann nicht heiraten will? Es ist nicht erlaubt, Nein zu sagen! Und er schlägt sie hart. Sie hat nie ihre Meinung geändert, sie hat immer wieder Nein gesagt. Und trotzdem musste sie diesen Mann heiraten, den sie nie geliebt hat. Sie waren nur zwei Jahre lang verheiratet, in dieser Zeit hat sie eine kleine Tochter bekommen. Dieser Mann war älter als sie, er hatte schon eine erste Frau und Kinder. Ich bin meiner Schwester für eine gewisse Zeit nach Dakar gefolgt. Wenn damals eine Schwester heiratete, begleitete eine der jüngeren Schwestern sie, um ihr zu helfen und ihr Gesellschaft zu leisten. Die erste Frau war gar nicht nett zu meiner Schwester. Ich spielte mit ihren Kindern, doch wir fühlten uns in dieser Dienstwohnung nicht wohl – der Mann war Beamter. Es war kein Haus wie bei uns: kein Hof mehr, kein Mangobaum mehr, in dessen Schatten man sich hätte ausruhen können, ich war eingesperrt. Für meinen Großvater und meine Eltern war diese Heirat eine Familienangelegenheit, wie immer. Man heiratet nur unter Verwandten, manchmal sehr nahen Verwandten. Die berufliche Stellung des Ehemanns ist nicht unbedingt ausschlaggebend, entscheidend ist, dass man blutsverwandt ist …

Es war die Zeit der Veränderungen. Meine Mutter war in die Eisenbahnersiedlung von Thiès umgezogen, wohin mein Vater versetzt worden war, und als ich mit meiner kleinen Schwester zu ihr zog, mussten wir nun mit der zweiten Frau meines Vaters leben, in einem herrlichen großen Haus aus der Kolonialzeit. Maman verstand sich mit dieser zweiten Frau nicht gut, doch mit ihrem ruhigen und besonnenen Charakter provozierte sie keinen Streit. Die Büros der Eisenbahn waren nicht weit, auch der Bahnhof nicht. Man lebte dort sehr gut. Unser Vater war öfter zu Hause, so konn-

te er mit seinen Töchtern spielen. Wir hatten wirklich Spaß. Die dunklen Stunden, die ich erlebt hatte, der Tod von Großmutter Fouley, die Beschneidung, lagen, so schien es mir, weit zurück. Dennoch fühlte ich, dass meine Mutter nicht glücklich war. Wir lebten nicht sehr weit von Großvater entfernt – zwölf oder fünfzehn Kilometer – und gingen zu Fuß dorthin. Doch mit einer Mitfrau zusammenzuleben (auf Soninké nennen wir sie »Téhiné«), mit der man sich nicht verstand, war hart. Damals habe ich begriffen, dass für manche Frauen die Polygamie eine sehr schwierige Lebensform war; einige akzeptierten sie eher als andere. Die zweite Frau hätte vielleicht meinen Vater ganz für sich haben wollen; das gilt sicher auch für meine Mutter. Das Beispiel meiner Großmütter, die sehr gut harmonierten und unsere Kinderschar als die ihre betrachteten, hatte mich nicht auf das vorbereitet, was ich nun erleben musste. Die Tradition der Polygamie hatte in Afrika ihre Berechtigung, sie hat sie auch immer noch, aber wer zahlt dafür oft den Preis? Die Frauen.
Eines Tages sagte meine kleine Schwester, sie habe Bauchschmerzen. In den nächsten Tagen wurde es von Tag zu Tag schlimmer. Sie war damals zehn Jahre alt. Da meine Mutter am dritten Tag zum Markt gegangen war, brachte mein Vater sie schnell zum Arzt. Das Krankenhaus war nebenan, und da mein Vater Beamter war, konnten wir diese Behandlung in Anspruch nehmen.
Als meine Mutter vom Markt zurückkam, stellte sie ihren Korb ab, trat ins Zimmer und fragte mich sofort:
»Wo ist deine Schwester?«
»Sie haben sie ins Krankenhaus gebracht.«
Sie lief hinaus, um sie einzuholen. Als sie an Ort und Stelle ankam, sagte man ihr, das Kind sei nach Dakar gebracht worden. Meine kleine Schwester blieb dort ein oder zwei Tage und ist dann gestorben. Ich weiß nicht,

woran. Dieser Tod war ein Tod zu viel. Ich habe die Leute gehasst, ich habe allen übel genommen, dass sie gestorben war. In diesem großen Haus aus der Kolonialzeit haben wir beide zusammen gespielt. Da es zwischen meiner Mutter und der zweiten Frau nicht viel Gespräche gab, sorgte jede der beiden Frauen dafür, dass ihre eigenen Kinder in ihrer Ecke blieben. Meine kleine Schwester war tot, und das Haus war voll weinender Menschen.

Es wurde nicht mehr gespielt, es gab kein fröhliches Geschrei mehr wie früher, als wir nach dem Gebet, während des Sonnenuntergangs, beide unter Lachen zum Spielen hinausgingen. Ich war nun allein.

Eines Abends sagte meine Mutter:

»Geh jetzt in dein Zimmer, du hast niemanden mehr zum Spielen.«

Trauer überkam mich. Und von diesem Augenblick an habe ich mich immer mehr in mich selbst zurückgezogen. Der Tod dieses Kindes war ungerecht. Drei Tage krank an einem mysteriösen Fieber und dann tot! Warum? Was war geschehen? Man hat uns nichts gesagt. Bei uns gab es immer diese Schicksalsergebenheit, diese Tabuisierung von Krankheiten. Es war furchtbar, man verlor jemanden, ohne zu wissen, woran es lag. Die Erwachsenen mussten es wissen. Das Krankenhaus wusste es. Hielten die Ärzte unsere Eltern für zu ungebildet, um es verstehen zu können, und gaben deshalb keine Erklärungen? Ich weiß es nicht.

Einige Zeit später verließen wir das schöne Haus aus der Kolonialzeit. Mein Vater war beruflich nach Dakar versetzt worden, und meine Mutter kehrte in das Haus ihrer Familie zu ihrem Vater zurück.

Doch nun war die Zeit der Schule für die größeren Kinder gekommen!

Zu Beginn der ersten Grundschulklasse war ich eine ziemlich zerstreute Schülerin und verstand nicht viel.

Mit sieben Jahren Französisch zu lernen ist etwas anstrengend.
Wir hatten eine Lehrerin, die uns terrorisierte. Auch wenn ich ihren Namen vergessen habe, sehe ich noch ihr Gesicht und ihre Kleidung vor mir. Eine richtige Senegalesin, imposant in ihrem Boubou. Sie war nicht hässlich zu uns, aber sehr bösartig. Wenn wir unsere Lektionen nicht gelernt hatten, drückte sie ihre beiden Fingernägel an Daumen und Zeigefinger zusammen und kniff uns in die Ohren, bis Blut floss. Sie lachte nie. Sie nahm den Unterricht so ernst, dass sie viele Kinder traumatisierte. Wenn man am Montagmorgen mit offenen Haaren kam, sagte die Schulleiterin: »Geh wieder nach Hause. Wenn deine Zöpfe geflochten sind, kannst du wieder zum Unterricht kommen.«
Offene Haare, auch wenn sie gut gekämmt waren, gestattete sie nicht. Ein Mädchen musste Zöpfe haben, nur das war korrekt. Das war 1968, das Gymnasium lag fast gegenüber der Grundschule, und ich erinnere mich an den Streik, die Unruhen und Schlägereien zwischen Gymnasiasten und Polizisten. Es wurden Steine geworfen, die bis in die Schule fielen; ich wurde von einem Stein getroffen, der durch das Fenster flog, und ich habe ein bisschen geblutet. Ich habe gesehen, wie ein Polizist hinfiel und verprügelt wurde. Es war eine allgemeine Revolution, und die Gymnasiasten liefen überall herum, warfen mit Steinen und brüllten irgendwelche Parolen. Ich verstand nichts von dem, was dort geschah. Was sie forderten? Ich weiß es nicht. In Europa rebellierten im Mai ’68 die Studenten!
Als ich einen Lehrer bekam, der sich mehr für mich interessierte, habe ich im Unterricht mein Bestes gegeben, bis ich in die sechste Klasse kam.
In den letzten beiden Jahren der Grundschule habe ich mich sehr angestrengt bei diesem tollen Lehrer, den ich in der sechsten Klasse bekommen hatte. Es gab so viele

Schüler und so wenig Lehrer, dass er auch am Collège unterrichtete. Jedes Mal, wenn er meine Mutter traf, fragte er sie:

»Wie geht es meinem Mädchen?«

Er hat mir beigebracht, dass Raufereien in der Schule nicht wichtig waren, dass ich kein verhinderter Junge war, sondern ein Mädchen. Ich habe mich bis zur vierten Grundschulklasse geprügelt. Die Jungen nervten mich, vor allem einer, der mich »erpressen« wollte. Niemand verwendete damals diesen Ausdruck, aber im Grunde war es genau das.

»Gib mir das!«

Ein Stück Brot oder ein Krapfen, eine Frucht, irgendetwas wurde zum Anlass für eine Drohung, wenn ich es nicht hergeben wollte – und ich wollte es nicht hergeben. Ich argumentierte eher mit Worten, Streitereien gab es täglich, und meine Mutter sagte mir oft: »Wenn du in der Schule auch so eine große Klappe hättest, wäre es besser für dich!«

Eines Tages, mit seiner Erpressung am Ende, hat der Junge mich bedroht.

»Wenn du heute Abend rauskommst, kriegst du eins auf die Fresse.«

»Das werden wir ja sehen!«

Ich habe nicht mit der Wimper gezuckt: Wenn die Jungen wissen, dass man Angst hat, ist es vorbei, sie verprügeln uns dann jeden Tag. Den Bammel, den ich hatte, konnte ich nicht zeigen; ich musste den Schein wahren. Und ich hatte an diesem Tag beschlossen, dass dies die letzte Rauferei sein würde, aus der ich als Siegerin hervorgehen würde. Ich weiß nicht, woher ich die Kraft und die Entschlossenheit genommen habe.

Er war sehr viel kräftiger und älter als ich, obwohl wir in derselben Klasse waren.

Ich habe mir gesagt: »Ich muss eine List finden, um ihn mir für immer vom Hals zu schaffen.«

Zu Hause gab es immer kleine, sehr scharfe Gewürze für den Reis und die grünen Mangofrüchte. Ich beschloss, etwas davon mitzunehmen, und sagte mir: »Wenn er mich sucht und ich keinen anderen Ausweg sehe, schütte ich ihm das in die Augen.«

Als die Schule zu Ende ist, gegen halb fünf, steht seine Clique da, um mich zu warnen.

»Er wird dich heute fertig machen. Er wird dich umbringen, du wirst schon sehen.«

Auch wenn ich wie Espenlaub zittere, kann ich mich nicht davonmachen. Meine kleine Clique von Freundinnen hat ebenso viel Schiss wie ich. Wir hatten eine »große Klappe«, wie meine Mutter sagte, aber es war nichts dahinter.

Er bringt seine Fäuste in Stellung und hüpft um mich herum wie ein Boxer beim Training. Ich halte meine Hände versteckt hinter meinem Rücken, ohne etwas zu sagen. Er macht weiter, hüpft und kreist um mich herum und flucht, ich bleibe trotzdem ruhig, reagiere jedoch auf die Beleidigungen.

»Komm näher, wenn du ein Mann bist, anstatt um mich herumzuhüpfen.«

Und plötzlich öffne ich meine Dose und schleudere ihm den Inhalt ins Gesicht.

Glücklicherweise hat er nicht zu viel davon in seine Augen bekommen, gerade mal ein bisschen. Aber das Pimentpulver hat Wirkung gezeigt: Er fing an zu schreien, und eine Frau, die gegenüber wohnte, kam heraus, um zu sehen, was los war. Sie hat ihm schnell die Augen ausgespült und dabei ein wenig mit mir geschimpft, und sie fuhr die kleine Gruppe von Jungen an:

»Das geschieht euch recht! Ihr belästigt die ganze Zeit die Mädchen, das wird euch lehren, sie in Ruhe zu lassen. Und du? Du weißt nicht, dass dieses Mädchen später die Mutter deiner Kinder werden kann? Ihr belästigt sie auf dem Schulweg, wo sie doch eure künftigen

Frauen sind? Die künftigen Mütter eurer Kinder! Man muss sie achten! Wenn du dir bei den Mädchen nicht Achtung verschaffst, wirst du nie eine Frau haben.«

Zum ersten Mal hörte ich, dass eine Frau den Jungen eine Standpauke hielt und von der Achtung vor den Mädchen sprach, und ganz offensichtlich war ich stolz. Doch der andere, gekränkt und wütend, wollte seine Beute nicht loslassen.

»So oder so kriegst du morgen eins auf die Schnauze, da kannst du Gift drauf nehmen.«

»Und mir reicht es jetzt endgültig!«

Ich hatte mich entschieden, dem Lehrer davon zu erzählen, der mir riet, auch die Eltern meines Verfolgers zu informieren.

»Wenn er dich anfasst, werde ich ihn bestrafen, und seine Eltern auch.«

Mittags nach der Schule ging ich zu seiner Mutter, die mir sagte: »Danke, mein Mädchen, ich werde ihn bestrafen, und mach dir keine Sorgen, er wird dich nicht mehr belästigen.«

Später in der Schule hat er mir ins Gesicht gebrummt: »Angsthase, Lügnerin, du bist zu meinen Eltern gegangen?«

»So hab ich meine Ruhe vor dir. Soll ich mich etwa verprügeln lassen und nichts sagen?«

Zu der Zeit war ein solches Vorgehen wichtig. Die Eltern wollten keinen Ärger mit den Eltern anderer Kinder haben, und gezielte Standpauken oder Strafen verfehlten nicht ihre Wirkung. Das galt auch für das Piment. Nach dieser letzten Auseinandersetzung beruhigte er sich, und wir sind gute Freunde geworden. Wir diskutierten miteinander, und wenn ich eine Lektion gar nicht verstand, habe ich ihn gefragt. Ich war damals elf oder zwölf Jahre alt, hatte einen tollen Lehrer in der Schule, bei dem ich nach und nach zu einer guten und artigeren Schülerin wurde. Ich war Mitglied einer Theatergruppe, und das hat mich sehr verändert. Wir spielten ein Stück, ein afrikanisches Märchen, dessen Titel lautete: »Die Coumba mit Mutter und die Coumba ohne Mutter«.

Jeden Abend war Probe. Einige Mädchen aus meinem Viertel und auch Jungen waren dabei. Unser Probenleiter war der Vater einer meiner besten Freundinnen jener Zeit, und er war es auch, der die Idee gehabt hatte. Wir hatten ein Ziel, eine Beschäftigung, die uns das Gefühl von Wichtigkeit gab und uns faszinierte. In dem Stück wurde die Bösartigkeit einer Stiefmutter gezeigt. Die eine Coumba hatte eine Mutter, und die andere Coumba hatte keine. Letztere musste alle Arbeiten verrichten, während die eigene Tochter der Frau nichts tat. Es war eine Art Aschenputtel auf Afrikanisch. Wir haben dieses Stück monatelang geübt. Ich drängte darauf, es aufzuführen. Ich übernahm abwechselnd beide Rollen und spielte außerdem in einem anderen Stück mit arabischen Liedern, Trommeln und Tänzen. Ich war mit ganzem Herzen dabei. Wir hatten begonnen, an verschiedenen Orten in der Stadt Vorstellungen zu geben. Wir sollten sogar ins Ausland gehen, nach Mauretanien. Ein Familiendrama hat mich daran gehindert.

Meine Mutter war damals gerade schwanger, und ich war dreizehn Jahre alt. Die Zeit der Geburt war gekommen. Ich habe das Essen vorbereitet, den Reis und alles, was notwendig war; ich habe mich beeilt, und gegen vierzehn Uhr hatte ich alles fertig, was ich zu tun hatte. Ich wollte hinausgehen, doch meine Mutter bat mich zu bleiben.

»Heute wirst du nicht weggehen, du wirst dich um das Abendessen kümmern, ich fühle mich nicht so gut.«

Ich habe Ja gesagt, auch wenn ich nicht die Absicht hatte, zu gehorchen. Als ich nach dem Duschen die afrikanischen Trommeln hörte, habe ich mich mit einer

Freundin davongemacht, um die Musiker zu sehen. Als ich zurückkam, war die Sonne schon untergegangen, und meine Mutter war müde.

»Ich habe dir doch gesagt, dass du nicht weggehen sollst. Ich habe auf dich gewartet, und ich musste an deiner Stelle das Abendessen machen.«

Sie entfernte sich zum Gebet, und, von einem Unwohlsein befallen, brach sie zusammen.

Sie hatte bereits viel Blut verloren, als man sie ins Krankenhaus brachte. Ich saß gerade vor dem Haus und redete mit meinen Freundinnen, als auf der Straße ein Krankenwagen an uns vorbeiraste. Nichts ließ darauf schließen, dass da meine Mutter vor unserer Nase vorbeifuhr und nach Dakar gebracht wurde. Das Baby in ihrem Bauch war schon lange tot, und man musste sie operieren, um sie gerade noch retten zu können. Sie blieb vier Monate lang auf der Intensivstation, und wir konnten sie nicht sehen, nur mein Vater besuchte sie. Es war nicht meine Schuld, doch sie hatte mir gesagt, ich solle nicht weggehen, und meine große Schwester machte mir oft Vorhaltungen, weil ich so gern mit meinen Cousinen von gegenüber spielen ging, im Haus der Mandingo. »Du hast dein Geschirr nicht fertig gespült, feg den Hof, räum das weg, mach dies, mach das ...« Sobald ich verschwand, kam sie und holte mich zurück. Wenn ich vom Theaterspiel redete, sagte sie:

»Du denkst noch nicht einmal nach. Deine Mutter ist im Krankenhaus, und da willst du Theater spielen!«

Ich fühlte mich an allem schuld, denn sie wäre fast gestorben. Eine viertel Stunde Verspätung auf der Straße nach Dakar, und ich hätte keine Mutter mehr gehabt. Das hat mich lange nicht losgelassen: Ich war traumatisiert durch eine schwere kindliche Schuld. Dies umso mehr, als ich eines Tages – sie war seit zwei Monaten im Krankenhaus – in Großvaters Haus war, als wir plötzlich Schreie hörten, die uns glauben ließen, meine Mutter sei

gestorben. Doch es waren die Schreie einer alten Frau, die von ihrem Sohn bei einem Streit als Idiotin beschimpft worden war.
Aber im ersten Augenblick hatte es jeder geglaubt.
Ich betete jeden Tag zum lieben Gott, sie möge nicht im Krankenhaus sterben. Mein Vater hörte nicht auf, mir Mut zu machen: »Sie wird es schaffen, mach dir keine Sorgen, Gott ist groß.«
Und meine Onkel, meine Tanten, alle im Viertel sagten: »Da man ihren Tod angekündigt hat, obwohl sie nicht tot war, heißt das, dass sie durchkommen wird.«
Sie ist schließlich gesund nach Hause zurückgekehrt.
Ich sollte gerade die sechste Klasse des Collège beginnen, als ein Brief aus Frankreich eintraf. Ein schlechter Brief. Der Heiratsantrag eines unbekannten Cousins. Mit dreizehneinhalb Jahren war ich die Letzte, die an so etwas gedacht hätte.

Ein Faustschlag auf den Kopf

Meine Schwester hat zum zweiten Mal einen Heiratsantrag bekommen, obwohl sie gerade erst, nach zwei Jahren, von einem Mann geschieden worden ist, den sie nicht liebte, und nun mit ihrem Baby bei uns lebt. Als geschiedene Frau hat sie das Recht, einen Heiratsantrag abzulehnen, was sie auch tut, und sie spricht darüber mit meiner Mutter und meiner Tante.

»Diesen Cousin habe ich schon mit seiner ersten Frau in Dakar getroffen, er lebt in Frankreich. Ich habe Nein gesagt, und Papa hat nicht weiter darauf bestanden.«

Mein Vater weiß sehr wohl, dass eine geschiedene Frau frei entscheiden kann, was sie will. Er hat nicht mehr die Macht, ihr einen Ehemann aufzuzwingen, den sie sich nicht ausgesucht hätte. Ich dagegen ...

Einige Tage später lässt mein Vater mich zu sich ins Zimmer kommen. Er sitzt auf dem Bett, meine Großmutter mütterlicherseits ihm gegenüber, und ich setze mich respektvoll neben sie.

»Khady, es gibt einen Cousin in Frankreich, der dich heiraten will. Bist du einverstanden?«

Seltsamerweise mucke ich nicht auf. In meiner Erinnerung ist diese Szene etwas unwirklich. Ich glaube, dass ich mir nicht klar gemacht habe, was da auf mich zukam. Und auf jeden Fall war ich so erzogen, dass es mir noch nicht einmal in den Sinn kam, überhaupt zu antworten. Der Vater fragt nur der Form halber nach der Zustimmung seiner Tochter – er ist religiös, tolerant, der Koran lehrt ihn, dass er die Pflicht hat, die Frage zu stellen, doch er erwartet keine Antwort.

Meine Großmutter antwortet an meiner Stelle in Form

eines Sprichworts auf Soninké: »Auch wenn du sie in ein Schlangenloch steckst, wird sie hineingehen.«
»Gut, ich habe verstanden.«
Die ganz jungen Mädchen meines Alters gehen zur Schule, ja, sie haben ein Recht auf Betätigungen außerhalb des Elternhauses, was für mich zum Beispiel das Theater war, doch die Erziehung, die wir zu dieser Zeit erhalten, geht davon aus, dass das wichtigste Ziel eines Mädchens darin besteht, einen Mann zu finden. Und natürlich einen »Cousin«. Das ist unser Schicksal. Deshalb ist es undenkbar, Nein zu sagen.
Mein Vater hat seine Pflicht getan, er hat die Form gewahrt. Die Sache ist klar. Wenn ich zufällig oder einfach aus Aufsässigkeit Nein gesagt hätte, hätte es in der Familie Scherereien gegeben, Gerede, und die Heirat hätte möglicherweise nicht stattgefunden. Aber nichts ist weniger sicher als das, und so habe ich nicht gewagt, den Mund aufzumachen.
Ich war kein Kind mehr, aber auch noch kein großes Mädchen. Ich würde es werden, wenn man mir nur die Zeit ließe, meine Jugend zu leben. Ich spielte mit meinen Freundinnen Theater, ich hatte ganz unschuldige Flirts, im Stile von »man trifft sich heimlich auf dem Rückweg vom Markt, oder man gibt sich ein Zeichen. Oder, zu Besuch bei einer Nachbarin, sieht man sich an und grüßt sich«. Ich betrachtete mir die Jungen wie alle Mädchen meines Alters in meinem Viertel.
Die Mädchen treffen sich jeden Abend bei der einen oder anderen, man trinkt Tee mit den großen Brüdern und den Freunden. Wir sind zusammen aufgewachsen, Jungen und Mädchen, ohne dass die großen Brüder gerade eine besondere Macht oder Autorität über uns hätten. Nur das Familienoberhaupt und nach ihm die Frauen herrschen über die vielen kleinen Kinder, für die sie die Verantwortung tragen. Und ohne Respekt geht es nicht. In meiner Erziehung sind »Flirts« nur Blick-

kontakte, nicht mehr. Der gemeinsame Traum aller Mädchen in Afrika wie anderswo ist die Begegnung mit dem Märchenprinzen ... Die Brüder genießen Autorität bei den Jüngeren, jedoch nicht bei den Älteren.

Ach! Von dem Augenblick an, wo ein Mädchen seine Regel hat und seine Brüste zu sehen sind, glauben die Eltern, sie sei bereit zum Heiraten. Und sie wünschen sich so schnell wie möglich einen Mann für sie, aus Angst, sie könne vor der Ehe schwanger werden. Sie betrachten die Jugend keineswegs als eine notwendige Übergangszeit, eine Zeit der körperlichen und geistigen Entwicklung einer künftigen Erwachsenen. Ich gehe noch zur Schule, ich bin erst etwas mehr als dreizehn Jahre alt, und ich verlasse dieses Zimmer, ohne irgendwelche besonderen Gefühle zu empfinden.

Auf jeden Fall wird es einerlei sein, ob ich Ja oder Nein sage, ich muss da durch. Meine Schwester hat bereits den Preis einer Zwangsheirat bezahlt: zwei Jahre Zusammenleben mit einem Unbekannten, der sie am Ende sogar schlecht behandelt hat. Ich hätte mir natürlich gewünscht, dass mein künftiger Ehemann kein Unbekannter wäre, dass mein Freund mich hofierte, mit mir ausginge, ins Kino ginge – der Traum aller jungen Mädchen. Doch wenn man andere Frauen zur Heirat mit einem unbekannten Cousin befragt, ist die Antwort immer die gleiche: »Du wirst ihn später lieben!«

Währenddessen habe ich mich gefragt: Gibt sich der Cousin nun mit mir zufrieden, nachdem meine Schwester ihm eine Abfuhr erteilt hat? Vielleicht sogar auf Vorschlag meiner Eltern ...

Die Tradition will es, dass dieser Mann, der in der Fremde lebt, seine Familie in seiner Heimat um ein Mädchen zum Heiraten bittet. In diesem Fall handelt es sich um einen Cousin ersten Grades (einen Sohn vom Bruder meines Vaters), der seinen Vater gebeten hat, für ihn eine Frau zu finden. Die soll also ich sein.

Meine Großmutter und ich verlassen das Zimmer ohne besondere Emotionen, so als ob nichts Wichtiges geschehen wäre, eine reine Formsache in der Familie, nicht mehr. Meine Mutter ist mit meiner Schwester in der Küche, ich gehe meinen Hausarbeiten nach, die an diesem Tag darin bestehen, das Haus zu fegen. Zunächst mache ich mir nicht allzu viele Gedanken. Wenn die Dinge konkreter werden, werde ich über die Geschichte nachdenken.

Dennoch hätte der Fall meiner Schwester dieses Nachdenken sofort auslösen müssen, ebenso wie der einer Cousine, die eine unerhörte, ja außergewöhnliche Tat begangen hatte! Ein Mann hatte ihrer großen Schwester einen Heiratsantrag gemacht. Und die große Schwester wagte es, und das zu dieser Zeit, Nein zu sagen und ging fort, um bei einer Tante zu leben. Die Eltern setzten nun alles daran, damit die jüngere Schwester in diesem Heiratsprojekt an die Stelle der großen Schwester treten würde. Doch die wollte nicht, denn sie hatte einen Freund! Trotz dieser Weigerung organisierten die Eltern eine große Feier, und dann war sie eben verheiratet und hat sich nicht mehr gewehrt. Am Abend der Hochzeitsnacht jedoch brachte man sie, wie es Brauch ist, zum Vollzug dieses Bundes in das Brautgemach, bevor man den Ehemann eintreten ließ. Sie wartete ab, bis sie allein war, und bevor der Ehemann kam, um sie zu entjungfern, stieg sie aus dem Fenster und entkam!

All dies hat mich nicht alarmiert, obwohl ich diese Geschichte nur allzu gut kannte.

Doch die »Mamans« erzählten uns solche Geschichten, damit wir sie uns gut merkten, und bestanden darauf, dass die Mädchen, die Nein sagten, sich ins Unrecht setzten.

»Ein Mädchen, das den Vorschlag der Eltern ablehnt, wird bestimmt an einen schlechten Ehemann geraten!

Weil die Eltern immer einen guten Mann finden! Nie einen schlechten!«

In meinem Alter vermochte ich nicht, zwischen Erziehung, Tradition und meinen eigenen Wünschen zu differenzieren. Alle Freundinnen um mich herum träumten davon, zu heiraten, ich musste mir sagen, dass ich die Erste sein würde ...

Einige Tage nach dieser »Unterredung« mit meinem Vater traf die Antwort bei seinem fernen Neffen ein. Von nun an hatte er eine mögliche Verlobte. Gleichzeitig musste mein Vater seine Brüder im Dorf zu Rate ziehen, denn allein, ohne ihre Zustimmung, konnte er nicht über die Heirat seiner Tochter entscheiden. So will es das patriarchalische System, und sie sind es, die die Wahl billigen. Wenn ihnen ein Cousin im Dorf interessanter erschiene, müssten sie verhandeln. Was in meinem Fall nicht zutraf.

Meine Großmutter mütterlicherseits und die Mütter sind glücklich, endlich haben sie etwas Konkretes zu tun, eine Hochzeit ist vorzubereiten! Eine große Sache für die Frauen. Die Männer werden ihrerseits die Hochzeit in der Moschee, unter ihresgleichen, feiern, ohne die Betroffenen, die dabei nicht anwesend sein müssen. Die Vorbereitungen für die anschließende Feier gehen sie nichts an. Später, zu spät habe ich erfahren, dass meine Mutter mit dieser Heirat nicht einverstanden war. Doch ich habe mich nie getraut, sie danach zu fragen, ich kenne daher ihre Gründe nicht. Vielleicht hatte sie Angst davor, dass die Ehen in dieser Familie, wie die ihrer Ältesten, zum Scheitern verurteilt seien. Meine Mutter hat ihren Mann geliebt, das hat man mir gesagt, und das sah man auch. Vielleicht träumte sie, allerdings heimlich, davon, dass es ihre Töchter ebenso gut treffen würden.

Einige Wochen später kommt ein weiterer Brief, den ein Bote eigens aus Dakar bringt. In diesem Brief wird die

Zufriedenheit mit der erhaltenen Antwort zum Ausdruck gebracht, und der Bote bringt Geld für die Verlobung. So will es die Sitte. Und damit wird die Sache ernst. Die Mütter kommen zusammen – ich weiß nicht, was sie im Zimmer reden. Ich werde nicht gefragt. Ich weiß nur, dass der Bote gekommen ist, dass er gut aufgenommen wurde und dass mit seiner Vermittlung die Gespräche begonnen haben. Der Tradition nach ist der Bote Angehöriger einer besonderen Kaste und hat die Aufgabe, die Verbindung zwischen der künftigen Schwiegerfamilie und meiner Familie herzustellen. Niemand verhandelt direkt, ohne diesen Vermittler, so etwas ist verpönt. Er muss die Schwiegerfamilie treffen, über den Brautpreis sprechen und diesen Brautpreis dann mitbringen. Im Allgemeinen geht das sehr schnell, alles hängt von den Verhandlungen ab. In meinem Fall war es eine abgesprochene Heirat in der Familie, und da der Cousin ein direkter Neffe meines Vaters war, dauerten die Verhandlungen nicht lange. Eines Tages kam ich in aller Ruhe vom öffentlichen Wasserhahn, zehn Gehminuten vom Haus entfernt, mit meiner vollen Wasserschüssel auf dem Kopf, und lachte sorglos mit den Freundinnen, als ich bemerkte, dass die Cousins meines Vaters aus Dakar zu Besuch gekommen waren.
Ich war einfach begeistert, die Familie versammelt zu sehen, und habe mich ohne Argwohn wieder dem Wasserholen zugewandt. Der öffentliche Wasserhahn ist für gewöhnlich der Treffpunkt der Mädchen. Zu jener Zeit gab es in jedem Wohnviertel einen davon. Hier steht man Schlange, man zankt sich bisweilen, man lacht auch, denn es ist alles weniger schwer als früher, als man das Wasser noch aus einem Gemeinschaftsbrunnen schöpfen und sich die Hände an einem rauen Seil aufreißen musste, um den Eimer wieder hochzuheben. Der Nachteil des modernen Wasserhahns ist der Geschmack! Das Wasser aus dem Hahn ist bei weitem nicht

mit dem zu vergleichen, das aus dem Brunnen meines Großvaters geschöpft wird. Und wenn es Wassermangel gibt und daher das Wasser abgestellt wird, nutzen die Wasserverkäufer, im Allgemeinen sind es Mauren, die Situation aus und erhöhen die Preise.

Beim dritten Gang treffe ich meinen Vater, der mir sagt, ich solle es gut sein lassen und mich duschen und frisch ankleiden. Ohne nach dem Grund zu fragen – das gehört sich nicht –, räume ich die Schüssel weg und gehorche. Da die Verwandtschaft zu Besuch ist, hat diese Forderung nichts Beunruhigendes an sich. Meine Mutter steht im Übrigen schon am Herd, um für die Gäste zu kochen. Ich werde mich also duschen, ich kleide mich wie sonst, und in dem Augenblick, als ich das Zimmer verlassen will, erscheint meine Großmutter mütterlicherseits in der Tür.

»Setz dich hin! Und rühr dich nicht mehr von der Stelle!« Daraufhin lässt sie mich allein.

Der Art, in der sie mir bedeutet hat, mich nicht zu rühren, entnehme ich, dass etwas Wichtiges vor sich geht. Mein Vater, seine Brüder und seine Cousins sind zum Fünfuhrgebet in der Moschee, ich vermute, dass sie hier nur über die Verlobung sprechen wollen. Doch während ich dort allein sitze, kommt plötzlich eine Freundin meiner älteren Schwester angelaufen und gibt mir mit der Faust einen leichten Schlag auf den Kopf!

Wenn ein Mädchen in der Moschee verheiratet wird, beeilen sich die anderen Mädchen, ihr einen Faustschlag auf den Kopf zu geben. Das ist Tradition. Denn die Erste wird die Nächste sein, die heiratet. In amerikanischen Filmen wirft die Braut einen Blumenstrauß, um den sich die Mädchen dann streiten. Bei uns ist das ein Faustschlag auf den Kopf.

Nun habe ich verstanden. Es ist vorbei, man hat mich in der Moschee verheiratet. Der Fausthieb ist das Signal. Ich bleibe wie vor den Kopf geschlagen stehen, stumm, unfähig, darauf zu reagieren. Die Männer kommen aus der Moschee zurück. Alle kommen auf mich zu und sagen mir, dass ich der Familie Ehre mache, wenn ich diese Heirat akzeptiere, dass der liebe Gott es mir vergelten werde, dass sie dafür beten, dass diese Ehe von Dauer sei, dass diese Verbindung fruchtbar sei, dass es viele Kinder gebe, dass diese Ehe glücklich werde und kein böser Geist diese Verbindung stören solle ...

Im Großen und Ganzen sagt jeder das Gleiche, ohne besondere Rührung. Es ist ein Ritual.

Ich gehöre zu den gut erzogenen Mädchen, die nicht protestieren. Meine Schwestern, meine Cousinen kommen, um mir zu gratulieren. Meine ältere Schwester macht sich in der Küche zu schaffen, sie hat mir vorher nichts davon gesagt, hat mich nicht vorgewarnt. Immerhin habe ich nicht Nein gesagt ... Alles ist ganz normal.

Und der Abend geht weiter. Ein paar Minuten später bringen die Männer aus der Moschee die Kolanuss mit, diese kleine, bittere Kugel, die man zusammen mit etwas Geld an alle Mütter und Tanten verteilt. Meine Mutter bekommt zusammen mit ihren Schwestern einen Teil des Brautpreises, den sie dann in der Familie verteilen, in Form von Geld oder von Kola, um auf diese Weise zu signalisieren, dass die Heirat in der Moschee vollzogen worden, jedoch noch nicht offiziell von der Familie gefeiert worden ist. Die Vorbereitung einer solchen Feier nimmt tatsächlich Zeit in Anspruch, während das Ritual in der Moschee eine Formsache zwischen den Männern der beteiligten Familien ist. Die einen sagen: »Wir halten um die Hand deiner Tochter für Herrn Sowieso an«, und die anderen antworten: »Wir geben dir ihre Hand unter den und den Bedingungen ...«

Die Bedingungen hängen von den vorher akzeptierten Verhandlungen ab.

In der Moschee wird die Heirat im Vertrauen auf das gegebene Wort vereinbart. Es gibt kein Register, kein Schriftstück. Damals war es jedenfalls so. Und die Männer tun, was sie wollen, weil das senegalesische Gesetz nicht mit der Religion in Konflikt geraten darf. Die Verwaltung schaltet sich nur bei einer Legalisierung im Standesamt ein. Viele afrikanische Frauen sind bis heute in dieser Situation, ohne jede Art von Dokumenten! Bei uns ändert eine Frau nicht den Namen, sie behält ihren eigenen. Und wenn sie sich scheiden lässt, wird der Bruch auf die gleiche Weise von den Männern der Familie abgesichert. Der Ehemann muss nur dreimal vor mindestens drei Zeugen sagen, dass es zu Ende ist, und dann ist es zu Ende.

Die Scheidung ist daher offensichtlich leicht, doch wenn der Ehemann sich weigert, sich zu äußern, weil er nicht will, dass seine Frau ihn verlässt, oder weil er ihr Scherereien bereiten will, müssen die Eltern entscheiden, indem sie sagen: »Wir haben diese Ehe gestiftet, und wir lösen sie auch auf.«

Diese Tradition der herkömmlichen Eheschließung, an der das junge Mädchen nicht persönlich beteiligt ist, ist unwirklich, und ich habe daher Schwierigkeiten, sie in mein Leben zu integrieren. Ich bin »verheiratet« in den Augen der anderen, aber nicht in meinen eigenen! Und ich lebe weiter ganz normal, abgesehen davon, dass nun die Überwachung sehr viel strenger ist. Vor allem die Überwachung durch die Großmütter.

»Nähere dich keinem Jungen mehr! Fasse sie nicht mehr an! Sprich nicht mehr mit ihnen!«

Nun ging ich sehr gern zu einer meiner Tanten, die nur Jungen hatte. Dort gab es einen Cousin, der mir gefiel, und ich gefiel ihm. Meine Großmutter mütterlicherseits wusste das.

Meine Mutter wollte nie, dass ich abends ausgehe. Doch ich fand immer Möglichkeiten, mich unbemerkt nach draußen zu entfernen. Ich war ein kleiner Teufel, ich war schelmisch, ohne dabei etwas Böses zu tun. Das war ein Spiel, zu den Freundinnen und Freunden zu gehen und zu quatschen. Aber ich war auch nicht auf den Kopf gefallen.

Eines Abends, während wir bei dieser Tante gerade in einer kleinen Gruppe im Zimmer der Jungen reden, höre ich, wie eine Stimme zu meiner Tante »Guten Tag« sagt! Meine Großmutter!

Ich sehe keinen anderen Ausweg, als unter das Bett zu kriechen, und alle Jungen verlassen, als wäre nichts gewesen, unter dem inquisitorischen Blick der Großmutter mütterlicherseits das Zimmer.

»Ist Khady hier?«

»Aber nein! Sie ist nicht hier.«

Großmutter ist nicht von gestern, sie weiß sehr wohl, dass die Jungen lügen. Sie geht ins Zimmer und sieht mich dort nicht; unglücklicherweise muss ich sehr laut atmen, denn sie hebt auf einmal das Laken hoch.

»Komm da raus!«

»Ich hab nichts Böses getan, ich habe mich gerade mit ... unterhalten.«

»Komm vor! Hau ab! Ab nach Hause. Du bist nicht mehr frei, das zu tun, was du willst, oder dahin zu gehen, wo du hinwillst. Du bist jetzt mit jemandem verheiratet, du musst ruhig bleiben, du musst auf dich Acht geben, du darfst die Jungen nicht mehr besuchen.«

Für mich war das völlig harmlos, vielleicht ein bisschen provozierend. Ich glaube, es war für mich schwierig, eine Jugend aufzugeben, die gerade erst begonnen hatte. Wenn ich mit meinen Freundinnen zusammen war, vergaß ich diese Heirat völlig. Aber die Großmutter war auf der Hut. Vielleicht weil in der Familie eine Cousine ein außereheliches Kind bekommen hatte. Es ist eine Schande, von jemand anderem schwanger zu sein, wenn man verlobt ist.

Im August 1974 – ich war nun fast vierzehn Jahre alt –

taucht der Bote der Familie wieder auf. Er kommt nicht unbedingt, um über Hochzeiten zu sprechen, sondern um Nachrichten zu übermitteln. Er ist von der Kaste der Schuhmacher, ist Mitglied unserer Familie, und wenn er zum Beispiel einen Todesfall mitteilt, wendet er sich an das Familienoberhaupt, nie an die Frauen und auch nicht an die jungen Onkel. Und an diesem Tag haben wir ihn, wie gewöhnlich, ein bisschen aufgezogen, denn er ist sehr sympathisch und macht gern Spaß.

»Ah! Der Bote, was hast du uns denn mitgebracht? Hoffen wir, dass du heute gute Nachrichten für uns hast. Vor allem keinen Todesfall.«

Doch er ging direkt zu meinem Großvater. Wenn Besuch da ist, entfernt man sich, man bleibt nicht, um zuzuhören, ich bin also zu meinen Beschäftigungen zurückgekehrt. Und eine halbe Stunde später lässt der Großvater die Großmutter, meine Mutter und meine Tante rufen – alle Frauen des Hauses. Sie verlassen nach einer halben Stunde wieder das Zimmer, und als ich zu meiner Mutter komme, sehe ich die Frauen mit besorgter Miene diskutieren. Wie immer wendet man sich nicht direkt an mich, ich erfahre die »schlechte« Nachricht etwas später.

Der Versprochene ist gestern Abend aus Frankreich gekommen, er ist in Dakar, und die Heirat soll sehr schnell stattfinden und vollzogen werden, da er nicht viel Zeit hat. Er ist hier nur für einen Monat im Urlaub und muss innerhalb dieser Zeit heiraten sowie seine Familie auf dem Dorf besuchen, was ihn mindestens zwei Reisetage kosten wird … Kurz, die Hochzeit wird auf den folgenden Donnerstag angesetzt, jetzt haben wir Montag. Die Zeit drängt. Die Frauen sind unzufrieden.

»Das ist zu knapp! Zu knapp!«

Ihrer Meinung nach wäre das Mindeste gewesen, sie zwei oder drei Wochen vorher vorzuwarnen. Diese Eile zeigt in gewisser Hinsicht einen Mangel an Respekt für

die Arbeit, die sie tun. Eine Hochzeitsfeier zu organisieren erfordert Zeit. Man muss die übrige Familie informieren, die Aussteuer vorbereiten. Glücklicherweise kann man mit der Aussteuer warten, weil der Mann aus Frankreich kommt und wieder dorthin zurückkehrt. Man wird die Aussteuer der Familie später überreichen, wie es sich gehört. Die Aussteuer einer Tochter besteht aus einer Reihe von Küchenutensilien, Kleidern, Stoffen und Umhängen, die zu weben, zu färben und mit der Hand zu nähen sind, was Monate in Anspruch nimmt. Am Ende der Feierlichkeiten muss die gesamte Aussteuer der Schwiegerfamilie übergeben werden. Bei einer normalen Aussteuer musste man damals mit dem Gegenwert von mindestens siebenhundert Euro rechnen. Das ist ein richtiges Vermögen für die Familien. Und viele Mädchen arbeiten dafür Jahre. Das Geld, das der künftige Ehemann gibt, trägt seinen Teil dazu bei, aber es wird auch in der Familie verschenkt, jeder bekommt seinen Anteil.
Was mich betrifft, so hat das Geld hier eine eher symbolische Rolle gespielt. Mein Vater hat immer gesagt: »Meine Töchter verkaufe ich nicht.« Und der Großvater war in dieser Hinsicht noch strenger. Man verschwendet kein Geld für nichtige Dinge, es ist zu sauer verdient. Großmutter unterrichtet mich streng über neue Verbote. »Von jetzt an bleibst du im Haus. Du tust die Dinge, die du zu tun hast, aber innerhalb des Hauses, du darfst das Haus nicht mehr verlassen.«
Die Freundinnen kommen mich noch besuchen, aber es gibt kein wirkliches Lachen mehr. Ich bin eingesperrt, eingeschlossen, und ich fange an, nervös zu werden. Es bleiben mir nur noch vier Tage …
Während dieser vier Tage kommen die Freundinnen jeden Abend zu mir nach Hause. Es wird gesungen, getanzt und Spaß gemacht, man sagt Dummheiten, es ist ihre Art, mir zu verstehen zu geben, dass ich nicht mehr

Teil der Clique bin: Ich gehöre zu einer anderen Gruppe, der der verheirateten Frauen.
Am dritten Tag kommt eine Tante, um meine Jungfräulichkeit zu überprüfen – es ist eine symbolische Rolle, die sie dabei spielt.
»Bist du dir sicher? Wenn du dir nicht sicher bist, sage es mir jetzt.«
»Ich bin mir sicher.«
Bei uns zählt das gegebene Wort. Wir praktizieren nicht die entsetzliche und brutale Form von Inquisition, die manche Frauen andernorts durchmachen. Keine unanständige Untersuchung, kein blutiges Leintuch, das am Tag nach der Hochzeit wie eine Trophäe mitten im Dorf herumgeschwenkt wird.
Doch die Jungfräulichkeit bleibt wichtig, die Überprüfung beweist dies. Man muss Jungfrau sein, basta! Zeitweise fand ich, dass meine Mutter während der Verlobungszeit viel zu streng war.
»Siehst du diese Linie? Wenn du sie überschreitest, schneide ich dir das Bein ab.«
Auf jeden Fall war meine Freiheit eingeschränkt, seit ich meine Regel hatte. Zu dieser Zeit bekam ich regelmäßig Warnungen von ihr zu hören.
»Du läufst viel herum! Warum läufst du herum? Ein junges Mädchen muss zu Hause bleiben. Du bist die ganze Zeit weg, steckst mal hier, mal da.«
»Aber ich geh doch – wie eh und je – nur zu meinen Freundinnen!«
»Es gibt Zeiten, wo sich ein junges Mädchen nicht mehr draußen herumtreibt!«
Tatsächlich soll der Tradition nach ein junges Mädchen das Haus nicht mehr verlassen. Aber da man in diesem Viertel nur die Straße überqueren musste, um in das Haus dieser oder jener Freundin zu gelangen, dachte ich mir nichts dabei. Meine Mutter auch nicht, doch für sie war das eine Frage des Prinzips, ich musste mich an-

passen. Und wenn ihr eine meiner Freundinnen fremd war, fragte sie: »Wer ist denn die? Du verkehrst in der ganzen Stadt. Ich bin in dieser Stadt aufgewachsen, ich habe in dieser Stadt geheiratet, aber keiner kennt mich. Und dich kennen alle! Du treibst dich die ganze Zeit herum!«

Ich kam zu viel in der Stadt herum, daher kannte ich alle, ich steckte meine Nase überall hinein. Das wurde nicht gern gesehen.

Die Mütter haben mit den Vorbereitungen begonnen. Es gilt, große Töpfe zu finden und Reis, Hirse und Schafe zu kaufen. Die nächsten Verwandten kommen nach und nach aus Dakar und von anderswo und lassen sich im Haus nieder, um zu helfen. Einige werden in Großvaters großem Haus untergebracht, als es bei uns keinen Platz mehr gibt. Die Nachbarn von gegenüber nehmen einige andere auf. Ein Ameisenhaufen hat sich eingenistet. Die Familienmitglieder, die einer Kaste angehören, sind jeden Tag da, schon am frühen Morgen, um alle mit Essen zu versorgen.

Und am Donnerstag findet das große Fest statt. Zum ersten Mal wird mir bewusst, was mit mir geschieht, und vor meinen Freundinnen breche ich in Tränen aus. Ich weine aus vielen Gründen, diffusen Gründen, nicht weil ich meine Familie verlasse, davon ist nicht die Rede. Mein Ehemann wird nach Frankreich zurückkehren, und ich fürchte nicht die Entfernung, zumindest nicht im Augenblick …

Ich weine vor allem, weil Großmutter Fouley, die mich aufgezogen hat, nicht mehr da ist. Ich hätte mir gewünscht, dass sie am Tag meiner Hochzeit an meiner Seite und glücklich gewesen wäre. Es ist schon sieben Jahre her, dass sie nicht mehr da ist, doch sie hat ihren festen Platz in mir, bis zum heutigen Tag. Ihr verdanke ich meine Kindheit, meine Erziehung. Von ihr habe ich viel Liebe bekommen, sie hat mich Achtung und Würde,

Aufrichtigkeit gelehrt. Sie fehlt mir so. Ich habe Angst. Ich habe diesen Mann nie gesehen, ich weiß nicht, wie er ist, wie alt er ist. Man hat mir nur gesagt, dass er schon eine Frau gehabt habe und seit einigen Tagen geschieden sei. Es scheint, dass diese Frau »hinter seinem Rücken« schwanger geworden ist, während er jahrelang nicht zu ihr ins Dorf zurückgekommen ist. Dies sei der Grund für seine Scheidung. Aber es tröstet mich nicht, dass ich es weiß. Und ich weine auch noch, als meine Tante zurückkehrt. Es ist Zeit, mich zu enthaaren. Mit einer Rasierklinge, der gleichen schrecklichen Rasierklinge wie damals, als ich sieben war. Es gibt keine Enthaarungsmittel, kein Wachs, damit muss ich zurechtkommen. Man möchte diesem Mann eine Frau geben, die noch als frei von allem, rein von allem gilt. Gereinigt von allem, darunter auch von der Behaarung, die – wie unpassend – ihre Achselhöhlen und ihren Bauch schmückt. Die Freundinnen sind da, in den Töpfen kocht es schon, das Schaf ist geschlachtet. Das Haus ist übervoll. Ich habe nichts anderes zu tun, als mich zu rasieren.

»Soll ich dir helfen?«

»Danke, Tante, das mache ich selbst.«

Diese verfluchte Rasierklinge weckt vergessene Erinnerungen in mir. Ich wage kaum, mich an bestimmten Stellen zu berühren. Ich zittere, als ich diese Rasierklinge halte, die mich beschnitten hat. Es ist eine nackte, eine teuflische Klinge, und ich stelle mich ungeschickt an, die Arbeit ist nicht sehr gelungen, so sehr zittert meine Hand. Sei's drum, ich mache es, so gut ich kann. Es ist mir nicht möglich, um Hilfe zu bitten, es ist zu intim und macht mir letzten Endes Angst.

Draußen singen und tanzen die Frauen, während ich widersprüchliche Gefühle durchlebe. Ich fühle mich nicht wohl, bin verängstigt und gleichzeitig naiv und unschuldig. In diesem Augenblick stolz, weil ich heiraten werde und all dies wie eine erwachsene, eine richtige Frau machen muss … Ich beruhige mich, da die Frauen mir nicht die Zeit lassen, nachzudenken, indem sie alle fünf Minuten kommen und Loblieder auf mich singen, dass der Griot, ein Angehöriger der Kaste der Musiker und Dichter, kommen und von der Tapferkeit meiner Vorfahren väterlicher- und mütterlicherseits erzählen wird … Alle sind so stolz, ich habe den Eindruck, dass sie alles Gold, das sie besitzen, hergeben würden, so stolz sind sie auf mich.

Was das betrifft, was mich anschließend erwartet, so verbiete ich mir, daran zu denken, verbiete mir, überhaupt eine Vorstellung von einer Hochzeitsnacht aufkommen zu lassen, von der ich absolut nichts weiß. Wie ich auch absolut nichts über den Ehemann weiß.

Ich bete darum, dass es ein netter Herr ist, mit dem ich viele Dinge machen kann. Ich frage mich, ob er ein Auto haben wird, ob wir abends ausgehen werden, ins Kino oder ein Chawarma essen, ein griechisches oder libanesisches Sandwich, ein Eis im Hörnchen. Als Kind leistet man sich auf der Straße ein Eis zu fünf oder zehn Centimes, das richtige Eis im Hörnchen ist zu teuer. Vielleicht wird er so großzügig sein, dass ich meinen Eltern helfen kann, besser zu leben. Wird er mir Geld schenken, damit ich mir Schmuck kaufen kann, die schönsten Kleider, die schönsten Schuhe? All das war Gegenstand unserer Gespräche unter Freundinnen bei früheren Feiern, wo man die Mütter wunderschön gekleidet sah. »Hast du ihren Ring gesehen? Ich hoffe, dass ich eines Tages so einen haben werde … Hast du ihren Boubou gesehen? … Ich hoffe, dass eines Tages …«

Als junges Mädchen kleidet man sich in lange Röcke oder einen Lendenschurz, einen Pagne, mit einem kleinen, ganz einfachen Oberteil, doch nicht in Boubous wie die Mamans. Ich hatte Silberschmuck von meiner Großmutter bekommen, aber sehr wenig, denn ich gehöre einer Familie an, die, ohne arm zu sein, nicht sehr wohlhabend war. Die Mütter wiederum tragen Goldschmuck, den sie nach der Heirat bekommen oder von ihren Eltern geerbt haben.

Mit meinen Freundinnen in meinem Zimmer eingeschlossen, trage ich jetzt einen kleinen weißen Pagne in den Haaren. Am Nachmittag kommt eine Frau und macht mir die Zöpfe einer Braut, wobei sie sich einer bestimmten Technik bedient. Ein großer Zopf über dem Oberteil, zwei Zöpfe, die das Gesicht einrahmen und zwei andere im Nacken. Währenddessen ertönen die Trommeln sehr laut, die Mütter tanzen und singen. Vielleicht um uns vergessen zu lassen, was dann kommt.

Nach dem Festmahl, nachdem alle den ganzen Abend getanzt, gesungen und gegessen haben, gegen Mitternacht oder ein Uhr morgens, wird man mich dem Ehemann im Brautgemach zuführen. Er ist anwesend, er sitzt irgendwo bei den Männern, doch ich habe ihn immer noch nicht gesehen, und niemand hat ihn mir gezeigt, denn man darf ihn nicht vor der Hochzeit sehen. Wenn in den Dörfern eine Braut die Möglichkeit hat, ihrem Ehemann vor der Feier zu begegnen, wird sie sofort versteckt. Auch er darf sie nicht sehen.

Auf jeden Fall darf ich dieses Zimmer nicht mehr verlassen, und nach und nach spüre ich, wie etwas Schweres auf meinen Schultern lastet – Kopfschmerzen, keine Lust auf irgendetwas, weder auf Essen noch auf Trinken. Alles tut mir weh. Es muss eher seelische denn körperliche Ursachen haben. Es ist die Angst vor dem, was mich erwartet, vor dieser Nacht, die herannaht. In dieser Nacht soll ich sexuellen Verkehr mit diesem Herrn haben.

Ich hoffe, dass er nicht brutal ist. Aus den Erzählungen der Mütter kann man bisweilen erfahren, dass manche Männer brutal sind, dass sie in der ersten Nacht nicht nett zu ihrer Frau sind. Noch niemand hat gesagt, dass

eine Braut nicht mehr Jungfrau gewesen sei. Wenn dies der Fall war, so hat die Familie das Geheimnis gehütet, vor allem auch der Ehemann. Manchmal sprechen sie von einem unberührten jungen Mädchen, das nach seiner Hochzeitsnacht mehrere Tage krank im Bett gelegen hat. Ich weiß, dass »es« wehtut. Ich weiß, dass ich bluten werde. Und jetzt ist es so weit.
Die Tanten holen mich im Zimmer ab und bitten die Freundinnen, wegzugehen, da sie mich vorbereiten und mir Ratschläge geben müssen, die niemanden außer mir etwas angehen. Die Ratschläge sind relativ einfach: Ich soll verschiedene Parfums benutzen und zum Waschen einen ganz neuen Eimer verwenden. Alles an diesem Tag ist neu. Neue weiße Pagnes, ein Boubou, ein Kopftuch und ein Schleier aus Gaze.
Ich sehe meine Mutter nur wenig, sie ist sehr mit den Gästen beschäftigt. Sie hat nachgesehen, ob die Zöpfe gut gemacht sind, und ist dann wieder im Ameisenhaufen der Familie verschwunden, und, für einen kurzen Augenblick, hat sie mir einen beunruhigten, fast ängstlichen Blick zugeworfen. Woran dachte sie dabei? In diesem Augenblick bin ich, wie man bei uns sagt, »ein Mädchen, das ins Brautgemach geht«. Meine Mutter sagt sich vielleicht, dass ich sicherlich physisch stabil sei, doch in meinem Kopf zu jung, und sie stellt sich vor allem die große Frage: Ist sie noch Jungfrau? ... Ob nun sie oder die anderen Mütter, diese Frage fürchten sie alle, bis zur letzten Minute.
Keine Frau gibt zu, dass ein beschnittenes Mädchen beim ersten Sexualverkehr und sogar später Probleme haben könnte. Und trotzdem haben sie solche Probleme selbst oder bei einigen ihrer Töchter erlebt. Doch davon sprechen sie nicht. Und ich bin ahnungslos.
Sie geleiten mich mit einem besonderen Zeremoniell aus dem Zimmer hinaus. Man nimmt mich bei der Hand und lässt mich bis zur Mitte des Hofs gehen, zwei Frauen

rahmen mich ein, die anderen folgen, wobei sie zum Klang von Youyous singen und in die Hände klatschen. In der Mitte des Hofes muss ich mich auf einen großen Mörser setzen, der dazu dient, die Hirse zu zerkleinern, und den man verkehrt herum aufgestellt hat. Der nagelneue Wassereimer steht neben mir, mit einer kleinen Kalebasse, einem Trink- und Transportgefäß aus Flaschenkürbis. Sie haben Pflanzen ins Wasser gegeben, Parfum und außerdem Weihrauch. Sie nehmen das Tuch von meinen Haaren, dann den Boubou weg, und ich bleibe mit nacktem Oberkörper stehen, nur mit einem Pagne bekleidet. Jetzt geht es darum, meinen Körper symbolisch auf das »Opfer« vorzubereiten. Sie schütten mir etwas Wasser auf den Kopf und singen, wobei sie mir die Haut mit diesem parfümierten Wasser einreiben. Etwa zwanzig Minuten lang bin ich eine Puppe in ihren Händen. Danach kann ich einen nagelneuen, mit Weihrauch parfümierten Boubou anziehen, er ist weiß, ein Symbol meiner Jungfräulichkeit und der Reinigung, die ich erfahren habe. Und einen dickeren, schwereren Pagne. Ich gehe in Richtung Brautgemach, den Kopf unter einem Schleier verborgen.
Da es an diesem Festtag keinen Platz mehr im Haus gibt, wurde dieses Zimmer auf der anderen Seite der Straße vorbereitet, im Haus der Mandingo. Ein kleines, beengtes Zimmer mit kahlen Wänden, wo auf dem Boden nur eine einzige Matratze Platz hat. Darüber ist ein weißes Laken gespannt und ein Moskitonetz. Die Frau, die mich bis hierher begleitet hat, lässt mich nun allein.
Es ist möglich, dass es von diesem Augenblick an eine Blockade in meinem Gehirn gegeben hat. Es ist, als ob ich mich weigern würde, mich an das zu erinnern, was in diesem Zimmer geschehen ist. Ich weiß, dass er hereingekommen ist, doch ich habe ihn nicht ansehen wollen, und ich habe meinen Schleier nicht weggenommen. Er hat die einzige Petroleumlampe ausgemacht, das ist

alles, woran ich mich erinnere. Ich bin am nächsten Morgen aufgewacht, gegen vier Uhr, bei Sonnenaufgang. Schreie und Youyous vor der Tür hatten mich aus dem Koma, in dem ich dahingedämmert war, aufwachen lassen. Mein Ehemann war nicht mehr da, er war schon weg. Die Mütter waren glücklich, sie hatten, was sie wollten, und meine Freundinnen sagten zu mir: »Mein Gott, dein Schrei gestern Abend! Alle im Viertel haben ihn gehört.«

Ich erinnere mich an den Schmerz in diesem Augenblick, aber nicht an meinen Schrei. Es war ein so heftiger Schmerz, dass ich in tiefe Nacht versank.

Ich habe nichts gesehen und nichts gehört, für drei oder vier Stunden habe ich mich aus meinem eigenen Leben verabschiedet.

In mir ist Hass aufgekommen, und ich bemühe mich, diesen Teil meines Körpers endgültig zu ignorieren, dessen innerste Wunde nie mehr vernarben wird.

Fremd

Eine ganze Woche lang bleibe ich isoliert unter dem Schutz der Tanten in Großvaters Haus. Sie haben die Aufgabe, meine durch den Horror des Vorabends beschmutzten Pagnes zu wechseln, mir leichte Nahrung zu geben – denn ich muss »leicht« bleiben, warum, weiß ich nicht – und mir bei der Toilette zu helfen. In dieser Phase einer traditionellen Ehe muss das junge Mädchen den Hochzeitsschleier anbehalten und darf acht Tage lang nicht das Brautgemach verlassen. Und der Ehemann kommt jede Nacht. Man hat mich im ehemaligen Zimmer von Großmutter Fouley untergebracht, das man in ein Brautgemach verwandelt hat, mit einer Matratze am Boden, und ich habe in Gedanken an sie wieder angefangen zu weinen. Sie hätte mich vielleicht beschützt, sie hätte meine Zwangsverheiratung nicht ertragen.

Am Tage ist das Zimmer voller Leute – meine Freundinnen leisten mir Gesellschaft; am Abend leert sich das Zimmer, und der Ehemann kommt. Manchmal fällt er auch am Tage ein, bleibt jedoch nicht lange. Ich beobachte diesen Fremden aus dem Augenwinkel, heimlich, ich fühle mich weder zu ihm hingezogen, noch habe ich den Wunsch, ihn zu kennen. Er ist fast zwanzig Jahre älter als ich, und ich bin mehr als unglücklich, einfach enttäuscht. Ich hatte einen jüngeren Mann erhofft und erwartet, einen, der mir mehr entspricht.

Am vierten Tag nahm meine Enttäuschung zu, denn Freunde, mit denen ich Theater gespielt hatte, kamen mich besuchen, und er machte deswegen einen Riesenaufstand. Jungen, meinte er, hätten dort nichts zu suchen! War der Herr eifersüchtig? Vielleicht liebte er mich ja ... Ich würde sagen, er war besitzergreifend und ein Macho. Eine meiner Tanten versuchte, ihn zu beruhigen.

»Hör auf, da übertreibst du ein bisschen. Das sind ihre Freunde, Jungen, die schon immer mit ihr in diesem Viertel wohnen, sie haben das Recht, ihr guten Tag zu sagen!«

»Sie ist eine verheiratete Frau! Diese Jungen haben kein Recht, in ihr Zimmer zu kommen und sich zu ihr zu setzen!«

»Deine Eifersucht kannst du für dich behalten! Hier hast du keinen Grund, eifersüchtig zu sein!«

Er hatte mit meiner Tante gesprochen, ohne mich anzusehen, und zwar auf Soninké, denn er sprach nicht Wolof. Ich reagierte sofort:

»Meine Freunde haben das Recht, mich zu besuchen!«

Es war das erste Mal, dass ich ihn ansprach, und er wandte sich mir nicht einmal zu.

Am letzten Tag dieser Isolation nimmt jeder im Viertel eine große Wäsche vor, pro Haus muss mindestens ein Kleidungsstück oder ein Pagne gewaschen werden. Ich kenne die Bedeutung dieser Sitte nicht, ich stelle mir vor, dass dies eine symbolische Form der Reinigung ist. Geht es darum, mein Denken oder meine Seele zu säubern?

An diesem Tag geht die Zeremonie zu Ende. Man schlachtet einen Ochsen oder ein Schaf, dann holt man mich aus dem Zimmer und kleidet mich in einen handgewebten indigoblauen Boubou. Ich werde nun zu einer anderen Frau, denn der Eheman besitzt seine Frau endgültig und für immer, sobald sie diesen Boubou angezogen hat. Ich muss vor allen anderen auf ihn zugehen, ihm die Hand geben und vor ihm niederknien zum Zeichen der Unterwerfung.

Ich empfinde immer noch nichts für diesen unbekannten

Mann, außer Angst und Ekel vor dem, was er mir antut. Diese Angst, dieser Ekel stellen sich jeden Abend ein.
Er wurde nicht vertraut mit mir, konnte nicht verstehen, dass ich ein kleines unschuldiges Mädchen war, dem er alles beibringen musste. Er war nicht brutal, aber ich hatte mit ihm keinerlei Austausch, kein Gespräch, außer über Banalitäten: Ob ich etwas essen oder trinken wollte. Seine Erziehung erlaubte ihm nicht, auf eine Frau einzugehen, sie als etwas anderes zu betrachten als einen auf einer Matratze ausgestreckten Körper. Trotzdem lebte er in Europa, in Paris, jedoch in einem Ausländerwohnheim, aus dem er nie herauskam.
Ich habe resigniert, weil ich auf keinen Fall mehr zurückkonnte. Ich habe eine gleichgültige Haltung angenommen, das einzige Gefühl, zu dem ich fähig war. Da er wieder wegfahren musste, war dies ein schlechter Augenblick, den ich hinter mich bringen musste; ich musste nur Geduld haben, die Augen schließen und die Zähne zusammenbeißen. Dennoch geht er einige Tage später mit mir zur Stadtverwaltung, denn er muss einen Nachweis seiner standesamtlichen Heirat nach Frankreich mitnehmen, angeblich für seinen Arbeitgeber. Ich habe ihn zunächst nicht richtig verstanden, doch er sagte die Unwahrheit: In Wirklichkeit wollte er von der Familienzusammenführung Gebrauch machen. Er war mit der Vorstellung gekommen, mich mitzunehmen! Seine erste Frau hatte ihn im Dorf betrogen, er war entschlossen, diese unangenehme Erfahrung nicht noch einmal zu machen. Aber ich wusste nicht, dass er die Absicht hatte, mich von meiner Familie zu trennen.
Und nun gehen wir zur Stadtverwaltung. Zum ersten Mal bin ich wie eine große Dame gekleidet, in einen weißen Boubou und mit all meinem Schmuck, was meine Klassenkameradinnen zum Lachen bringt.
Diesen Standesbeamten werde ich nie vergessen! Wenn er ein Weißer gewesen wäre, er wäre vor Missbilligung

grau geworden. Zunächst fragt er nach dem Geburtsdatum von Madame.
»1959.«
Etwa drei Minuten lang reagiert er nicht, dann sagt er: »Noch einmal, bitte.«
»1959 …«
»Es tut mir Leid, Monsieur, sie hat nicht das Recht, verheiratet zu sein, sie ist noch nicht volljährig.«
Damals lag das heiratsfähige Alter für Mädchen im Senegal bei fünfzehn Jahren, seitdem wurde es auf achtzehn Jahre angehoben.
Ich würde ihm am liebsten um den Hals fallen, aber das kann ich nicht machen! Mein Mann wird von einem Vermittler begleitet, der Wolof spricht, und insistiert mit Nachdruck.
»Doch, das geht!«
Aber der Beamte hat nicht die Absicht, sich alles gefallen, gar sich bestechen zu lassen.
»Nein, nein … Sie ist nicht volljährig, sie kann nicht heiraten.«
»Aber sie ist schon mit diesem Herrn verheiratet, er braucht dieses Papier für die Heirat hier.«
»Es tut mir Leid, sie hat nicht das Alter!«
Mein Mann hat beschlossen, die magische Waffe Afrikas einzusetzen. Mit einem Geldschein lässt sich alles machen!
»Gut, fragen Sie ihn, was er will.«
Die diplomatische Übersetzung des Vermittlers, halb auf Französisch, halb auf Wolof, lautet: »Lässt sich das regeln? Lässt sich da etwas machen?«
»Ich weiß nicht, was man da tun kann, Monsieur. Alles, was ich weiß, ist, dass dieses Mädchen nicht heiraten kann, auf jeden Fall nicht in der Stadtverwaltung. Kein Gesetz in Senegal wird sie berechtigen, eine Heiratsurkunde zu bekommen. Es geht nicht!«
Ich habe kein Recht, mich zu äußern, ich kann diesen

Beamten nicht durch den Schalter hindurch umarmen. Ich kann nicht vor Freude, vor Erleichterung in die Luft springen, doch beim Verlassen dieses Standesamts fühle ich mich beruhigt. Dieser Mann hat mir meine Kindheit zurückgegeben, er hilft mir zu verstehen, wie wenig ich zur Ehe bereit bin.

Meinen Eltern war die Vorschrift der Ehemündigkeit mit fünfzehn Jahren unbekannt. Für sie zählen die standesamtlichen Eheschließungen nicht, davon gibt es zu jener Zeit nicht viele. Es gilt nur die Zeremonie in der Moschee. Mein Mann ist verärgert, der Vermittler ebenfalls, alle außer mir sind verärgert, und der Beamte, der seine Arbeit gut gemacht hat, ist empört.

Offensichtlich gibt es in Afrika für alles eine Lösung, vor allem auf der Ebene der Verwaltung. Man findet immer den Freund eines Cousins, den Onkel von dem und dem, der woanders einen entgegenkommenderen Beamten kennt ...

Ich weiß immer noch nicht, dass ich eines Tages nach Frankreich reisen werde, doch am nächsten Tag fahren wir in eine Stadt in der Provinz, wo ich nach drei oder vier Stunden zum zweiten Mal gegen meinen Willen verheiratet werde. Dennoch hat sich, offensichtlich, bis auf das Datum der Hochzeit nichts geändert! Mein Alter ist offiziell dasselbe geblieben.

Nach einer kurzen Reise in das Heimatdorf meines Mannes, also auch dasjenige meines Vaters, im Tal des Flusses, wird der Ehemann wieder in sein Ausländerwohnheim in Frankreich zurückkehren. Diese letzten Tage in Thiès vor seiner Abreise haben wir uns beinahe täglich gestritten, über Kleinigkeiten, die ich nicht ertragen konnte: Mein großer Bruder darf sich nicht auf mein Bett legen, um mit mir zu reden und zu lachen.

»Das gehört sich nicht!«

Seine Eifersucht, schon wieder seine Eifersucht. Sie wird uns noch das Leben vergiften.

Dieser Mann lebt seit den 1960er-Jahren in Frankreich, doch er hat sich nicht weiterentwickelt, er hat nicht einmal versucht, lesen und schreiben zu lernen. Er hat nur daran gedacht, zu arbeiten, um Geld zu verdienen, und er ist in dieser Hinsicht nicht der Einzige. Das ist das Ziel der weitaus meisten Immigranten in jener Zeit, auch heute noch. Später wird mir klar werden, dass die Gemeinschaften der afrikanischen Zuwanderer in Paris zum Beispiel abgeschottet leben, dass ihre Regeln und vor allem ihr Sozialverhalten sehr stark vom Geld bestimmt sind.

Mit seiner Heirat brachte mein Ehemann alle Traditionen in Einklang. Er heiratete in seinem Land jemanden aus der Familie, eine Soninké, die aus seinem eigenen Dorf kam. Er hatte sich von seiner ersten Frau, derer er sich schämte, scheiden lassen, und er war im Begriff, ein blutjunges, gerade entjungfertes Mädchen nach Frankreich zu bringen, die, nach den Kriterien eines Immigranten, »keine Probleme mit der Unterordnung machen würde«. Auf diese Weise würde er seinen Status als Mann und seine Ehre wiederherstellen.

Ich habe aus dem Mund von zugewanderten Männern oft den Satz gehört: »Ich habe Probleme mit meiner ersten Frau gehabt, also bin ich in mein Land zurückgekehrt und habe eine ganz junge geheiratet!«

Sie meinen oft, ein Mädchen nach ihren Wünschen formen zu können, weil sie nicht die nötige Reife hat, ihnen Widerstand leisten zu können.

Mit dreizehneinhalb Jahren passte ich vollständig in dieses Bild, abgesehen davon, dass ich noch zur Schule ging: Ich konnte lesen und schreiben, ich musste nur noch lernen zu denken. Und ich musste lernen, geduldig zu sein.

Er ist weggefahren, ich bin erleichtert, ich kann in die sechste Klasse, mich mit meinen Freundinnen treffen, und ich glaube mich befreit von den ehelichen Pflichten.

Ich ahne es: Etwas in mir ist endgültig blockiert, und dem werde ich mein Leben lang nachtrauern. Denn ich habe Gelegenheit gehabt, mit ausgeglichenen, glücklichen Ehefrauen in Kontakt zu kommen, deren Existenz uns, meine Freundinnen und mich, zum Träumen gebracht hat.

Tante Marie! Meine außergewöhnliche Tante Marie! Ich bin um die vierzehn Jahre alt, als sie einen Onkel von mir heiratet. Sie ist die geballte Verführung, ein Beispiel der unabhängigen senegalesischen Frau.

Sie ist eine große Geschäftsfrau, reist zwischen Dakar und Bamako hin und her, um Produkte zu kaufen und zu verkaufen. Sie gehört zu den Frauen, die für ihren Mann alles tun können. Die sich unterordnet, aber zu bestimmten Bedingungen und mit Grenzen. Als sie diesen Mann heiratet, hatte sie schon zwei Ehemänner gehabt, von denen sie sich hat scheiden lassen. Sie ist um die vierzig, sie ist autonom und unabhängig. Nach der Heirat mit diesem Onkel, den sie vergöttert und der sie liebt, behält sie ihr Haus, und er kommt sie besuchen. Er hat zwei weitere Frauen, doch Tante Marie lebt die Polygamie umso leichter, als sie mit diesen Frauen nicht zusammenlebt. Es ist eine außergewöhnliche Liebesehe.

Wenn ihr Mann bei ihr zu Besuch ist, bereitet sie zunächst ein fürstliches Essen. Im Zimmer duftet es überall nach Weihrauch und frisch gestärkten Leintüchern. Den Weihrauch stellt sie selbst her: eine Mischung aus zerstoßenen Samenkörnern, eingelegt in Lavendelwasser. Sie fügt zahlreiche Parfums aus Arabien hinzu, Moschus und andere aromatische Pflanzen. Die Senegalesinnen stellen ihre eigene Parfummischung her und wetteifern darin, das zarteste und betörendste Parfum zu erhalten. Tante Marie gehört zur Kaste der Schmiede und hat keine Komplexe, wie auch die Frauen aus der Kaste der Griots und andere. Das unterscheidet sie von der Kaste der Vornehmen. Bei uns spricht man nicht offen über Sex, während jene in dieser Hinsicht frei sind und sich ohne Hemmungen ausdrücken können. Ich habe heimlich zugehört, als sie den größeren Mädchen erklärte, wie sie Parfums, Perlen und Boubous verwenden können, um einen Ehemann oder einen Mann, der sie umwirbt, zu verführen.

»Alles im Haus muss sauber sein und nach Weihrauch duften, aber im rechten Maß. Man sollte nie übertreiben. Und wenn der Mann kommt, empfängst du ihn. Dabei muss sich dein Gang ändern. Deine Augen müssen funkeln, wenn du ihn siehst. Man muss sich auch darauf verstehen, ihn zu bedienen. Zunächst hilfst du ihm, seine Kleidung abzulegen. Am Tisch musst du in seiner Nähe bleiben. Wenn du Fisch gemacht hast, musst du ihm die Gräten entfernen. Wenn es Fleisch ist, ihm dies schneiden. Wenn es Huhn ist, ihm die Stücke mundgerecht zubereiten. Bei den Getränken musst du gut mischen können. Den Bissap aus Hibiskusblüten, den Saft vom »Affenbrot«, der Frucht des Affenbrotbaums, die Tamarinde, den Ingwer, all das bereitest du schon vor. Dann muss man Gewürze hinzufügen, die den Dingen einen besonderen Geschmack geben: Zucker, Muskat, Ingwer, Orangenblüte, Bananenextrakt, Mangoextrakt und dergleichen ... Vor allem aber muss man seinen persönlichen Stil finden, wie beim Weihrauch.

Wenn er seine Mahlzeit beendet hat, lass ihn nicht vor dir zu Bett gehen. Du gehst als Erste, sodass du ihn im Bett empfangen kannst. Wenn er kommt, muss er verstehen, dass du bereit bist für ihn. Behalte nur deinen kleinen Lendenschurz an, und es muss dein schönster sein, und trage immer Perlen um deine Taille. Perlen sind dazu da, zu verführen.

Und dann, wenn alles gut geht, kannst du Unmögliches von ihm verlangen: Er holt dir die Sterne vom Himmel!«

Von Zeit zu Zeit sah man Tante Marie kommen, gekleidet wie eine Königin und märchenhaft schön an der Seite ihres Mannes, der Gewänder desselben Stoffes trug wie seine Frau. Tante Marie brachte von ihren Reisen immer herrliche Stoffe mit und machte ihm daraus Kleidungsstücke, die zu ihren eigenen passten. Sie stiegen aus einem Taxi aus, um meine Mutter zu begrüßen, und gingen ins Kino.

Dieses Paar weckte in mir Träume. Sie ging souveränen Schrittes, in ihrem hinreißenden Boubou, das Gesicht schwarz wie Ebenholz, so schön in ihrer Ungezwungenheit, einen unvergleichlichen Weihrauchduft hinter sich lassend.

Doch Tante Marie war auch die Frau, die, wenn sie sich gestritten hatten, ihrem Mann sagen konnte: »Ich habe ein Messer unter dem Kopfkissen!«, oder: »Ich will dich nicht sehen!«

Und seine anderen Ehefrauen waren wütend, weil sie nicht mit ihr konkurrieren konnten. Sie waren nicht autonom und von daher zur Unterwerfung verdammt, während Tante Marie in ihrer Ehe »die Hosen anhatte«. Eines Tages bei einem Fest war das Verhältnis zu ihrem Mann nach irgendeinem Streit angespannt. (Sie hatte ihm bedeutet: »Ich will dich nicht sehen!«) Die anderen Ehefrauen waren auf dem Fest ebenfalls anwesend, die Leute tanzten, die Trommeln führten den Tanz der Schmiede an, und alle Männer machten sich auf den Weg zur Tanzfläche. Als Tante Marie sah, wie sich ihr Ehemann zum Tanzen erhob, und die beiden anderen Frauen in ihrer Ecke beobachtete, ging sie vor, immer noch wie eine Königin, fegte die Leute im Vorbeigehen mit ihrem herrlichen Boubou weg, und mit einer einzigen Bewegung umschlang sie ihren Mann, um ihn zum Tanzen zu bringen.

Sie brachte uns so zum Lachen. Neben mir sagte jemand: »Diese Frau weiß wenigstens, was sie will.«

Ich habe diese Frau angebetet. Ich war überhaupt nicht darauf vorbereitet, so zu leben wie sie, und ich wusste, dass mir dies nicht möglich sein würde. Sie liebte und wurde geliebt, und abgesehen von ihrer Freiheit als Frau aus der Schmiedekaste war das der große Unterschied.

Auch eine beschnittene Frau kann körperliche Lust empfinden. Auf jeden Fall spricht sie nie darüber, aber in ihrer Erziehung wird ihr von frühester Kindheit an eingetrichtert, dass die Lust ihr nicht gegeben sei. Man sagt es uns nicht so ausdrücklich, man weist uns nur schamhaft darauf hin, dass man seinen Mann nie zurückweisen dürfe, auch wenn man krank sei. Man nennt uns nur unsere Regeln und Pflichten gegenüber unserem Ehemann: So sollen wir »auf die Worte des Ehemanns hören, nicht dorthin gehen, wo der Ehemann uns nicht haben will, keine Freundinnen besuchen, die der Ehemann nicht mag, unter allen Umständen nur seinem Verlangen folgen, nur er hat das Recht zu begehren, also das Recht auf Lust«.

Man unterzieht uns einer Gehirnwäsche, man belastet uns mit einem lebenslangen Verbot: dein Körper gehört nicht dir, deine Seele gehört nicht dir, deine Lust gehört nicht dir. Nichts gehört dir. Die Stelle, die uns dieses Gefühl von Verlangen und dann von Lust bieten konnte, wurde uns entfernt, um unsere sexuelle Lust zu unterdrücken. Und da die junge Ehefrau, die noch ein Kind ist, an einen Mann gerät, den Erziehung und Traditionen daran hindern, sich zu einem Partner zu entwickeln, wird er sich mit ihr als Objekt begnügen. Er wird sie nur im Hinblick auf die Kinder, die ihr Bauch ihm schenken wird, wahrnehmen, ohne zu ahnen, dass auch seine eigene Sexualität als Mann von einer dumpfen Traurigkeit ist, reduziert auf ein körperliches Abreagieren, ohne geteilte Lust. Die einzige Chance für eine beschnittene Frau, von dieser – körperlichen wie geistigen – Ächtung befreit zu werden, besteht darin, einen aufmerksamen, geduldigen Mann zu treffen, der vor allem wirklich in sie verliebt ist – doch auch dann hat sie kein Recht auf einen Orgasmus, Träumen ist nicht erlaubt.

Als ich verstanden hatte, dass ich nach Frankreich zu dem Unbekannten ziehen sollte, war ich bestimmt nicht begeistert. Wenn ich ihn geliebt hätte, wäre diese Abreise sicher leichter zu akzeptieren gewesen – selbst wenn man in diesem Alter seine Familie, seine Freundinnen und sein Land nicht so leicht verlässt.

Ich hoffte, dass es nicht zu dieser Reise kommen würde, und in dieser Hoffnung habe ich ein ganzes Jahr gelebt. Ich bin also vierzehneinhalb Jahre alt, als der Onkel meines Mannes, der in Dakar lebt, mich kommen lässt, um einen Pass für mich ausstellen zu lassen und die üblichen Impfungen vorzunehmen. Ich musste die Schule im ersten Trimester nach meiner Heirat verlassen. Für meine Eltern »ist die Schule erledigt«! Auch wenn die Lehrer nicht nachgeben, so ist die Familie der Meinung, es sei nicht mehr nötig, ihre Tochter habe eine Zukunft: ihren Ehemann. In der Zwischenzeit hat man mich für einen Näh- und Stickkurs angemeldet.

Glücklicherweise habe ich mich in meinen beiden letzten Schuljahren voll und ganz dem Lernen gewidmet, was mir erlaubt hat, so gut wie möglich Französisch zu sprechen und auch zu schreiben. Mein Mann hat mich in der falschen Hoffnung gelassen, dass ich in Frankreich wieder zur Schule gehen und ein Diplom erwerben könne, ein Versprechen, das er natürlich nicht gehalten hat. Meine Bildung war der Schlüssel zu meiner Unabhängigkeit, denn ich war von unabhängigen Frauen erzogen worden, die sich zwar traditionsgemäß unterordneten, von ihren Männern jedoch nie irgendeine Überlebenshilfe erwarteten.

Ich lernte also nähen, stricken und häkeln in dieser Ausbildungsstätte, wo ich auch mein Französisch weiter verbessern konnte.
In Dakar lässt mein Onkel Passfotos machen, mich impfen, mir einen Pass ausstellen. Ich werde mit dem Flugzeug reisen, und in der Zwischenzeit kehre ich nach Thiès zurück, gerade rechtzeitig, um dem Tod meiner Großmutter mütterlicherseits beizuwohnen. Sie, die meinem Vater gesagt hatte, ich würde »in das Loch der Schlange gehen«, verlässt uns, Opfer einer Krankheit, über die man uns wieder einmal nichts sagt.
Jeden Morgen, wenn man sie begrüßte: »Guten Tag, Großmutter, wie geht es mit deiner Gesundheit?«, antwortete sie: »Hört mir gut zu! Ich weiß, dass ich sterben werde, aber ihr müsst zusammenhalten, einander nah bleiben und auf eure Mütter hören.«
Sie kam ins Krankenhaus, um es nicht mehr zu verlassen. Großmutter Aïsatou hatte über meine Heirat bestimmt und verließ mich in dem Augenblick, wo ich näher damit konfrontiert werden sollte.
Sie war erst um die fünfundsechzig Jahre alt.
Der übliche Bote kam von Dakar am Ende der Ferien, um mitzuteilen, dass der Pass fertig sei und man nur noch auf das Flugticket warte. Ich musste Vorbereitungen zur Abreise treffen. In diesem Monat Oktober 1975 ist mein Vater für einige Monate im Staat Elfenbeinküste. Nur meine Mutter und ihre Schwester begleiten mich. Ich springe nicht vor Freude in die Luft, es macht mich traurig, meine Familie verlassen zu müssen, dieses Haus, in dem ich glücklich gewesen bin, und trotzdem möchte ich weggehen, denn weggehen bedeutet auch, meine Mutter zu unterstützen. Mein Ziel ist es, einen Beruf zu erlernen, einen Lohn zu bekommen, um, wie alle anderen senegalesischen Mädchen, Maman zu helfen, ihr bessere Lebensbedingungen zu schaffen und ihr den Wunsch, nach Mekka

zu gehen, zu erfüllen. Das ist der Traum jedes Kindes im Senegal, wenn es eines Tages die Mittel dazu hat. Als ich klein war, stand mir Großmutter Fouley, die mich großgezogen hatte, näher als meine Mutter; in meiner Jugend fing ich an, meine Mutter zu bewundern und zu schätzen. Und vor allem die Qualen zu verstehen, die sie durchlebt hatte, ohne es je zu zeigen. Ich sah in ihr eine große Dame; auch wenn sie nicht gebildet war, hatte sie alles getan, um uns zu erziehen. Und jedes Mal, wenn in der Schule von uns Geld für ein Heft verlangt wurde, lief sie fort, um es zu beschaffen, selbst wenn sie es leihen musste. Sie hat sich für uns geopfert, nichts für sich selbst gekauft. Nahrung, Kleidung, Pflege: sie hat für alles gesorgt.

Drei Tage lang hat sie meine Abreise vorbereitet, Gewürze gekauft, alles was ich für mein neues Leben in Frankreich mitnehmen konnte.

Und dann stehe ich auf dem Flughafen von Dakar, vor mir das Flugzeug, dieser eiserne Vogel, den ich zum ersten Mal aus der Nähe sehe. Ich werde einsteigen, und er wird losfliegen. Ich werde die Meere überfliegen, um dort anzukommen, wo ich hinsoll. Werde ich dort ankommen? Wird dicses Flugzeug nicht ins Meer stürzen? Wird dieser Vogel sich nicht den Flügel brechen? Mir ist gesagt worden, dass man einen Tag brauchc, um dort anzukommen. Ich steige mit echter Besorgnis in dieses Flugzeug ein und setze mich neben ein anderes junges Mädchen, das noch verängstigter ist als ich. Der Lärm, die Türen, die sich schließen, die Motoren, die aufheulen … Ich halte mich an meinem Sitz fest, verkrampfe mich, in der Erwartung, dass mein letztes Stündlein gekommen sei.

Es war gegen zehn Uhr vormittags, als das Flugzeug startete, und als ich sah, wie die Häuser, der Hafen, das Meer in den Wolken verschwammen, habe ich wahrhaft heiße Tränen geweint; ich habe begriffen, dass es vorbei war, zu spät, um abzuspringen, dieser unbekannten Zukunft zu entrinnen. Viele Bilder gingen mir in diesem Augenblick durch den Kopf, wie ein Album mit Kindheitsfotos – die Schule, die Freundinnen und Freunde, die Großmütter, die schon tot sind, und ihre Liebkosungen, Großvater, der für mich betet, während ich das Haus verlasse, meine Mutter und meine Tante am Flughafen, die zum Flugzeug aufschauen, das mich davonträgt. Ich war wirklich allein. Mit vierzehn Jahren würde ich in einem unbekannten Haus wohnen und mich um einen unbekannten Mann kümmern in einem Land, das ich nie gesehen hatte, außer im Fernsehen.

Als wir über den Wolken sind, bringt uns eine Dame ein Tablett mit einer Mahlzeit darauf. Das junge Mädchen neben mir betrachtet dieses Tablett mit angsterfülltem Blick, ohne es anzurühren.

»Du isst nichts?«

»Nein, ich habe kein Geld.«

Mit einem Schlag ist meine Traurigkeit verflogen, und ich breche in Lachen aus. Wenigstens hat mein Onkel mich davon unterrichtet, dass ich im Flugzeug essen könne und die Mahlzeit im Preis des Tickets inbegriffen sei. Ihr hat man nichts gesagt.

»Ich habe auch kein Geld, aber man muss hier nicht bezahlen.«

Da sie nicht überzeugt ist, frage ich, um sie zu beruhigen, bei der Stewardess nach. Schließlich hat sie verstanden, dass sie essen konnte.

Wir haben nicht wirklich Hunger, wir haben beide einen Knoten im Magen. Sie ist eine junge Peul-Frau meines Alters, die ihren Mann zum ersten Mal trifft: Sie hat ihn noch nie vorher gesehen. Weder sie noch ich wissen, wo genau es hingeht. Ihr Mann muss sie am Flughafen erwarten, mein Mann mich ebenfalls, das ist alles. Sie werden uns irgendwohin bringen. Wohin? Das ist ein Geheimnis.

Ich dachte, dass ich, wenn er nicht kommen würde, völlig verloren wäre und zurückfliegen müsse. Die Stewardess, eine sehr sympathische Afrikanerin, machte sich offensichtlich Gedanken über uns, oder aber sie hatte das Ziel unserer Reise erraten. Sie kam immer wieder und fragte:

»Alles in Ordnung? Und du? Wie geht's dir?«

Als eine Stimme uns sagte, dass das Flugzeug bald landen werde, war keine Sonne mehr da. Das war die zweite traurige Erfahrung dieser Reise, ich sah nur noch graue Wolken, es wurde schon dunkel an diesem Oktobernachmittag, auf einem trostlosen Flughafen.

Eine wichtige Sache hatte man mir beigebracht: Wenn du nicht weißt, wohin du gehen sollst, wenn du irgendwo ankommst, mach es wie die anderen.

Ich wusste nicht, wo ich mein Gepäck abholen sollte. Ich war so dumm zu glauben, dass man es uns im Flugzeug am Ausgang wiedergeben würde! Da ich nichts gesehen hatte, folgte ich den anderen Reisenden.

Man hat uns unsere Pässe gegeben, uns angesehen. Mich hat man durchgelassen. Aber das andere Mädchen nicht, ihr wurde gesagt, sie solle sich gedulden. Vielleicht waren ihre Papiere nicht vollständig, oder sie musste auf ihren Mann warten. Und ich habe sie aus den Augen verloren. All diese Rolltreppen in Roissy 1, es war das erste Mal: Ich bin den Leuten gefolgt. Und ich habe die Förderbänder mit den Koffern darauf entdeckt. Ich sagte mir: »Wo sind meine Koffer?« Und als ich sie gesehen habe, dort ... Heutzutage werden die Koffer nicht von den Leuten getragen, sondern sie kommen von ganz allein. Ich behielt das für mich; man muss intelligent aussehen, als würde man alles wissen, selbst wenn man nichts weiß. Als ich meinen Koffer entdeckte, sagte ein Herr zu mir:

»Ist das Ihr Koffer?«

»Ja, ja.«

Er gab ihn mir. Ich nahm ihn. Und ich bin den Leuten weiter gefolgt. Dieser Mann sagte zu mir:
»Gehen Sie da hinauf, der Ausgang ist oben, machen Sie es wie alle.«
Ich bin dorthin gegangen. Und als ich auf der Treppe war, ist etwas geschehen, womit ich überhaupt nicht gerechnet hatte. Ich hatte nur einen Wunsch, wollte umkehren, nicht mehr weitergehen. Und als die Treppe oben ankam, wollte ich mit der anderen Treppe wieder hinunterfahren. Aber da waren Menschen, die mir ein Zeichen machten und nach mir riefen. Mein Mann war da, mit zwei Freunden. Das Flugzeug war voll mit Afrikanern und Weißen. Es war das erste Mal, dass ich so viele Weiße aus der Nähe sah. Von Zeit zu Zeit hatte ich Weiße gesehen, in Dakar, doch nie so viele auf einmal. Der Eindruck, den ich von ihnen hatte, hatte sich aufgelöst, weil ich in ihnen menschliche Wesen – wie ich eines war – entdeckte. Warum haben die Frauen so lange und so glatte, so schöne Haare? Warum habe ich krause Haare? Das hat mich verblüfft. Und auch die Frage, warum die Weißen immer eine sehr lange, spitze Nase haben. Und was mich beeindruckt hat, waren die Augen. Grüne Augen zu sehen, blaue Augen ... Grüne Augen, das hat mich schockiert. Ich habe mir gesagt: »Das sind Katzenaugen.« Und ich hatte Angst vor Leuten mit grünen Augen. Wenn dir diese Leute begegnen, wenn du ihnen in die Augen siehst und sie dir in die Augen sehen, dann versetzt dir das einen Schock.
In diesem Augenblick empfand ich keinen Unterschied. Doch ich fühlte mich fremd. Ich sagte mir: »Was werde ich denn hier machen?« Es war das erste Mal, dass ich so viele Weiße sah, die kreischten, die sprachen. Im Fernsehen sind es immer die Leute von der Schickeria, gut gekleidet, schick, und dort auf dem Flughafen waren es normale Leute, ganz einfache.
Als ich die drei Männer sah, die auf mich warteten, habe

ich mir gesagt, dass es nun kein Zurück mehr gebe, dass ich auf sie zugehen müsse. Das sind Bilder, die bleiben. Ich habe nicht gelächelt. Ich gab jedem von ihnen die Hand. Sie haben mich gefragt, ob ich eine gute Reise gehabt hätte, wie es mir gehe, wie es meiner Familie gehe usw. Und wir sind losgefahren. Wir haben ein Taxi genommen. Und ich bin in Lilas gelandet, Porte des Lilas.

Integration

Ich lebe jetzt im vierten Stock eines Pariser Wohnhauses. In einer kleinen Wohnung, mit Schlafzimmer, Wohnzimmer samt Kochecke, Badezimmer und Toilette. Es ist ein renovierter Altbau. Keine Elendsunterkunft, aber eine zu enge Welt, in der Einsamkeit und Trauer mich ständig zum Weinen bringen.

Mein Mann sagte damals einem Cousin im Vertrauen: »Wenn sie weiterhin so weint, schicke ich sie zurück.«

Ich habe wohl nicht genug geweint.

Er geht morgens weg und kommt bei Anbruch der Dunkelheit zurück. Ich sehe ihn kaum. Mehr als zwei Wochen lang traue ich mich nicht, auf die Straße hinunterzugehen. Am Tag schlafe ich, oder ich verbringe meine Zeit damit, aus dem Fenster zu schauen, und ich sehe nur Wohnhäuser, eine graue Umgebung. Er hat mich nicht eingesperrt, ich bin es, die sich einschließt, weil ich nirgendwo hingehen kann, ich kenne nichts, niemanden in dieser neuen Welt. Ihm wäre es vielleicht lieber, wenn ich so zurückgezogen und passiv bliebe, mich nicht weiterentwickelte. Nach zwei Wochen verlasse ich dieses Gefängnis, aber mit ihm zusammen, und zwar, um die Männer im Wohnheim zu begrüßen, in dem er gewohnt hat.

Sechs erwachsene Männer, in einem kleinen Zimmer zusammengepfercht. Sie begrüßen mich väterlich und geben mir Ratschläge, die einzigen, die sie meinen, mir geben zu müssen.

»Du musst gut auf deinen Mann hören, hier in Frankreich ist er dein Vater und deine Mutter, er hat dich hergebracht. Du musst ihm gehorchen, du musst ihn bei allem um Erlaubnis fragen. Geh nicht allein hinaus, sprich nicht mit Fremden ...«

Als wir zurückkommen, bleibt mein Mann stehen, um unten im Haus Fleisch zu kaufen. Die Metzgersfrau und ihr Mann, ein älteres Ehepaar, Weiße, mustern mich mit Sympathie, insbesondere die Frau.

»Oh, wie gut! Sie sprechen Französisch, das ist sehr gut! Denn er spricht nicht gut Französisch. So kann man wenigstens mit Ihnen reden, kommen Sie uns besuchen, wenn Sie wollen, mein Mädchen.«

Durch den freundlichen Empfang ermutigt, gehe ich tatsächlich von Zeit zu Zeit diese Metzgersfrau und ihren Mann besuchen, um ein wenig zu reden.

»Sie müssen sich hier sehr fremd fühlen, Ihnen ist sicher kalt!«

Sie bemüht sich, Zugang zu mir zu gewinnen, denn ich sitze da, auf dem Hocker in ihrem Laden, und sehe die Leute vorbeigehen, ohne irgendetwas zu wollen, unbeteiligt. Eines Tages sagt sie zu mir: »Übrigens, ich habe es ganz vergessen, heute Morgen ist eine Frau vorbeigekommen. Sie kommt oft. Sie grüßt übrigens immer sehr nett ... Ihr seid sehr höflich in Afrika! Sie ist Senegalesin wie Sie, sie wohnt nicht weit weg, und ich habe ihr von Ihnen erzählt. Vielleicht sind Sie bei dieser Frau weniger traurig? Sie ist aus demselben Land, sie spricht dieselbe Sprache wie Sie.«

Als ich diese Frau eine Stunde später treffe, stehe ich mit unbeschreiblicher Erleichterung von meinem Hocker auf. Endlich jemand, der mir ähnlich ist, eine Frau von zu Hause! Und die Soninké spricht! Eine Schwester.

»Ab morgen wartest du zu Hause auf mich, ich komme und hole dich ab, wir gehen zusammen auf den Markt.«

Ich habe wieder etwas Energie. Ich stehe früh auf, und sobald mein Mann zur Arbeit weg ist, mache ich schnell den Haushalt, bereite den Reis zu, da er nur den mag, und verschwinde mit dieser Frau.

Als sie mir eine andere Frau aus Dakar vorstellte, war ich richtig zufrieden. Diese beiden Frauen haben mich herumgeführt und mich sehr unterstützt. Dann hat mein Mann seinerseits mir zwei Frauen aus Mali vorgestellt, die Frauen von einem seiner Freunde. Zum ersten Mal habe ich in Frankreich die Frauen eines polygamen Mannes gesehen. Sie kochten in afrikanischen Wohnheimen und boten mir an, ihnen zu helfen, anstatt ganz allein zu Hause zu sitzen. Jetzt hatte ich freundschaftliche Beziehungen zu diesen vier Frauen, von denen drei arbeiteten, ich hielt sie für unabhängig. Doch ich habe schnell verstanden, dass diese Frauen aus Mali einen großen Teil ihres Geldes ihrem Mann gaben.
Wir verließen die Wohnung an der Porte de Lilas und zogen in eine große Einzimmerwohnung, wo die Miete nicht so hoch war, mit einer Küche und einem Badezimmer. Dann kam ein erneuter Umzug im April 1976 in eine noch billigere Einzimmerwohnung, leider ohne Dusche, die nur fünfzig Francs Miete im Monat kostete. Ich hatte keine andere Wahl, und ich war bereits schwanger, drei Monate nach meiner Ankunft in Frankreich. Ich bekam eine Badewanne, in der ich mich mit Hilfe eines Wassereimers waschen konnte.
Am Tag des Einzugs – ich brachte gerade Müllsäcke in den Hof des Wohnhauses – stellte mich eine Stimme zur Rede:
»Kannst du nicht guten Tag sagen?«
Es war eine Französin, die im Haus wohnte. Offensichtlich hatte sie mich am Abend zuvor ankommen sehen und mich gegrüßt, doch ich hatte nicht geantwortet.
»Entschuldigung, guten Tag, Madame.«
Ich hatte meine französische Maman getroffen! Sie ist etwa so alt wie meine Mutter und heißt Nicole. In dieser Woche kam sie jeden Morgen und begrüßte mich, dann brachte sie ihren Mann mit, der sehr hilfsbereit ist.
»Wenn du irgendetwas brauchst, frag nur.«

Ich war erstaunt über diese Begegnung und vor allem über diese Freundlichkeit. Damals waren wir nur wenige afrikanische Frauen, und nie, zu keinem Zeitpunkt, habe ich in diesem Viertel die geringste Ablehnung, die leiseste Spur von Rassismus wahrgenommen. Gerade einmal ein gewisses Erstaunen bei Madame Rosa, der Gynäkologin, die mich während meiner Schwangerschaft betreute.

»Unmöglich! Du bist doch noch so jung! Wirklich noch ein junges Rehlein!«

Ich war ziemlich weit, ich konnte Essen zubereiten, einen Haushalt organisieren, schwanger sein, doch körperlich war ich noch ein Kind. Ich vermute, dass sie schon bei der ersten Schwangerschaftsuntersuchung die Narbe von der Beschneidung gesehen hat, doch sie hat keine Fragen gestellt, zumindest nicht mir. Nach jeder Beratung unterhielt sie sich mit meinem Mann, und er erklärte mir nichts.

In dieser ganzen Zeit habe ich im Übrigen nie richtig mit meinem Mann gesprochen. Wir lebten zusammen, tauschten das Notwendigste aus, nicht mehr. Keine Gespräche, keine Vertraulichkeiten. Er war lediglich mein Cousin, jemand, den ich ein wenig kannte, ein Mitglied der Familie, mit dem ich zusammenlebte, und ich war unfähig, andere Gefühle für ihn zu empfinden. Weder Hass noch Zärtlichkeit noch Liebe. Nur eine traurige Gleichgültigkeit. Gelegentlich bekam ich Post von meiner Familie, die auch seine Familie war. Ich las ihm die Briefe vor, bis auf bestimmte Briefe, die er ins Wohnheim brachte, um sie von jemand anderem lesen zu lassen. Aber ich war nicht neugierig, das war seine Sache. Ich beschwerte mich nicht bei meiner Mutter, ich hatte ihr nicht einmal gesagt, dass ich schwanger war, ich wusste nicht, ob ich sie davon unterrichten musste oder nicht. Wenn ein Mädchen meines Alters weit weg von zu Hause schwanger ist – muss sie es sagen oder nicht? Ich hatte keine Orientierungspunkte mehr. In Afrika hätten die Frauen im Haus meinen Zustand bemerkt, wahrscheinlich noch vor mir, und die Frage hätte sich nicht gestellt. Meine Schwangerschaft verläuft ziemlich schwierig. Ich leide unter Übelkeit, habe nur auf bestimmte Dinge Lust und esse schlecht, da die europäische Ernährung für mich ungewohnt ist. Mir fehlen die Hirse, der Tiep, unser Nationalgericht auf der Grundlage von Reis und Fisch, und die würzigen Zutaten meiner Kindheit. Da ich unbedingt afrikanische Produkte haben wollte, begleitete mich mein Mann eines Tages zum Geschäft eines Lebensmittelhändlers von den Antillen, um dort Couscous zu kaufen. An diesem Tag habe ich zum ersten Mal in meinem Leben Schnee fallen sehen, und ich rutschte aus und fiel unsanft auf den Rücken. Damals kannte ich das Wort »Schnee« nicht, und ich schrieb an meine Mutter: »Es hat Eis geregnet.«

Es war trist und kalt; glücklicherweise war die kleine Hausgemeinschaft warmherzig. Es gab Maman Nicole und ihren Mann, ein Ehepaar aus Tunesien, eine Dame spanischer Herkunft, eine andere Französin mit zwei kleinen Töchtern und eine alte Dame, die alle Mémé nannten. Sie war alt, immer elegant und geschminkt, mit einem kleinen weißen Kleid. Ihr Fenster lag über dem Eingang dieses Hauses. Mémé sah alle, die ein- und ausgingen. Sie lebte im Ruhestand und war immer fröhlich. Ich hatte eine Großmutter gefunden, allerdings mit weißer Hautfarbe, der es leicht fiel, Spaß zu machen und zu lachen. Sie nannte meinen Mann »Bamboula«. Dieses mir unbekannte Wort brachte mich zum Lachen. Nicole zeigte mir dann kleine Bücher aus ihrer Jugend mit Banania-Werbung ... Ich habe die Karikaturen entdeckt, die die Weißen von der schwarzen Bevölkerung machten; für sie waren wir »Bamboula«; für uns waren sie »Toubabs«, ein Name aus der Kolonialzeit. Für mich sind die Toubab die Weißen – das ist weder herabsetzend

noch verächtlich, es ist einfach nur ein Name. Zu der Zeit, als ich nach Frankreich kam, verband man mit diesem Ausdruck überhaupt nichts Böses. Diese Leute respektierten uns, sie waren nett, man wünschte sich korrekt einen guten Tag, man half sich gegenseitig aus. Nicole und Mémé nannten mich bei meinem Vornamen; ich hätte mich ihnen anvertrauen können, doch das tat ich nicht, während sie unweigerlich ahnten, dass ich Hilfe brauchte, um mich einzuleben und meine Schwangerschaft zu ertragen. Für sie war ich noch ein Kind; zu Hause war ich schon eine Frau, und bald würde ich eine Mutter sein. Ich bat niemanden um irgendetwas, aus einer erziehungsbedingten Scham heraus oder aus Stolz, vielleicht sogar Misstrauen, denn selbst wenn uns die französische Sprache verband, waren Kultur und Traditionen meiner Nachbarn völlig anders. Eine Großmutter wie Mémé zum Beispiel hätte nie allein gelebt, isoliert bei sich zu Hause, ohne Kinder, die ihr geholfen hätten. Solidarität und Respekt sind sehr wichtige Prinzipien bei uns. Man konnte keine Großmutter allein mit ihren Paketen gehen sehen, ohne ihr zu Hilfe zu eilen. Das war mit das Erste, was mich in Frankreich schockiert hat, dieser Mangel an Unterstützung, Zuneigung und Respekt gegenüber alten Menschen. Bei uns sagt man, ein alter Mensch müsse immer ein Kind an seiner Seite haben, nur um von diesem ein Glas Wasser gereicht zu bekommen. Wenn ich mit meinen Nachbarn Französisch redete, sprach ich nicht über mich, ich beschränkte mich auf Banalitäten. Ich habe »Maman Nicole« ein bisschen von meinem Leben im Senegal erzählt, aber erst sehr viel später. In den letzten Monaten meiner Schwangerschaft war sie immer für mich da.
»Brauchst du etwas? Ich gehe einkaufen.«
Nicole kaufte auch für Mémé ein. Eines Tages brachte sie mir ein Paket mit Wäsche für das Baby. Sachen, die einmal ihren beiden Jungen gehört hatten. Da der Ältere

so alt war wie ich, stellte sie sich wohl vor, dass ich, wenn ich ihre Tochter wäre, jetzt im Hof spielen oder die Schule besuchen würde. Sie gab mir kleine Tücher, Babydecken. Sie erklärte meinem Mann, was für das Baby zu kaufen sei. Jedes Mal, wenn in diesem alten Haus etwas nicht funktionierte, rief ich François, ihren Mann, der handwerklich sehr geschickt war, und er kam sofort mit seinem Werkzeug, um einen Wasserhahn oder eine Steckdose zu reparieren. Er konnte alles. Es war mein Glück, nach meiner Ankunft in Frankreich auf sie zu stoßen. Der liebe Gott hat mich nicht im Stich gelassen und sie mir geschickt.

Anfang Juni ging es mir nicht gut. Die Schmerzen kamen und gingen wieder, und am Ende der Woche ging es mir so schlecht, dass ich darum bat, ins Krankenhaus gebracht zu werden.

Die Schwestern und die Hebamme fanden mich sicherlich sehr jung, aber das hat sie nicht übermäßig erstaunt. Sie fingen gerade an, afrikanische und maghrebinische Frauen, die entbunden hatten, zu versorgen, und die Immigrantenfrauen, die damals nach Frankreich kamen, waren oft ebenso jung wie ich.

Die Schwestern verwöhnten mich und machten mir vor allem wieder Mut.

»Weinen Sie nicht, es wird schon werden. Sie werden sehen, unser Team ist genial, alles wird gut gehen.«

Plötzlich kam eine Dame und sagte zu mir: »Ich habe eine gute Nachricht für Sie, mein Kleines. Diejenige, die sie bei der Entbindung unterstützen wird, kommt aus dem Senegal. Sie ist Französin, sie hat ihren Urlaub im Senegal verbracht, und in einer Stunde nimmt sie ihren Dienst wieder auf. Sie werden sehen, das sind Hände, die noch warm sind von Ihrer Heimat, Hände mit dem Duft Ihres Landes! Ich würde auch gern dort hinfahren. Nach allem, was man im Fernsehen über Ihr Land sieht, da bekommt man richtig Lust!«

Ich konnte ihr in diesem Augenblick nichts von meinem Land erzählen, da ich zu sehr litt, doch die Vorstellung, dass die Hände, die mein Kind in Empfang nehmen würden, aus meiner Heimat kamen, tröstete mich. Ich habe mit großen Schwierigkeiten, Leiden und Risswunden entbunden, was vielleicht auf mein jugendliches Alter oder auf die Narbe von der Beschneidung zurückzuführen war. Zu diesem Zeitpunkt meines jungen Lebens wusste ich noch nichts von den Folgen dieser Verstümmelung. Für mich war alles normal, es war normal, zu leiden.
Meine Tochter wurde nach acht Monaten und ein paar Tagen geboren. Als man sie mir auf den Bauch legte, brach ich in Tränen aus. Ich hätte mir so gewünscht, dass meine Mutter da gewesen wäre. Wenn in Afrika eine Frau entbindet, kümmert sich die Mutter oder die Großmutter sofort um das Baby und um die Mutter.
Ich war sechzehn Jahre alt. Meine erste kleine Tochter, Mouna, gab mir die Hoffnung auf ein besseres Zusammenleben mit meinem Mann. Er nahm sie auf den Arm und lachte mit ihr; er war ein guter Vater, vielleicht würden sich meine Gefühle für ihn ändern. Ich war bereit, mir Mühe zu geben und den Rat der Großmütter zu befolgen: meinen Mann lieben zu lernen. Diese Hoffnung war vergeblich, es ist mir nie gelungen.
Tagsüber war Mouna ein artiges Baby, nachts weinte sie jedoch viel. Nach einer Woche Krankenhaus kehrte ich wieder in die kleine Wohnung zurück. Freunde, Cousins und Onkel aus dem Ausländerwohnheim kamen uns besuchen und beteten, dass das Baby ein langes Leben haben und seine Mutter noch viele Babys bekommen möge. Jeder brachte einen kleinen Geldschein mit; im Senegal geben je nach Verwandtschaftsgrad die Frauen Zucker und Seife. Die Seife, um jeden Morgen die Kleidung des Babys zu waschen, und Zucker für die Mahlzeiten der Mutter. In Frankreich schenken die Weißen Blumen!
Die Schwestern brachten mir bei, das Kind zu stillen, zu

baden und zu versorgen; ohne meine Mutter war ich als junge Mama verloren. Traditionell besteht bei uns die Taufe darin, dem Baby am siebten Tag nach seiner Geburt seinen Namen ins Ohr zu flüstern; bis dahin hat es keinen Namen, das ist nicht üblich. Verwundert hat mich, dass man schon bei der Geburt über den Namen entscheiden muss, manchmal sogar einige Zeit vorher. Ich wusste nicht, dass das französische Standesamt Vorrang vor unseren Traditionen hat. Die Onkel flüsterten Mouna ins Ohr, ich versuchte, nachts für sie die Wiegenlieder zu singen, an die ich mich erinnerte. Ich massierte sie mit Karitébutter wie in meiner Heimat. Ich gab ihr all die Liebe, die ich für ihren Vater nicht empfinden konnte, doch uns beiden fehlte die Liebe der Familie. In meinem Land ist das Kind König, die Mutter wird verwöhnt, alle befassen sich mit ihnen, und die Tatsache, Mutter zu sein, weckte in mir eine unendliche Sehnsucht, die ich nicht mitteilen konnte. Dennoch hatte ich Glück. Bei meiner Rückkehr in die Wohnung war Maman Nicole da! Sie hatte die Wiege vorbereitet, sorgfältig die Sachen eingeräumt, und jeden Morgen kam sie und half mir, Mouna zu baden, und sah mir zu, wie ich sie ausgiebig massierte. Instinktiv führte ich die Gesten der Großmutter aus. Auf jeden Fall tat ich mein Bestes. Maman Nicole war sicher bestürzt, mich mit sechzehn Jahren schon als Familienmutter zu erleben, aber das machte ich mir nicht klar. Für mich war das natürlich. Ein Mädchen meines Alters war dazu bestimmt, Ehefrau zu werden und Kinder zu haben. Einige meiner Cousinen waren schon mit zwölf Jahren verheiratet worden, sobald sie ihre erste Regel gehabt hatten. Eine von ihnen war verheiratet worden, obwohl sie noch in der Pubertät war, einfach weil sie groß und korpulent war. Wir hatten keine Kindheit, keine Jugend, und ich fand das nicht ungewöhnlich. Wenn man einige Jahre später meine Tochter im gleichen Alter hätte verheiraten wollen, hätte ich wie eine Löwin gekämpft, um es zu verhindern. Doch ich hatte noch einen weiten Weg zurückzulegen, bis ich verstand, dass in einer Welt, die sich so schnell entwickelt, nicht jede Tradition aufrechterhalten werden sollte.

Je mehr das Baby heranwuchs, desto seltener wurden die Besuche von Nicole. Sie hatte mir gezeigt, was zu tun war, und jetzt musste ich ganz allein zurechtkommen. Die Sehnsucht nach meiner Kindheit gewann wieder die Oberhand. Wenn es bei uns ein Baby gab, sahen die Mädchen zu, wie die Großmütter und die Tanten es machten. Sie standen uns zur Verfügung, um uns zu helfen, und gleichzeitig lernten wir, ein Kind zu versorgen. Noch heute höre ich meine Tante sagen: »Khady, gib mir die Seife, gib mir die Karitébutter.«

Ich habe niemanden, den ich fragen kann, niemanden, der mir sagt: »Für deinen Bauch musst du dies hier oder das essen, deinen Körper musst du hiermit bürsten ...« Jetzt, wo ich ganz allein bin, sitze ich da und weine. Manchmal eine halbe Stunde, eine Stunde. Nur die Freundinnen aus Mali lassen mich meine Einsamkeit ein wenig vergessen, wenn sie mich besuchen.

Ich wohne in einem sehr menschlichen Viertel, wo die Leute einander nah sind, doch manche Dinge kann man nur mit Menschen teilen, die man schon immer kennt – meine Schwester, meine Cousine, vor allem meine Mutter fehlen mir sehr. Man kann sich nicht mit Freundinnen, die man erst kurze Zeit kennt, an sein früheres Leben erinnern, an diese Dinge, die man nicht gemeinsam erlebt hat. Kleinigkeiten, über die wir später lächeln: »Erinnerst du dich noch an dies oder jenes?«

Meine Schwester zum Beispiel ging immer ins Kino, sie begeisterte sich für indische Filme, die drei oder vier Stunden dauern, und sie wurde oft begleitet von meiner Tante und einer alten Dame, die meine Mutter zu Hause aufgenommen hatte. Manchmal bat sie darum, mich mitnehmen zu dürfen. Kinos gab es in zwei Varianten: als überdachten Ort, gegen Regen und Wind geschützt, und als billigere Ausgabe, wo wir das Risiko eingingen, durchnässt zu werden ...

Manchmal gingen wir auf Hochzeiten. Ich erinnere mich an meinen ersten Ball, wo ich als Schulfreundin der kleinen Schwester der Braut eingeladen war. Ich hatte keinen großen Boubou, und meine Schwester hatte mir einen indigoblauen geliehen. Meine Schwester ist pingelig. Sie hat sehr »diplomatisch« gewartet, bis ich mit meiner Freundin auf der Straße war, um mir von weitem nachzurufen: »Und vor allem, mach meinen Boubou nicht schmutzig, ja?«, damit nur ja alle wussten, dass sie mir ihren Boubou geliehen hatte!

Während dieses Festes habe ich alles getan, um ihn nicht schmutzig zu machen, ich habe fast nichts gegessen, aus Angst, mit einem Fleck nach Hause zu kommen.

Die Jungen organisierten auch Bälle, und gelegentlich waren wir eingeladen. Doch die Mütter aus dem Viertel hielten um acht Uhr Ausschau, um uns gerade in dem Augenblick, wo der Ball begann, heimzuholen! Und wenn sie unglücklicherweise in dem Augenblick kamen, wo man für einen Slow das Licht ausgemacht hatte, dann war das ein Skandal, eine Katastrophe! Und dann riefen die Großmütter uns zu: »Mein Gott, habt ihr diese Mädchen gesehen? Im Dunkeln, eng umschlungen mit den Jungen, aneinander gedrückt, aneinander klebend, was für eine Schande! Mein Gott, was für eine Erniedrigung! Sie haben bestimmt ihre Unschuld verloren! Für sie ist alles vorbei!«

Ich erinnere mich an eine Großmutter, die ihre Enkelin sogar von der Tanzfläche holte, um sie aus diesem Pfuhl der »Wollust« herauszureißen!

Andere sagten einfach:

»Komm mit! Wir gehen nach Hause! Aber zu Hause bekommst du dann dein Fett ab!«

Meine Mutter sagte immer, wenn sie ein Kind bestrafte: »Ich laufe nicht hinter dir her, weder im Hof noch im Viertel, wo mich alle sehen und denken: ›Lass sie, lass sie!‹ Du schläfst zu Hause, und ich werde dich schon irgendwann finden!«
Und es stimmte. Man spielte den ganzen Tag, man vergaß den Zwischenfall, doch am Abend, wenn man friedlich in seinem Zimmer war ... da saß man in der Klemme!
Maman zog mit ihrem Finger eine imaginäre Linie auf dem Zement der Vortreppe. »Siehst du diese Linie hier? Wenn du den Fuß darübersetzt ...«
Maman, die uns die Zukunft in den Kaurimuscheln las. Viele Frauen bedienen sich dieser weißen Muscheln, um das Kommen eines Märchenprinzen vorherzusagen. Sie werfen zwölf Kaurimuscheln im Hof des Hauses aus, im Schatten großer Bäume, man trinkt Tee, und alle jungen Mädchen kommen herbei, ungeduldig, es zu erfahren.
»In nicht allzu langer Zeit wird jemand kommen. Eine Heirat kündigt sich an.«
»Oh! Ein Baby ist unterwegs ... Wer von euch hat einen Fehltritt begangen?«
Alles hängt von der Lage der Muscheln ab. Mir hat eine Kaurimuschel einmal gesagt: »Du wirst weit weggehen. Du bist nicht mehr eine von hier. Du wirst den Ozean in der Luft überqueren.«
Ich war schon verheiratet, und ich wusste noch nicht, dass ich weggehen würde. Wer wusste es? Die Kaurimuschel oder meine Tante, die sie geworfen hatte?
So träumten die jungen Mädchen samstagnachmittags stundenlang im Schatten des Mangobaums. Auch ich hatte so geträumt. Und jetzt weinte ich über meine verlorene Kindheit, meine verstümmelte Jugend. Ich weinte, ohne mir dies einzugestehen, über den nicht vorhandenen Märchenprinzen. Einen zärtlichen und aufmerksamen Ehemann, der mich nicht gezwungen hätte, nachts seine Anwesenheit zu ertragen.

Ich wurde erneut schwanger, obwohl Mouna erst einige Monate alt war. Ich musste sofort mit dem Stillen aufhören. Die sexuelle Beziehung zu meinem Mann war eine Quelle von Konflikten, und die Streitereien haben angefangen, weil ich immer versuchte, ihm zu entgehen.
Ich hätte mir gewünscht, dass er mich in Ruhe lässt; doch da ich nicht diplomatisch bin und er es auch nicht war, war kein Frieden möglich. Die Ratschläge von Tante Marie waren in weiter Ferne, ich hatte sie sogar vergessen. Zu dieser Zeit ging ich mit all meinen Kleidern schlafen, meinem kleinen Pagne und meinem Schlafanzug. Das Bett war eine ständige Gefahr für mich. Manchmal machte mein Mann keine allzu großen Schwierigkeiten und ließ mich in Ruhe, aber bisweilen stellte er doch seine Forderungen.
Manchmal war es schmerzhaft. Meist resignierte ich, verdrängte alle Gedanken und war steif wie ein Stück Holz. Ich habe nie aktiv mitgemacht. Ich wollte damals nicht und habe niemals gewollt. Für mich waren die ehelichen Pflichten eine Qual, die man zu ertragen hatte. Ich war passiv und schicksalsergeben. Ich stellte mir nicht einmal die Frage, ob alle Frauen das Gleiche erlebten.
Die Liebe, von der in den Filmen im Fernsehen die Rede war, betraf mich nicht. Keine Vollmondspaziergänge, keine Ausflugsfahrten im Auto, kein Kino und keine Bälle.
Diese Schwangerschaft verlief ohne besondere Zwischenfälle, auf jeden Fall besser als die erste. Meine französische Maman half mir weiterhin. Da ich Mouna für die kinderärztlichen Untersuchungen zur Schutzvereinigung für Mutter und Kind brachte, spannten mich die Schwestern sehr bald ein.
»Sie sprechen gut Französisch, sprechen Sie den Dialekt von der und der Frau?«

Von nun an machte ich meine Besuche beim Kinderarzt zur gleichen Zeit wie die anderen afrikanischen Frauen, um ihnen als Dolmetscherin behilflich zu sein.
Man gab mir auch eine Adresse des Sozialzentrums, wo Alphabetisierungskurse, Näh- und Kochkurse stattfanden. Dort ging ich regelmäßig mit meinem Baby hin. Und die Dame, die das Zentrum leitete, sagte mir sehr bald: »Was wollen Sie denn in meinem Kurs? Ich brauche Sie als Dolmetscherin und nicht als Schülerin. Sie helfen mir, die Hälfte des Kurses zu bestreiten! Sie sollten eher versuchen, etwas anderes zu tun, etwas, was Sie weiterbringt!«
Da ich gerne nähe, habe ich in diesem Zentrum eine Ausbildung gemacht und gleichzeitig ehrenamtlich als Dolmetscherin gearbeitet. Nach und nach gewann ich für die afrikanischen Familien an Bedeutung. Ich war Schreiberin geworden, man diktierte mir Briefe, seitenweise Briefe für die Familien, und ich las ihnen die Antworten vor. Allmählich kannte ich die Familiengeschichten, ich schrieb sogar Briefe, in denen ein Ehemann um eine zweite Ehefrau, das Mädchen Soundso im Land XY, bat.
Ich bekam Besuch von meinen Freundinnen aus Mali, ich bereitete den Tiep zu, und ihre Männer waren begeistert, oder gedünstete Buletten aus Hirse, in Sauermilch zerkleinert, für die die Frauen schwärmten. Ich verrichtete vor allem die Dienste, die mir meine »Schulausbildung« erlaubte: von den sechs mir bekannten Frauen aus Mali oder aus dem Senegal war ich die Einzige, die das Glück hatte, eine Schule besucht zu haben, und daher die Einzige, die über das Privileg verfügte, lesen und schreiben zu können. Sogar die Ehemänner waren Analphabeten. So hatte ich Anträge auf Rückerstattungen bei der staatlichen Sozial- und Krankenversicherung sowie Anträge auf Kindergeld auszufüllen, Rezepte zu entziffern, mit den Frauen Medikamente zu kaufen, ihnen den kleinen

Löffel und die richtige Dosis für das Baby zu zeigen, ihnen die Farben der zu verabreichenden Tablette zu erklären – rosa am Mittag und blau am Abend – und sie zum Arzt oder anderswohin zu begleiten. Indem ich den anderen Frauen half, lernte ich selbst viele Dinge. Dann und wann gingen wir mittwochs zusammen auf den Markt, auch dabei diente ich als Dolmetscherin. Und da ich außerdem das Glück hatte, Maman Nicole in meiner Nähe zu haben, vergaß ich fast meine Trauer und mein Heimweh nach meinen Eltern. Ich machte mich nützlich, indem ich Orientierungspunkt und Leitstern der kleinen Gemeinschaft afrikanischer Immigranten war, diejenige, die die Geheimnisse der französischen Verwaltung entschlüsseln konnte.

Und in diesem Augenblick, als ich die Papiere für die Ehemänner ausfüllte, die damit zur staatlichen Sozial- und Krankenversicherung gingen, um Kindergeld und Schwangerschaftsbeihilfen zu beziehen, begann ich zu verstehen, wie diese zugewanderten Männer dachten. Alle Schwierigkeiten bei den afrikanischen Ehepaaren resultierten aus der Zuteilung dieses Kindergeldes. Alles lief auf den Namen von Monsieur, und Monsieur bekam das Geld. Ich war empört darüber, dass die Männer die Frechheit besaßen, eine Schwangerschaftsbeihilfe oder das Kindergeld in die eigene Tasche zu stecken! Diese Art von Problem kannte ich nicht, mein Mann brachte das Geld nach Hause, und wir entschieden gemeinsam, was wir damit machen würden. Oft deponierte er es so lange auf der Bank, bis er es brauchte. In anderen Familien wusste die Frau gar nichts von dem Geld, das ihr Mann bekam. Manche Frauen hatten nicht einmal zehn Francs in der Tasche, wenn sie das Haus verließen. Der Ehemann behielt alles für sich, übernahm die Einkäufe nach eigenem Gutdünken, während seine Frau ohne seine Zustimmung nicht einmal Jogurt für ihre Kinder kaufen konnte. Unmöglich für diese

Frauen, sich auch nur eine Unterhose zu kaufen! Vor dieser Art von Konflikten glaubte ich sicher zu sein, doch ich irrte mich.
Ich ging damals oft in einen kleinen Laden, wo ich schon viele Leute kannte, und ich wusste mich gut auszudrücken, sobald mein Mann nicht in der Nähe war. Anfangs machte er die Einkäufe; jetzt kam ich jedoch gut allein zurecht.
Nach und nach hatte ich also in dieser neuen Welt meinen Platz eingenommen, und eines Tages schlug mir in diesem Geschäft, in dem wir viel verkehrten, eine Frau vor, sie eine Zeit lang auf ihrer Arbeitsstelle zu vertreten. Es handelte sich um einen Gelegenheitsjob, bei dem Akten in den Büros eines Bahnhofs geordnet werden mussten, aber man würde mich offiziell bezahlen, mit einer richtigen Gehaltsabrechnung! Der Beginn meiner Unabhängigkeit ...
Ich hatte also Arbeit. Gewissenhaft ordnete ich die Akten nach Jahrgängen. Es war weder spannend noch anspruchsvoll, doch es war meine erste richtige Anstellung. Und als ich meine erste Gehaltsabrechnung in der Hand hatte, kam mir sofort ein Gedanke in den Sinn. Als ich nach Europa ging, hatte ich sehr konkrete Ziele im Kopf. Da die Abreise dorthin unvermeidlich war, hatte ich mir fest vorgenommen, etwas Bedeutsames für meine Mutter und meine Schwestern zu tun, wenn ich die Mittel dazu haben würde.
Im Senegal ging ich, ebenso wie meine Schwestern, etwa einen Kilometer vom Haus zu einem öffentlichen Wasserhahn, um Wasser zu holen. Bevor diese Wasserhähne in jedem Viertel auftauchten, gab es viele Brunnen. Das Wasser dieser Brunnen wurde für alles genutzt, zum Duschen, für die Wäsche. Wassermangel gab es nie. Doch es ist schwierig, Wasser zu schöpfen. Als Jugendliche habe ich es gemacht. Man reibt sich die Hände an den Seilen auf, der Eimer lässt sich nur

schwer wieder hochziehen. Und die Begegnungen am gemeinsamen Brunnen waren Anlass zu Streitereien unter den Frauen. Man stritt sich, man prügelte sich sogar, vor allem die jungen Mädchen. Unnötige Streitereien von der Art wie: »Mein Eimer war vor deinem dran, warum hast du ihn nach hinten gestellt?« Das war der Vorwand, der Funke, der einen alten Zwist hochkochen ließ.

Großvater und mein Onkel ließen später im Hof des Hauses einen Brunnen graben, und nun war der Wasserholdienst weniger schwer. Es blieb der einen Kilometer entfernte öffentliche Wasserhahn, zu dem man auf jeden Fall gehen musste, um sauberes Wasser für die Küche zu holen. Ich wollte meinen Schwestern diesen Dienst ersparen und meiner Mutter einen Wasserhahn schenken! Einen Wasserhahn im Haus, angeschlossen an das Leitungsnetz des Wohnviertels! Ein Luxus.

Mit meinem ersten Lohn habe ich dies getan. Ich habe gleich das Geld mit der Post geschickt und die Nachbarn meiner Mutter angerufen. Eine sehr nette Familie, Mischlinge – der Vater stammt aus Benin, die Mutter ist Französin, und die Kinder sind ganz weiß ... Vor meiner Abreise hatten sie mir ihre Nummer anvertraut und meiner Mutter gesagt: »Wenn sie möchte, kann sie uns hier anrufen.«

Ich habe es nicht oft getan, da das Telefonieren teuer war, aber als ich die Zahlungsanweisung abgeschickt hatte, konnte ich nicht widerstehen und habe Mama angerufen. Nach der Begrüßung, den langen üblichen Grußformeln, den Neuigkeiten über ihre Enkeltochter, Neuigkeiten über mich (deshalb waren diese Gespräche so teuer), habe ich ihr die Neuigkeit angekündigt:

»Mama, ich schick dir ein bisschen Geld, erkundige dich wegen einem Wasserhahn im Haus.«

»Möge der liebe Gott dir mehr davon geben ...«

Das Gebet einer Mutter ist immer dasselbe, wenn sie

Hilfe von ihrer Tochter bekommt. Im Augenblick gab mir Gott nur so viel, dass ich ihr einen Wasserhahn schenken konnte, doch es war ein Anfang, und ich hatte die Absicht, es mehr werden zu lassen.
Als der Wasserhahn im Haus installiert war, bekam ich einen Brief von der ganzen Familie, in dem jeder mich grüßte, und diese Grüße nehmen bei uns die Hälfte eines Briefes ein. Schließlich dann die interessanten Neuigkeiten: »Der Wasserhahn ist da, wir haben Wasser.«
Ich hatte meinen Monatslohn zu gleichen Teilen für den Wasserhahn, für meine Tanten und für meinen Großvater überwiesen.
Eine Woche später bekam ich Post von Großvater, in der es hieß: »Guten Tag, hier geht es der Familie gut, ich hoffe, dir geht es auch gut. Gott sei Dank habe ich das Geld wirklich erhalten. Vielen Dank. Gott möge dir ein langes Leben und eine gute Gesundheit und mehr, als du heute hast, geben.«
Übersetzt bedeutet dieser Segensspruch: Wenn Gott dir nicht mehr davon gibt, wirst du uns nicht noch mehr helfen können.
Meine kleinen Schwestern haben mir erzählt, dass meine Mutter, als der Wasserhahn installiert war, mit der ihr eigenen Großzügigkeit die Nachbarn eingeladen hat, damit sie ihn bewundern konnten, und dass jeder seine Schüssel füllen konnte.
Mein Vater hat protestiert:
»Ist dir klar, was du da machst? Wer wird am Monatsende die Rechnung bezahlen?«
»Gott ist groß!«
Ich lerne weiter nähen, und Nicole hilft mir immer noch. Und ich werde von einer zweiten prachtvollen Tochter entbunden, Kiné, die bei der Geburt fast vier Kilo wiegt. Dieses Mal habe ich noch mehr Risswunden, und ich leide sehr.
Wir wohnen immer noch in einer Einzimmerwohnung,

jetzt mit zwei Wiegen, einem großen Bett und einem Schrank. Mouna ist erst zehn Monate alt, als ihre Schwester geboren wird. Zu dieser Zeit kam eine Cousine meiner Familie aus dem Dorf, eine Frau aus der Kaste der Schmiede. Sie lebte in einem Vorort von Paris und besuchte mich gelegentlich. Sie ist sehr viel älter als ich, doch wir verstehen uns sehr gut.

1978 – ich bin noch keine neunzehn Jahre alt – bin ich zum dritten Mal schwanger. Meine erste Tochter wurde 1976 geboren, die zweite 1977, und die dritte wird 1978 auf die Welt kommen.

Im Zentrum der Schutzvereinigung für Mutter und Kind ruft eine Kinderärztin, eine Französin, die ich inzwischen gut kenne, aus: »Das ist nicht möglich, Sie kommen nach Frankreich und bekommen jedes Jahr ein Kind! Wo soll das hinführen?«

Dabei wusste sie noch nicht einmal, unter welchen Bedingungen ich lebte. Zwei Wiegen, und bald drei in einem einzigen Zimmer, in der Mitte das Ehebett mit einem Vorhang, der uns von den Kindern trennte! In Großvaters Haus oder bei meinen Eltern waren die Lebensverhältnisse der Frauen und Kinder sehr viel besser.

Infolgedessen werde ich während dieser dritten Schwangerschaft krank und lande im Krankenhaus. Zu dieser Zeit bin ich oft krank, ich leide an Migräne, doch die Ärzte finden nichts Besonderes. Wahrscheinlich bin ich depressiv und erschöpft, ohne mir dessen bewusst zu sein.

Wenn ich im Krankenhaus bin, schickt mir die Sozialarbeiterin normalerweise eine Haushaltshilfe. Doch dieses Mal bietet mir die Cousine aus der Kaste der Schmiede, die vor kurzem aus ihrem Heimatdorf gekommen ist, an, die beiden Kleinen zu sich zu nehmen. Mouna ist jetzt knapp zweieinhalb Jahre und Kiné achtzehn Monate alt.

»Mach dir keine Sorgen, ich kümmere mich um die Kinder.«
Sie hütet sie zwei Wochen und besucht mich zweimal mit meinem Mann und den Töchtern im Krankenhaus. Ich ahne nichts, die Kleinen sind normal, fröhlich. Am Tag meiner Entlassung holt sie mich mit den Kindern und ihrem Mann ab, um mich nach Hause zu bringen. Wir essen zusammen, und am Ende des Nachmittags teilt sie mir mit:
»Ich habe die Kinder gereinigt, weil sie jung sind. Wenn man wartet, bis sie nach Afrika gehen, sind sie schon zu groß, es war besser, es jetzt zu machen.«
Der einzige Satz, den ich dieser Frau sagen konnte, war: »Das hast du getan?«
Ich habe mich nicht geärgert. Ich habe sie nicht beschimpft. Ich übernahm die Verantwortung für ihr Handeln, weil diese Frau, als Angehörige der Schmiedekaste und Mitglied meiner Familie, das getan hatte, was sie für ihre Pflicht hielt. Für sie war es kein Problem. Die Beschneidung meiner beiden Töchter, die sie vorgenommen hatte, passte in den Rahmen unserer Familienbeziehungen. Wenn ich von mir aus beschlossen hätte, dass die Beschneidung in Frankreich zu geschehen habe, hätte ich mich auf jeden Fall an sie wenden müssen, und in diesem Augenblick dachte ich überhaupt nicht daran. Ich hatte meine eigene Beschneidung vergessen. Damals habe ich mir nicht klar gemacht, dass ich mich ebenso »barbarisch« zeigte, wie es bei uns die Wolof nannten, wenn ich die Tradition befolgte.
In der Nacht habe ich wieder daran gedacht, das war aber auch alles. Und am nächsten Morgen habe ich nachgesehen, als ich die Kinder wusch. Die Wunden waren schon vernarbt. Als Afrikanerin, die die gleiche »Reinigung« durchgemacht hatte, sagte ich mir damals einfach nur, dass man da hindurchmüsse. Wenn diese Frau

es nicht gemacht hätte, hätte ich es später in Afrika machen müssen, und später – da hatte sie Recht – wären der Schmerz und die Traumatisierung noch viel schlimmer gewesen.
Es hat nichts in mir wachgerufen. Und als im Dezember 1978 meine dritte Tochter, Abi, geboren wurde, habe ich wissentlich akzeptiert, dass auch sie beschnitten wurde, obwohl das Baby gerade erst einen Monat alt war. Und wie alle Mütter habe ich nicht zusehen können, ich bin hinausgegangen in das Treppenhaus. Dieses Mal hörte ich Weinen, doch offensichtlich stand der Schmerz in keinem Verhältnis zu dem Schmerz, den ich mit sieben Jahren erlitten hatte. Anschließend wollte ich mich an der Pflege beteiligen, doch ich hatte Angst, sie anzufassen, ihr wehzutun, und diese Frau hat sie eine Woche lang praktisch gepflegt.
Ich habe leider erst einige Monate später begonnen, Fragen zu stellen, im Jahre 1979, als die Presse auf den Tod einer kleinen Malierin reagierte, die in Frankreich beschnitten worden war.
Die Cousine, die meine drei Töchter beschnitten hatte, teilte mir nun mit: »Mein Mädchen, jetzt werde ich wohl keine Mädchen mehr beschneiden, es ist vorbei!«
Sie hat nicht gesagt, ob sie dies für gut oder schlecht hielt, sie hat einfach gesagt: »Ich werde das nicht mehr tun!« Einige Zeit später hat sie Frankreich endgültig verlassen.
Hätte ich nur ein bisschen früher von dieser Geschichte gehört, hätte ich meinen Töchtern dieses Ritual erspart. Doch trotz der Informationskampagnen war diese »Tradition« noch tief verwurzelt. Während einer Reise nach Afrika hörte ich meine Mutter über die kleinen Mädchen, die dort ihre Ferien verbrachten, sagen: »Die Kleinen müssten beschnitten werden!«
Mein Bruder studierte damals Medizin, das war 1989, und er hat streng erklärt: »Rührt meine Tochter nur ja

nicht an! Ihr rührt sie nicht an! Die Erste, die sie anrührt, kommt ins Gefängnis.«
Niemand hat ernsthaft reagiert, wir haben sogar unsere Scherze gemacht über diese Drohung mit dem Gefängnis, die uns unverhältnismäßig vorkam.
Aber seltsamerweise haben die Mütter nicht mehr über Awa geredet.
Während einer anderen Reise, im Jahre 1999, habe ich das Dorf meiner Familie aufgesucht, und auf der Straße traf ich die Frau, die meine Töchter beschnitten hatte. Dieses Mal sprach sie offen mit mir: »Ich habe dich im Fernsehen gesehen, als ich in Dakar war, ich habe gesehen, dass du jetzt gegen die Beschneidung kämpfst. Ich bin nicht mehr in Frankreich, aber wenn ich noch dort wäre, würde ich dich unterstützen. Wir haben verstanden, dass das nichts mit Religion zu tun hat und dass man damit aufhören muss. Sogar wir im Dorf wissen, dass das nicht gut für die Gesundheit ist und dass viele unserer Frauen steril sind oder ihre Kinder bei der Geburt verlieren. Es gibt jetzt Organisationen, die uns informieren.«
Das Gesetz, das die Beschneidung im Senegal verbietet, stammt aus dem Jahre 1999.
Ich habe sie nie gehasst, ich hatte nie ungute Gefühle ihr gegenüber; wenn jemand in dieser Sache zu tadeln, zu verurteilen ist, dann bin ich es. Selbst wenn ich meine Kinder dafür um Verzeihung bitten muss, es ist geschehen, ich kann es nicht mehr rückgängig machen. Niemand in Frankreich wusste damals, dass es so etwas gab, dass es regelmäßig praktiziert wurde und dass zwischen 1975 und 1982 alle kleinen afrikanischen Mädchen beschnitten worden sind. Denn erst 1982, beim Tod eines kleinen Mädchens und beim Prozess gegen ihre Beschneiderin, kam wirklich Licht in die Sache. Damals wurde die GAMS (Vereinigung für die Abschaffung sexueller Verstümmelungen) ins Leben gerufen, diese

Organisation, die von Kinderärzten und afrikanischen Frauen gegründet wurde, um in den Zentren der Schutzvereinigung für Mutter und Kind Aufklärungsarbeit zu leisten. 1979 war ich fast zwanzig Jahre alt. Ich dachte schon ernsthaft wie eine Erwachsene, doch ich hatte den Kampf noch nicht aufgenommen. Ich hatte noch zu viel zu tun und hoffte, eines Tages »Kämpferin in eigener Sache« zu sein.
Ich konnte dieses Dasein nicht mehr ertragen. Ich brauchte eine Pause, musste nachdenken, wollte nicht länger ein Stück Holz in einem Bett und meinem Ehemann zu Diensten sein, wenn er es wollte; ich sagte ihm, dass ich für einige Zeit in den Senegal fahren würde, zu meiner Familie, um dort neue Kraft zu schöpfen.
Entweder die Reise oder das Krankenhaus. Er hatte keine Einwände.

Desintegration und Reintegration

Februar 1979. Ich komme mit meinen drei Kindern gegen vier Uhr morgens in Dakar an. Die Kleinste ist erst zwei Monate alt. Mein Vater erwartet mich am Flughafen. Wir haben uns immer gut verstanden. Weil er nicht ständig mit uns zusammenlebte. Als Kind war ich ein verhinderter Junge, und meine Mutter bestrafte mich gelegentlich, doch wenn mein Vater da war, setzte er sich immer für mich ein. Ich habe das System schnell begriffen: Ich war brav, bis mein Vater nach Hause kam; danach konnte ich fast alles tun, was ich wollte, ich stand unter seinem Schutz.

»Baba« hat nie jemanden geschlagen, weder seine Kinder noch seine Frau. Ich habe ihn immer sehr geliebt. Neben meinem Großvater, der von all seinen Enkeln respektiert wurde, ist Baba mein männliches Vorbild. Ein gerechter und guter Mann.

Und nun ist Baba da, in seinem weißen Boubou und mit seiner roten Kopfbedeckung. Das treibt mir die Tränen in die Augen; er war nicht in Dakar, als ich den Senegal verlassen habe, ich habe ihn daher seit etwa fünf Jahren nicht gesehen.

Während die Sonne aufgeht, nehmen wir gemeinsam das Frühstück ein, und ich habe sofort das Gefühl aufzuleben. Mein Land, mein Vater, die Sonne, die heimischen Nahrungsmittel ... Meine Kinder werden endlich ihre Wurzeln kennen lernen, erfahren, woher ich komme, wer ich bin.

Mein Vater bringt uns im Auto zu meiner Mutter nach Thiès, wo uns ein Begrüßungsfest erwartet. Die gesamte Familie ist da, auch Großvater Kisima, immer noch schlank und von stattlicher Größe. Seit dem Tod meiner Großmutter mütterlicherseits und seiner zweiten Frau, die mich aufgezogen hat, lebt er mit seiner dritten Frau und deren Schwester zusammen. Es sind immer Großmütter im Haus. Zu unserer Ankunft hat man ein Schaf geschlachtet. Ich bin wieder in der geschützten Welt dieser Familie, frei und glücklich; mein Mann ist weit weg, endlich kann ich atmen, allein mit meinen Kindern, meinen Freundinnen, allein in meinem eigentlichen Leben.

All meine Freundinnen aus dem Viertel kommen, um die Kinder zu bewundern, vor allem die Kleinste, die herumgereicht wird. Ich finde die Atmosphäre meiner eigenen Kindheit wieder, wo jede Frau sich in gleicher Weise mal mit dem einen, mal mit dem anderen Kind beschäftigte. Für eine Nachbarin, eine Tante, eine Freundin aus dem Viertel ist es zum Beispiel selbstverständlich, ein Baby nach der Morgenwäsche abzuholen und für den Tag mit zu sich zu nehmen. Meine jüngste Tochter wird von allen bewundert.

Bei ihrer Geburt hatte meine kleine Abi einen so hellen Teint, dass die Onkel in Paris beunruhigt waren. Einer von ihnen hat sogar meinen Mann gefragt, ob er sicher sei, der Vater zu sein! Doch der hatte keinerlei Zweifel daran: Seine eigene Großmutter hatte einen hellen Teint, und auf der Seite meiner Mutter sind auch maurische Spuren zu finden.

In meiner Familie wundert sich niemand darüber; im Übrigen kommt es oft vor, dass ein Kind, das bei der Geburt einen hellen Teint hat, dunkler wird, wenn es heranwächst. Doch der helle Teint meiner Tochter führt zu einer amüsanten Verwechslung, aus der ich eine Lehre ziehen werde. Die Stadt Thiès hat gerade ein großes Stadion gebaut, tausende von Menschen werden an der Einweihungsfeier teilnehmen. Wie eine echte Afrikanerin setze ich mein Baby auf meinen Rücken und

schlängle mich mit meinen Freundinnen und Cousinen durch die Zuschauermenge. Plötzlich ruft mir eine Dame zu: »Mein armes Kleines, du bist dabei, das Kind deines Arbeitgebers zu malträtieren!«
Diese Frau hielt mich für die Angestellte von Weißen, die mich engagiert hatten, um das Kleine zu hüten, das ich auf dem Rücken trug! Meine Cousine antwortet ihr: »Sie ist nicht das Kindermädchen, das da ist ihre Tochter, ihr Kind!« Und die Dame brach in Lachen aus: »Entschuldige, mein Mädchen, aber du bist zu jung. Du trägst sie falsch! Du solltest sie besser festmachen!«
Um ein Kind auf dem Rücken zu tragen, braucht man zwei Stoffbänder, die man an der Taille und unter den Armen befestigt. Das Baby sitzt darin wie in einer Tasche, mit gespreizten Beinen. In Frankreich raten die Ärzte dazu und meinen, dass diese Haltung für die Entwicklung der Hüften des Kindes ausgezeichnet sei. Der Kinderarzt bat mich oft, meine Landsleute davon zu überzeugen, dieser Methode den Vorzug zu geben und nicht der unter Afrikanern üblichen Känguru-Methode. Doch ich hatte mir die Technik des Bambado noch nicht perfekt angeeignet.
Bei unserer Rückkehr löste meine Cousine in der Familie allgemeine Heiterkeit aus, als sie von meinem Missgeschick erzählte. Das ist das Erstaunliche bei uns: Man ist zwar arm, aber man freut sich seines Lebens. Belanglosigkeiten bringen uns zum Lachen. Da die Lebensbedingungen in Afrika nun mal so sind, wie sie sind, vergisst man sie besser und amüsiert sich darüber. Die Senegalesen machen bei der kleinsten Gelegenheit ihre Witze. Auch wenn Dakar als moderne Hauptstadt gilt, ist der Schlüssel zum Überleben die Kunst, sich durchzuwursteln: die Bereitschaft, jedwede Arbeit zu tun, um der Arbeitslosigkeit zu entgehen, unermüdlich alles, was sich noch verwenden lässt, zusammenzuflicken, aus Bierdosen und Schraubverschlüssen von Flaschen

Spielzeug herzustellen, Kunststoff wiederzuverwerten und daraus Gurte zu machen, um damit Taschen und sogar Koffer zuverlässig zu verschließen. Vor allem aber: über all diese Unzulänglichkeiten zu lachen!

Ich weiß, dass meine Rückkehr nach Frankreich unvermeidlich sein wird; dennoch ist in diesem Augenblick jeder Gedanke daran aus meinem Kopf verschwunden. Die Musik, die Scherze in der Familie, die traditionellen Gerichte: Ich koste genussvoll aus, was ich erlebe. Ich esse insbesondere ein traditionelles Gericht für mein Leben gern, Couscous, mit einer Sauce aus Bohnenblättern und Erdnusspulver. Auf Soninké heißt dieses Gericht Déré. Doch der beste Augenblick bleibt das Frühstück. Meine Mutter schneidet das Brot und teilt es zusammen mit ein bisschen Butter aus, wenn es Butter gibt ... Ich setze mich mit meiner Tasse Kinkeliba, dem ortsüblichen Tee, auf eine kleine Bank im Hof. So früh am Morgen ist die Sonne angenehm, es ist noch nicht zu heiß. Die kleinen Kinder sind noch ganz verschlafen, und eine Großmutter sagt: »Wasch dir das Gesicht und spül dir den Mund, bevor du ›guten Morgen‹ sagst ...«

Man spricht nicht mit anderen, bevor man die Morgentoilette hinter sich hat.

Ich bin glücklich, als ich das wieder einmal höre. In diesem Hof bin ich in Freiheit, weit weg von meinem Pariser Vorort, von dem kleinen Zimmer, in dem man sich nicht umdrehen kann. Hier kann ich laufen, ohne befürchten zu müssen, über irgendetwas zu stolpern. Meine Töchter rennen hinter den Hühnern und den Fahrrädern her, um sie zu fangen. Sie werden liebevoll umsorgt und vergessen mich fast! Sie haben gelernt, die Großmütter und Tanten ausfindig zu machen, die immer etwas zu knabbern für sie haben. Sie haben verstanden, dass die beiden zugeteilten Häuser miteinander verbunden sind, das von Großvater und das meiner Mutter, und dass man überall zu naschen bekommt und

sich verwöhnen lassen kann. Meine Nichten und Neffen sind stolz auf ihre kleinen Cousinen und gehen mit ihnen im Viertel spazieren. Bei uns gibt es immer Besuch, immer jemanden, eine Freundin, eine Tante oder Nachbarin, die mit einer kleinen Salatschüssel mit Essen kommt, um denjenigen zu begrüßen, der in sein Land zurückgekehrt ist. Eine einfache Art zu zeigen, dass man Teil der Gemeinschaft war, bevor man in die Fremde ging, und von niemandem vergessen wurde. Selbst wenn man in Frankreich lebt und deshalb als »reich« gilt, so darf man nicht so reich sein, dass man sich nicht mehr daran erinnert, wie man in seinem Heimatland gelebt hat. In Frankreich gibt es die staatliche Sozial- und Krankenversicherung, Kindergeld, Arbeit, Nahrung und staatliche Fürsorge. Hier gibt es die Familie, die Solidarität und die Zuneigung aller.
Ich habe mit den Kindern das Dorf meiner Eltern in der Nähe von Bakel besucht. Es war heiß, wir mussten dorthin, einer der älteren Brüder meines Vaters war gestorben und wir wollten die Angehörigen in ihrer Trauer nicht allein lassen. Es war eine lange Reise durch die Dörfer der Peul und Soninké, im Tal des Flusses Senegal, bis an die Grenze zu Mali und Mauretanien. Die Eisenbahnlinie, die Dakar und Bamako verbindet, endet in Kidira, der letzten Station vor der Grenze zu Mali.
Von dort aus muss man die (unwegsame) Straße bis Bakel weiterfahren und dann eine Piroge benutzen, um in das Heimatdorf meiner Familie, mütterlicher- und väterlicherseits, zu gelangen. Der Griot empfing uns entsprechend der Tradition, und wir sind dort eine Woche geblieben. Ich habe die beiden Schwestern gesehen, mit denen ich von Großmutter Fouley erzogen worden war. Wir waren jetzt erwachsen, und es war bewegend, uns als Frauen und Familienmütter kennen zu lernen. Die Dorfbewohner sind sehr viel gastlicher und herzlicher als die Städter. Auf dem Dorf wird alles geteilt. Als wir

wieder aufbrachen, war ich, ebenso wie meine Mutter, mit Hirse, Reis, Süßkartoffeln, Mais, Couscous und Erdnüssen beladen. Wir sollten diese Geschenke in Thiès verteilen, im ganzen Viertel! Jeder sollte seinen Anteil haben.

Das ist afrikanische Solidarität.

Ich hatte nicht mehr an die Abreise, an die Rückkehr nach Frankreich, gedacht, und dann war ich wieder am Flughafen, mit wehem Herzen und in Tränen aufgelöst. Ich bin mit meinen Kindern wieder zurückgeflogen, ich bin in die Wohnung zurückgekehrt, die mir im Vergleich zu dem, wo ich herkam, noch kleiner erschien. Kein Hof bei Sonnenaufgang, keine kleine Bank unter dem Mangobaum, ich musste nicht nur in das Leben in Europa zurückkehren, sondern auch in mein Eheleben: das Zusammenleben mit dem Vater meiner Kinder, das Ehebett, das immer eine Gefahr darstellte.

Zunächst einmal sage ich ihm, dass ich kein Kind mehr will. Also keine sexuellen Beziehungen mehr. Eine Weigerung, die für einen Ehemann schwer zu akzeptieren ist, dessen werde ich mir bald bewusst. Zu dieser Zeit verfügten wir über kleine Ersparnisse; da die Miete niedrig war, konnten wir jeden Monat etwas Geld nach Afrika schicken, dort einen Telefonanschluss ermöglichen und vor allem meinem Vater seinen Traum erfüllen, indem wir ihm eine Reise nach Mekka schenkten. Mein Mann war damit einverstanden, dass mein Vater einige Zeit bei uns in Paris verbringen und von dort in die heilige Stadt fliegen würde. Dies zu organisieren erforderte Zeit. Gegenüber von uns gab es eine weitere kleine Einzimmerwohnung mit einer Dusche. Wir hatten es seit der Geburt unseres dritten Kindes ins Auge gefasst, sie zu mieten, und mein Mann hatte schon seinen Chef, den Besitzer der Räumlichkeiten, gebeten, sie uns zu überlassen, jedoch ohne eine Zusage zu erhalten.

»Geh du zu ihm! Vielleicht hört er auf dich!«

Tatsächlich hat er auf mich gehört. Als ich in sein Büro kam, riss er die Augen weit auf.
»Unmöglich! Sie sind die Frau von Moussa? Wie alt sind Sie denn? Und Sie haben schon drei Kinder? Sie sind doch noch so jung! Er ist viel älter als Sie!«
Ich lächelte, ohne zu antworten. Er war bereit, das Zimmer zusätzlich an uns zu vermieten, die Miete für die beiden »Wohnungen« betrug dreihundertfünfzig Francs im Monat.
So konnte ich meinen Vater in diesem Zimmer mit Dusche unterbringen, zusammen mit meinen beiden Ältesten, und behielt nur die Jüngste bei uns. Später wollte ich dort selbst mit meinen Kindern die Nacht verbringen, fern von den Gefahren des Ehelebens ...
Doch Mitte des Jahres starb einer meiner kleinen Brüder, der jüngste Sohn meines Vaters, im Alter von knapp fünfzehn Jahren. Seit seiner Geburt hatte er an einer unheilbaren Krankheit gelitten. Diese traurige Nachricht erreicht uns mit einem Telegramm meines Vaters: »Kleiner Bruder gestorben, verhindert jedoch meine Ankunft.« Das Telegramm war in Dakar schlecht abgefasst worden, in Wirklichkeit hatte mein Vater sagen wollen: »Verhindert jedoch nicht meine Ankunft.« Ich habe den Satz wörtlich genommen und geglaubt, er würde nicht mehr kommen.
Ich habe daher seinen Flug nach Mekka abgesagt. Und eines Tages im Oktober klingelt bei uns in Paris das Telefon, und ein Cousin sagt: »Das ist jemand für dich.« Ich höre die Stimme meines Vaters.
»Was ist los? Seit heute früh versuche ich dich anzurufen, du hast mich nicht am Flughafen abgeholt.«
»Was? Aber du hattest mir doch telegrafiert, dass du nicht kommst.«
»Das habe ich nicht gesagt. Sie haben das falsch aufgeschrieben. Ich wollte das Flugticket nicht verfallen lassen! Dein kleiner Bruder ist tot, und ich kann ihn nicht

wieder zum Leben erwecken, selbst wenn ich nicht geflogen wäre!«
Mein Vater hat also ein Jahr bei uns gewohnt, bis zur nächsten Pilgerreise nach Mekka. Die Tickets waren zu teuer, um ihn nach Hause zurückzuschicken und wiederkommen zu lassen. Da er im Ruhestand war, hatte er im Senegal nicht viel zu tun, und es war sein erster Besuch in Frankreich. Ich nutzte seine Anwesenheit und ließ ihn die Kinder betreuen, während ich eine kaufmännische Berufsausbildung begann.
Mein Mann wollte nicht, dass ich wieder zur Schule ging, er wollte nicht, dass ich arbeitete, während mich zu Hause im Senegal alle ermutigten, weiterzulernen, um einen Beruf zu haben. Meine Mutter tendierte zu einer medizinischen Ausbildung, sie sagte, eine Krankenschwester finde im Senegal immer Arbeit. Ich habe mich für das entschieden, was am leichtesten zu realisieren war, denn ich hatte vor, eines Tages wieder nach Hause zurückzukehren. So habe ich eine Ausbildung zur Buchhaltungsgehilfin gemacht. Sie kostete Geld, doch ich hatte einen Antrag auf Finanzierung durch das Arbeitsamt gestellt, um sie zu bekommen. Wegen dieses Ausbildungskurses haben die Auseinandersetzungen angefangen, denn ich war den ganzen Tag nicht zu Hause.
Mein Vater hütete die Kinder; das war nicht schwer, denn die beiden Größeren gingen schon in den Kindergarten, er musste sie nur dort abholen und auf das Baby aufpassen, wozu er durchaus in der Lage war und was er auch gerne tat.
Mein Mann indes beharrte auf seinen Prinzipien: »Eine Frau soll nicht arbeiten, sie bleibt zu Hause!«
Nach seiner Ansicht war bei unserer Heirat nie die Rede davon gewesen, dass ich arbeiten würde oder dass er mir auch nur die leiseste Unabhängigkeit zugestehen müsste. Darin vor allem unterscheiden sich die Afrika-

ner im Ausland von ihren Landsleuten zu Hause. Bei uns bewegen sich die Frauen frei, sie arbeiten, soweit sie können, um die Situation ihrer Familie zu verbessern. Eine Senegalesin, welcher Ethnie oder Kaste auch immer sie angehört, achtet ihren Mann und seine Familie, doch sie kann sich frei bewegen. Sie trägt keinen Schleier wie die arabischen Frauen, sie trägt eine Kopfbedeckung und kleidet sich dezent – was sie nicht daran hindert, eine gute Mohammedanerin zu sein –, und sie arrangiert sich mit der Polygamie so gut es geht. Die Männer lassen ihrer Frau die Möglichkeit, selbst Geschäfte zu tätigen. Mein Mann, wie so viele Männer, wollte mich in Frankreich in ein Zimmer einsperren und mir lediglich den Status einer Gebärmaschine zubilligen, um – Gott verzeih mir, ich habe dies erst zu spät begriffen – für seinen persönlichen Verbrauch so viel Kindergeld wie möglich einzunehmen. Ich weigerte mich jedoch, mich in diesen engen Rahmen pressen zu lassen. Ich liebe meine Kinder über alles, sie sind Fleisch von meinem Fleisch, doch mit fast zwanzig Jahren hatte ich gegeben, was ich geben konnte. Der Drang, Erfolg zu haben, brachte mich dazu, eine Aufgabe nach der anderen zu übernehmen. Ich nahm an Buchhaltungskursen teil, ich arbeitete im Haushalt, um Geld zu verdienen, und ich betreute eine alte Dame. Eine Freundin aus Mauretanien, die in Urlaub gefahren war, hatte mich gebeten, sie zu vertreten. Ich begleitete die alte Dame ins Theater und ins Kino. Durch sie habe ich die großen Kaufhäuser von Paris kennen gelernt, die Galeries Lafayette, das Samaritaine, den Bon Marché, Geschäfte, die ich noch nie zuvor gesehen hatte ... Zu der Zeit hatte ich schon einmal ganz allein einen Autobus bestiegen, um eine Rundfahrt durch Paris zu machen. Wenn ich mich nicht gut fühlte, wenn die Einsamkeit zu schwer auf mir lastete, nahm ich den Bus und machte eine Stadtrundfahrt zum Preis eines Fahrscheins.

Manchmal war es der 75er bis zum Pont Neuf. Ich unternahm meine kleinen Ausflüge, bevor mein Mann von der Arbeit zurückkam. Um die Stadt kennen zu lernen, um meine Traurigkeit zu vergessen, indem ich mir Wohnhäuser, schöne Gebäude, bekannte Denkmäler ansah. Ich wollte keine ungebildete afrikanische Immigrantenfrau bleiben. Ich wollte dieses Paris kennen lernen. Diese Stadt, die mir so viele Gelegenheiten bot, zu arbeiten und Erfolg im Leben zu haben, meinen Lebensunterhalt und den meiner Kinder zu verdienen, einen Beruf zu haben und in ein Flugzeug zu steigen, um im Senegal wieder neu anzufangen.

Kurze Zeit nach dem Ende meiner Berufsausbildung, Anfang 1980, bin ich wieder schwanger. Mein Mann ist zu dieser Zeit arbeitslos, seine Fabrik wurde geschlossen. Doch der liebe Gott verlässt mich immer noch nicht! Ich treffe einen Franzosen, der mir vorschlägt, in seinem Unternehmen zu arbeiten, das Büros instand hält. Es geht darum, ein Wohnhaus bei Richelieu-Drouot zu verwalten, die Hausarbeit zu überwachen und selbst etwas Hausarbeit zu verrichten. Ich nehme das Angebot an und stelle ihm meinen Mann vor, der durch ihn eine Arbeit als Hausmeister bekommt. Und ich erhalte nach der Geburt meines Sohnes Mory ein Diplom als Buchungsmaschinenbedienerin und Buchhaltungsgehilfin.

Um ihn auf die Welt zu bringen und mich davon zu erholen, unterbrach ich die Ausbildung. In der Zwischenzeit ließ ich meine kleine Schwester kommen, die mir helfen sollte; die Kinder würden bald in die Schule kommen. Meine kleine Schwester kam Ende 1981. Ich nahm meine Ausbildung wieder auf, schaffte mein Diplom und meldete mich bei Zeitarbeitsfirmen in der Hoffnung an, einen Vollzeitjob zu finden.

Mein Sohn war jetzt acht oder neun Monate alt, und es gab endlose Ehestreitigkeiten: wegen meiner Absichten, arbeiten zu gehen, wegen der sexuellen Beziehung zu meinem Mann, die ich nicht mehr wollte, wegen des Geldes, das ich verdiente und das ich allein verwalten wollte. Alles wurde zum Anlass für Konflikte. Diese Ehe war zu einer Falle geworden. Ich musste ihr entkommen, aber wie? Und dies, ohne Schaden in der Familie anzurichten. Mein Vater fuhr 1981 nach Mekka, bei seiner Rückkehr war er krank, und ich musste ihn für einige Zeit ins Krankenhaus bringen, bevor er wieder in den Senegal zurückkehren konnte. Während dieser Zeit hetzten die Männer seiner Umgebung meinen Mann gegen mich auf, und er hörte nur auf die Ratschläge von anderen: »Du solltest deine Frau nicht dies oder jenes machen lassen ...« – »Die Frauen arbeiten hier, sie müssten ihrem Ehemann ihren Lohn geben, aber sie wollen alles behalten und ihren Eltern schicken. Das ist nicht normal. Du hast sie hierher gebracht, sie muss dir alles geben.«

Er kaufte weiter Lebensmittel ein, wollte mir jedoch keinen Centime mehr geben, und ich wartete ungeduldig auf den Anruf, wo man mir sagen würde: »Stellen sie sich da und da vor, dort gibt es Arbeit für Sie ...«

Und schließlich kam der Anruf.

Rue du Faubourg-Saint-Honoré, ein vornehmes Viertel von Paris. Ich kleide mich auf westliche Art – Rock, Bluse und Pullover –, und meine kleine Schwester hütet meine Kinder. Mein Vater ist noch da. Ich stürze mich auf die erste richtige Arbeit in meinem Leben. Man erklärt mir die Arbeit, ich integriere mich mit einer gewissen Leichtigkeit schon in der ersten Woche und, o Wunder, aus der Aushilfsarbeit wird eine Anstellung für sechs Monate. Ich fühle mich anders, wichtig, ich arbeite in einem großen Büro, für eine große Versicherungsgesellschaft, in einem vornehmen Viertel! Ich habe die Möglichkeit, einen freien Nachmittag pro Woche für meine Kinder zu bekommen. Ich habe die gleichen Vor-

teile wie alle, sofern ich meine hundertneunundsechzig Stunden im Monat abarbeite.
Ich vergesse alles: die Streitigkeiten, das Ehebett. Ich esse mit meinen Kollegen in einem Bistro an der Ecke zu Mittag. Ich bin jemand, und eines Tages werde ich erfolgreich sein! Ich verdiene fast doppelt so viel wie mein Mann.
Von nun an kann ich mich an den häuslichen Kosten beteiligen und hoffe heimlich, dass er mich dafür in Ruhe lässt.
In meinem Kopf reift der Aufstand heran. Bis dahin habe ich mich allen Traditionen unterworfen: Beschneidung, Zwangsheirat, sexuelle Pflichten, doch ich weigere mich, zur Ladenkasse zu werden, aus der man sich nach Gutdünken bedient. Ich beteilige mich am Haushalt, doch ich behalte meine Selbstständigkeit.
Eines Tages halte ich ihm ein Bündel Geldscheine hin, zweitausendfünfhundert Francs.
»Das ist mein Beitrag zu unserem Wirtschaftsgeld.« Er sieht die Geldscheine verächtlich an und weist sie zurück.
»Ist das alles, was du mir gibst?« Er tut dies vor einer Freundin, die mir gerade die Haare frisiert, welch eine Schande für mich! Ich entgegne ihm: »Einverstanden, von heute an brauchst du nie mehr mit mir zu rechnen. Es ist aus.«
Vorbei. Auch die alljährlichen Schwangerschaften. Von nun an nehme ich die Pille. Von nun an reagiere ich, wenn er mich angreift.
Mein Fall wiegt schwer; seiner Meinung nach wird er bald vor der Gemeinschaft der Onkel und Cousins verhandelt werden.
Meine kleine Schwester ist vierzehn Jahre alt. Sie hat mir sehr geholfen und zögert nicht, für mich Partei zu ergreifen. Wenn mein Mann mir gegenüber beleidigend wird, erteilt sie ihm eine schonungslose Abfuhr. Solange

mein Vater bei uns war, hat er es nicht gewagt, sich an mir auszulassen oder mir irgendetwas zu verbieten. Aber mein Vater sah sehr wohl, dass die Ehe nicht gut war. Ich für meinen Teil hatte das Glück, meine erste Reise nach London zu machen, an einem Wochenende, mit Cousins und Cousinen, und von dort schöne Stoffe mitzubringen, um sie wieder zu verkaufen. Ich versuchte alles, was mir Zugang zur Welt verschaffte und mich Geld verdienen ließ, damit ich meinen Weg machen konnte. Wie meine Mutter sagte: »Du läufst zu viel herum, mein Kind!«

Ich lief in der Tat für eine gute Sache, und sobald ich außerhalb des ehelichen Haushalts lief, lief ich gut. Ich hatte mich weiterentwickelt – mein Mann aber nicht, und auch nicht die Männer, die ihn umgaben und sich als seine Freunde bezeichneten.

Seit mein Vater wieder abgefahren ist, bin ich allein mit meinem Mann und seinem Groll. Er weiß nicht, dass ich die Pille nehme, wir haben ohnehin schon genügend Anlässe zu streiten, es braucht nicht noch einen weiteren, derart sensiblen. Was auch immer der Anlass solcher Konflikte ist, ich bin immer im Unrecht. Er beschwert sich bei einem Onkel über mein Verhalten, der mir schulmeisterlich erklärt: »Eine Frau hat nie Recht vor ihrem Mann.«

Was ich dagegen nicht verstehe, ist der Rat, den er ihm gibt: »Wenn das so ist, brauchst du nur die kleine Schwester nach Afrika zurückzuschicken. Deine Frau revoltiert, weil die Kleine da ist; du wirst schon sehen, ohne ihre Hilfe wird deine Frau wieder normal werden.«

Mit anderen Worten: Er soll mir die Unterstützung der kleinen Schwester entziehen, eine Unterstützung, die es mir erlaubt, zu arbeiten, meinen Lebensunterhalt zu verdienen, mich aufzulehnen. Und das nur, um mich auf meinen früheren Platz im Haushalt zurückzudrängen, damit er wieder die Macht über mich hat. Jetzt zeigt mein Mann sich unausstehlich gegenüber meiner Schwester, und die Dinge spitzen sich zu. Im Heimatland erzählt er, sie sei dabei, seine Ehe zu ruinieren! Alle erfahren davon, in Briefen und am Telefon, bis zu dem Augenblick, wo meine Mutter, der endlosen Geschichten müde geworden, ärgerlich wird und am Telefon sagt: »Wenn du nicht in der Lage bist, auf meine kleine Tochter, deine eigene Cousine, aufzupassen, dann schick sie mir zurück!«

Ich hatte erste Schritte unternommen, um zu erreichen, dass sie eine Aufenthaltserlaubnis bekommt, in Frankreich weiter zur Schule geht und einen Beruf lernt. Eines Tages kündigt er mir plötzlich an:

»Hier ist das Flugticket für deine Schwester, sie geht.«

Ich habe versucht, meine Eltern zu beeinflussen, aber sie verweigerten sich. Ich glaube, dass ich ihm diese Gemeinheit gegen meine Schwester und mich nie verzeihen werde.

Von nun an bin ich ihm böse, nicht nur ihm, sondern seiner gesamten Umgebung. Ich bin gezwungen, mit dem Arbeiten aufzuhören. Mein Fenster zur Welt und zur Unabhängigkeit schließt sich wieder. Und wieder bin ich allein zu Hause und beschäftige mich mit meinen Kindern, ohne jemanden, mit dem ich am Abend sprechen könnte. Vor allem am Abend konnte ich stundenlang mit meiner Schwester dasitzen und diskutieren, und er mochte das nicht. Es kam auch vor, dass wir uns auf Wolof unterhielten, was er nicht verstand, das machte ihn wütend.

Diese Ehe ist ein Fehler. Nur die Kinder erhalten sie aufrecht. Trotz der Streitereien hat sich mein Mann bisher wie ein guter Vater verhalten; er liebt seine Kinder, ebenso wie ich sie liebe, doch diese gemeinsame Liebe kann uns einander nicht näher bringen. Es ist mir nicht gelungen, diesen Mann zu lieben. Das ist vielleicht mein Fehler, die Abneigung gegen das Ehebett. Ich weiß es nicht. Afrikanische Frauen vertrauen sich anderen in diesen Fragen nicht an, aus Scham. Ich weiß daher zu diesem Zeitpunkt nicht, ob diese Ablehnung tatsächlich aus mir selbst kommt oder ob sie die Folge der Beschneidung ist. Ich kann mir zwar vorstellen, woran es wirklich liegt, doch ich will es nicht wirklich wissen. Wozu auch? Mein Schicksal ist eben so.

Zum Schuljahrsbeginn 1982 wird mein Jüngster, mein kleiner Junge, in den Kindergarten kommen, und ich werde etwas mehr Freiheit haben.

Das ist die einzige Hoffnung, die mir bleibt, um mir eine neue Arbeit zu suchen.

In dieser Zeit treffe ich zufällig eine Malierin, die der ersten afrikanischen Organisation in Paris angehört, dem CERFA, die ehrenamtlich betrieben wird, und sie rät mir, gelegentlich mit ihr dort hinzugehen.

Hier sehe ich afrikanische Frauen, Familienmütter, die lesen und schreiben lernen. Bei meinem dritten Besuch schlägt mir diese Malierin vor, auch selbst ehrenamtlich Alphabetisierungskurse zu geben. In dieser Organisation treffe ich eine Senegalesin, mit der ich reden kann, der ich mich ein wenig anvertrauen kann, um nicht völlig niedergeschlagen zu sein. Auf jeden Fall habe ich in dieser kleinen Frauengruppe etwas zu tun, ein Ziel, und ich bin zu etwas nütze.

Und die zweite Afrikareise kündigt sich an. Dieses Mal schickt »man« mich in mein Land, damit die Eltern mich ins Gebet nehmen und ich fügsamer zurückkomme. Ich sage »man«, denn die gesamte Gemeinschaft von Männern hat dies geraten, umso besser für mich, denn ich wollte weg.

Bei meiner Rückkehr nach drei Monaten, Moralpredigt hin oder her, bin ich nicht fügsamer. Im Gegenteil, zwischen uns tut sich ein Graben auf, und zum ersten Mal in meinem Leben empfinde ich Hass auf diesen Mann, der mich zu beherrschen versucht. Vor allem habe ich ihm nicht verziehen, dass er meine Schwester verjagt hat, einzig mit dem Ziel, mich daran zu hindern, arbeiten zu gehen. Es ist das Jahr 1983, seit acht Jahren kämpfe ich um einen Platz an der Sonne. Ich habe nicht die Absicht, aufzugeben.

Die Leiterin des Kindergartens hat meinen Sohn aufgenommen, die drei anderen gehen zur Schule, alle sind den Tag über untergebracht. In der ersten Zeit werde ich sie mittags abholen, dann – so schlägt mir die Leiterin vor – sie mittags in der Schule essen lassen. Und ich habe das Glück, einen sechsmonatigen Nähkurs ausfindig zu machen, der auch der Verbesserung meiner Französischkenntnisse dient. Ich kann mich meinen Kindern widmen, denn die Kurse für Mütter enden, wenn der Unterricht der Kinder zu Ende ist. Ich komme gut damit zurecht.

Zu Hause bin ich eine richtige Einzelgängerin: Ich bleibe in meinem Winkel, ich tue das, wozu ich Lust habe, basta. Und mein Mann behandelt mich wie seine Feindin. Er, der zu Beginn meiner Ehe mit mir angegeben und gesagt hatte, ich sei eine gute Ehefrau, diejenige, die er gewollt habe, perfekt und fügsam, hört nicht auf, mich in Briefen an meine Eltern schlecht zu machen. Seit dem Tag, wo er in meiner Tasche die berüchtigten Pillen gefunden hat, bin ich eine schlechte Frau, eine Hure.

»Was ist denn das?«

»Medikamente!«

»Ach ja! Das nehmt ihr Frauen, um keine Kinder mehr zu bekommen und um besser den Männern nachlaufen zu können! Frauen, die diese Pillen nehmen, sind Huren!«

Ich hatte vier Kinder, und es lag mir fern, Männern nachzulaufen. Wenn er ein bisschen mehr auf mich Acht gegeben hätte, wäre ihm klar geworden, dass ich dazu gar nicht in der Lage war. Ich konnte noch nicht einmal über dieses Thema diskutieren, meine Argumente nennen, meine Erschöpfung erklären, die zu schnell aufeinander folgenden Schwangerschaften und noch weniger meine völlige Unfähigkeit, eine sexuelle Beziehung zu ertragen.

Er war kein Mann des Dialogs, er bestand auf seiner Position als Mann, der einer Frau keine Erklärungen zu liefern hat, da sie immer im Unrecht ist. Von einem westlichen Standpunkt aus ist das furchtbar. Vom afrikanischen Standpunkt aus, auf jeden Fall in der kleinen Immigrantengemeinschaft, in der er verkehrte, war diese Haltung normal. Außerdem war er mehr als zwanzig Jahre älter als ich, hatte nie die Schule besucht und hatte nie gelernt, über den eigenen Tellerrand zu blicken. Und es lag nicht an seinem Analphabetismus, dass er unfähig war, über all diese Dinge nachzudenken oder gar einsichtig zu sein.

Er ließ einen Brief in den Senegal schreiben, worin er mitteilte, dass ich die Pille nehmen würde, und auf beleidigende Weise behauptete, dass ich dies tun würde, um den Männern hinterherzulaufen. Mein Großvater hat das nicht ertragen, er war in seinem Stolz verletzt.

»Wenn er es gewagt hat, dich zu beleidigen, beleidigt er auch deine Mutter! Ich habe ihm meine Enkelin gegeben, und er bringt sie in ein fremdes Land, um sie schlecht zu behandeln!«

Zu Hause, im Kreise meiner Familie, fühlte ich mich am stärksten. In Frankreich aber schenkte mir die afrikanische Gemeinschaft kein Vertrauen. In Frankreich hatte er immer Recht, jedenfalls sagte ihm jeder, dass er nur sein Recht wahrnehme. Das Recht, sich meinen Verdienst anzueignen, und (im Widerspruch dazu) das Recht, mich am Arbeiten zu hindern. Das Recht, mir jedes Jahr ein Kind zu machen, immer war er angeblich im Recht. Er war kein böser Mann, er war sogar eher nett. Das ging so weit, dass er immer nur auf die ande-

ren hörte, ohne sich zu behaupten, ohne selbst nachzudenken.
Im Jahre 1984 bekomme ich mein Kursabschlusszeugnis. Für mich ist das nur ein Anfang, ich strebe ein Diplom als Modellschneiderin an. Ich würde gern die gesamte Technik lernen, vom Schnitt bis zur Ausführung. Man hat mir von einer Schule erzählt, doch dort gibt es keinen Platz mehr. Das Jahr vergeht in dieser tristen Atmosphäre von häuslichen Streitigkeiten, und die Kinder werden größer. Die Älteste ist in der Sekundarschule, die Zweite folgt ihr, die Dritte ist in der vierten Grundschulklasse. Ich tue alles, damit meine Kinder gut lernen und Sport treiben. Jedes Mal, wenn die Schule einen Ausflug organisiert, nehmen sie wie die anderen daran teil, und bei schönem Wetter, an schulfreien Tagen, gehe ich mit ihnen im Park spazieren, im Viertel oder im Botanischen Garten.
An einem Sonntag, die Streitereien während der Woche hatten nicht aufgehört, ließ mein Mann einen Onkel kommen, der mir ein weiteres Mal eine Moralpredigt halten sollte.
»Ich verstehe dich wirklich nicht, du hörst überhaupt nicht zu, wenn man mit dir spricht. Nach dem, was er mir diese Woche erzählt hat, bist du wirklich im Unrecht.«
Was hatte er erzählt? Intime und wichtige Dinge oder einfach Dummheiten über meine Art zu leben? Über die Pille? Über meine Weigerung, mit ihm zu schlafen? Über meine Spaziergänge in Paris?
An diesem Tag fühle ich mich wirklich schlecht. Ich beschließe, nicht mehr zu weinen, nicht mehr zuzuhören. Aus und vorbei. Ich rufe die Kinder:
»Zieht eure Mäntel an, wir gehen in den Park.«
»Wo gehst du hin?«
»Ich geh mit den Kindern im Park spazieren.«
»Es fehlt dir nicht an Achtung vor deinem Mann, son-

dern vor mir! Ich bin hergekommen, um die Dinge in Ordnung zu bringen!«
»Für mich ist es vorbei, es gibt nichts mehr in Ordnung zu bringen. Ich bin es leid. Wenn es einen lieben Gott gibt, wird er uns trennen.«
Irgendwann während all dieser unangenehmen Streitereien fuhr ich mit den Kindern, die Ferien hatten, in die Normandie zu meinem Großonkel. Es war der einzige Zufluchtsort, an dem ich mich frei fühlte, auf dem Land, ein wirkliches Glück.
Mein Großvater hatte einen älteren Bruder, der sein ganzes Leben in Frankreich verbracht hat. Er war 1916 hergekommen, einer der zahlreichen senegalesischen Infanteristen, die für Frankreich gekämpft haben. Auf diese Weise war die Normandie seine Wahlheimat geworden. Seine Familie hatte er seit dem Krieg nicht mehr gesehen. Die Bewohner der Normandie waren seine neue Familie, er liebte dieses Land sehr, wo er einen riesigen Bauernhof bewohnte, und er hat diese Liebe zur französischen Provinz auf mich übertragen.
Ich werde mich immer an den Tag erinnern, an dem mir mein Großvater die Adresse seines großen Bruders geschickt hat. Ich fuhr mit den Kindern im Zug in die Normandie, und wir stiegen im nächstgelegenen Dorf aus, um die Gendarmen nach dem Weg zu fragen.
Der Chef, der den Hof meines Großonkels kannte, brachte uns netterweise dorthin.
Es war Sommer, der Mais stand hoch. Und da sehe ich einen Herrn herauskommen, die Hände auf dem Rücken, in blauer Latzhose, der Kopf ganz schön kahl. Die wenigen Haare, die ihm geblieben waren, waren ganz weiß, er war schon beinahe neunzig Jahre alt. Er kam festen Schrittes näher, und in diesem Gesicht glaubte ich meinen Großvater zu sehen! Mir kamen die Tränen. Sie lebten so weit voneinander entfernt, der eine sein ganzes Leben im Senegal, der andere sein

ganzes Leben in Frankreich, und dennoch das gleiche Gesicht, die gleichen kleinen Schritte, der gleiche würdevolle Gang.
Derjenige, der in Frankreich lebte, hat nie vergessen, dass sein Land arm war, und er hat seiner Familie immer geholfen. Er besaß Fotos von allen Kindern seines Bruders, also von meiner Mutter, ihren Schwestern, ihren Brüdern. Er war die achthundert Kilometer, die sein Heimatdorf von Thiès trennen, zu Fuß gelaufen, und man hatte ihn dort »rekrutiert«. Ich hörte ihn voller Leidenschaft erzählen, wie damals die Werbeoffiziere sich Zähne, Muskeln, Größe und körperliche Stärke der künftigen Infanteristen ansahen. Im Übrigen waren sie hinreißend, diese Männer in Uniform, doch man schickte sie an die Front, um Frankreich zu verteidigen. Er kam 1916 dort an, im schlimmsten Augenblick des Krieges. Er beschrieb mir die Schützengräben, in denen so viele Männer den Tod fanden.
»Man konnte dem Kameraden, der gerade hingefallen war, nicht einmal helfen, weil man laufen musste, immer laufen musste, und wenn du versuchtest, deinen Kameraden aufzuheben, schrie man dich an, du sollest weiterlaufen.«
Er schilderte die Kälte, den Regen, den Schnee, die düsteren Tage. Da er damals nicht schreiben und lesen gelernt hatte, wusste er nicht recht, wo er war, er sprach von mehreren verschiedenen Fronten, ohne einen konkreten Namen nennen zu können. Er erzählte mir von seinem Heimatdorf, wie ich nie jemanden davon habe reden hören: von den wilden Tieren, die man töten musste, um unterwegs zu überleben, als er diese lange Reise nach Thiès unternommen hat. Von Gazellen, Büffeln, Hyänen, Schlangen …
»Den Löwen habe ich nicht getötet, er ist entkommen! Weißt du, mein Kind, ein Löwe greift nur an, wenn er Hunger hat.«

Ich meinte, er müsse Heimweh haben, und ich wollte ihn unbedingt dazu bringen, für eine gewisse Zeit nach Afrika zurückzukehren. Aber er antwortete: »Weißt du, warum ich nicht zurückgehe? Jedes Mal, wenn ich zurückfahren will, hindert mich etwas daran. Als ich klein war, hat uns jemand bei uns im Dorf verhext, damit die Kinder meiner Mutter weggehen und nie mehr zurückkommen.«
Er lebte seit Jahrzehnten in Frankreich und glaubte noch an diese seltsame Geschichte. Auch meine Großmütter erinnerten uns oft daran, als wäre dies eine Art Fluch. Wir sollten alle zusammenhalten und uns nie in alle Winde »zerstreuen«.
Der Großonkel war ledig gewesen. Nach dem Krieg hatte er sein Infanterieregiment verlassen und war zur Marine gegangen. Er hat sich dann in ein Mädchen aus der Normandie verliebt, die damals erst fünfzehn Jahre alt war. Und die normannische Familie wollte von diesem sehr gut aussehenden Schwarzen, der einsachtundneunzig groß war, offensichtlich nichts wissen. Doch das junge Mädchen wollte ihn unbedingt heiraten, und am Ende hat die Familie nachgegeben. Eine richtig romantische Liebesgeschichte! Leider hat sie keine Kinder bekommen und ist zu früh gestorben. Später heiratete er die Krankenschwester, die ihn nach einem Motorradunfall gepflegt hatte. Auch mit ihr hatte er keine Kinder. Er starb in der Normandie mit wohl etwas über hundert Jahren – zum Zeitpunkt seines Militärdienstes hatte man sein Geburtsjahr auf 1898 geschätzt.
Ich habe ihn oft in der Normandie besucht, etwa alle zwei bis drei Monate. Es kam auch vor, dass ich dort einen ganzen Monat lang mit den Kindern die Sommerferien verbrachte. Es war ein Genuss, richtige Kuhmilch ganz frisch zu trinken und gut gemästete Hähnchen zu essen. Und wenn ich am Ende der Ferien oder am Sonntagabend nach Paris zurückkam, brachte ich eine Kiste

voller Lebensmittel mit. Er hatte ein Schaf geschlachtet und zerlegt, ich hatte Gemüse und Kartoffeln aus seinem Gemüsegarten, Obst, Rahm, Butter! Er liebte das Landleben, wie meine Großeltern. Auch ich liebe das Land. Und die Normandie mit ihren schweren und fruchtbaren Böden faszinierte mich. Der Kontrast zu unseren mageren Böden im Senegal war unübersehbar. Dort sind die Kühe mager; sie finden nur vertrocknete Erdnussschalen als Futter, oder sie käuen sogar die Überreste von Kartons, die am Straßenrand liegen, wieder. Als ich diesen wunderbaren, fruchtbaren Landstrich verließ, dachte ich über die Ungerechtigkeit dieser Welt nach. Die einen haben alles, die anderen nichts. Auf der einen Seite Wiesen, auf der anderen Wüste. Hier Regen, dort Trockenheit.

Das Bild von meinem Großonkel, der seine kleine Normannin von fünfzehn Jahren auf dem Deck eines auslaufenden Schiffes heiratete, beide verliebt, auch dieses Bild war eine Ungerechtigkeit.

Warum sie und nicht ich?

Polygamie

Bei meiner letzten Afrikareise gab ich die Erziehung meiner beiden großen Töchter in die Hände meiner Familie. Ich meldete sie bei einer Privatschule an, und zu Hause unterstanden sie der gemeinsamen Autorität meiner Mutter, meiner Schwester und meines ältesten Bruders. Auf diese Weise sollten sie ihre Wurzeln verstehen und leben, wie ich selbst gelebt hatte, umgeben von Zuneigung und in Sicherheit vor den unablässigen Ehestreitigkeiten in Frankreich. Diese erste Phase ihres Lebens in Afrika erschien mir notwendig für ihre künftige Entwicklung in zwei Kulturen. Sie kamen drei Jahre später wieder nach Frankreich zurück, was mir die Zeit gab, mich mehr um meine beiden Jüngsten zu kümmern.

In der Zwischenzeit kamen meine Halbschwester und ihr Mann nach Paris. Ich verstand mich sehr gut mit ihnen, und dank ihrer Gegenwart war ich glücklicher, lebendiger. Sie waren fröhlich, wir lachten viel, und ich konnte 1984 sogar am Nationalfeiertag, dem 14. Juli, teilnehmen. Wir gingen noch spät abends im Quartier Latin auf der Straße spazieren, umgeben von Tanzmusik. Mein Mann hätte das nie akzeptiert, wenn ich allein mit ihm gewesen wäre. Schon lange hatte ich nicht mehr so sorglos gelacht und Spaß gehabt.

Glück, Sorglosigkeit ... Ich vergesse meine Pille. Der Blister-Streifen war zu Ende, und beim nächsten irrte ich mich im Datum. Das Jahr 1985 beginnt mit der fünften Schwangerschaft, die so schlecht verläuft, dass ich ins Krankenhaus eingeliefert werde. Ich lebe in einem dunklen Zimmer mit zugezogenen Vorhängen, wegen

meiner schrecklichen Migräneanfälle und ständiger Übelkeit. Die meiste Zeit schlafe ich. Der Arzt meint, es sei eine Form unbewusster Ablehnung. Ablehnung sicherlich, aber keine Ablehnung des ungeborenen Kindes. Was ich jetzt empfinde, ist etwas anderes: Ärger, Wut darüber, hereingefallen zu sein. Diese Unmöglichkeit, Nein zu sagen. Das kann keine Liebe sein, wenn ein Mann seine Frau zwingt. Er sieht sehr wohl, dass ich mich verweigere, mich wehre, aber das bringt gar nichts. Weiß er eigentlich, was eine derart aufgezwungene sexuelle Beziehung für eine beschnittene Frau bedeutet? Eine europäische Frau würde sagen: »Vergewaltigung in der Ehe.« Ein Ausdruck, den es bei uns nicht gibt. Weiß er eigentlich, welche Belastung fünf Schwangerschaften in acht Jahren bedeuten?
Beim letzten Arztbesuch warnt mich der Arzt:
»Wenn Sie nicht in dieser Woche niederkommen, werde ich die Geburt einleiten. Machen Sie am Wochenende mal einen ordentlichen Fußmarsch.«
Es ist Samstagmorgen. Mit einer unwiderstehlichen Lust auf einen guten senegalesischen Fischreis mit Sauerampfer verlasse ich die Praxis. Ich laufe von der U-Bahnstation Stalingrad bis zu meinem Vorort, kaufe Lebensmittel ein, koche und esse. Zu Hause herrscht Stille. Er spricht nicht mehr mit mir. Er ist gerade aus Afrika zurückgekommen, wo er sich nach einer kleinen Operation eine mehrwöchige Erholung gegönnt hat. Seit seiner Rückkehr habe ich Bruchstücke von geheimnisvollen Gesprächen zwischen ihm und Cousins, die zu Besuch waren, aufgeschnappt. Ich ahne, was sich hinter meinem Rücken zusammenbraut, aber er hat mir nichts gesagt. An diesem Samstag vor meiner Entbindung nehme ich nachmittags meine beiden Jüngsten auf einen Spaziergang mit.
»Wo gehst du hin?«
»Ich geh spazieren. Ich will mir die Schmuckgeschäfte

auf der Rue du Temple ansehen. Der Arzt hat mir geraten zu laufen, also laufe ich!«

Es ist Juni und sehr heiß. Ich setze mich in ein Straßencafé, um zu verschnaufen und mit den Kindern eine Milch mit Granatapfelsirup zu trinken. Und sehe meinen Mann kommen. Ich ahne sehr wohl, dass er seit einigen Tagen versucht, mir zu eröffnen, was er im Senegal gemacht hat, ohne dass er weiß, wie er es anfangen soll. Ich mache mich auf das gefasst, was seiner Meinung nach ein Schock für mich sein wird, in Wirklichkeit jedoch eine Erleichterung ist, wenn ich es recht sehe ... Er setzt sich hin und sagt: »Ich habe in Afrika eine zweite Frau geheiratet.«

»Das ist sehr gut. Ich hoffe, mit dieser Frau wird es klappen.«

»Aber ich meine es ernst. Ich sage dir die Wahrheit.«

Vor seiner Abreise war mir dies zu Ohren gekommen; einer meiner Onkel hatte ihm geraten: »Du wirst eine Frau heiraten. Auf die Weise lässt sie dich in Ruhe.«

Er meinte, dass ich die Ankunft einer Mitfrau sehr schlecht aufnehmen würde. Das Einzige, was ich schlecht aufgenommen habe, ist die Art und Weise, wie es mir angekündigt wurde: in einem Straßencafé und direkt vor der Entbindung. Eine ziemlich feige Methode, die die ganze Gleichgültigkeit gewisser afrikanischer Männer gegenüber ihren Ehefrauen erkennen lässt. Wenn ich diesen Mann hätte lieben können, wäre ich sehr unglücklich darüber gewesen. Ich bin aber im Gegenteil erleichtert. Mein heimlicher Plan nimmt Gestalt an. Eine Mitfrau, das heißt für mich zunächst weniger sexuelle Verpflichtungen. Und unmittelbar darauf die Scheidung. Die Flucht, der Abflug, ich mache mich mit meinen Kindern davon!

Ich stehe wortlos auf, bezahle und lasse ihn dort einfach sitzen.

Zwei Wochen später werde ich von einer kleinen Tochter, Binta, entbunden. Mit noch mehr Risswunden, eine Folge der Beschneidung. Diese innere Narbe, über die ich in dieser Zeit nie spreche, lässt mich nach wie vor bei jeder Entbindung leiden.

Ich beschließe, zu Hause zu arbeiten, als Schneiderin. Mit meinem Diplom als Schneiderin in der Tasche habe ich mir eine gebrauchte Profi-Nähmaschine gekauft und arbeite nun in Heimarbeit für eine Firma, die Fliegen und Krawatten herstellt. Paketweise hundert oder zweihundert Stück nähe ich in aller Ruhe zu Hause, so kann ich mich um das Baby kümmern. Sein Vater schwebt währenddessen auf einer kleinen Wolke. Seine zweite Frau ist noch im Senegal, und er bereitet ihre Ankunft vor. Wie ich erfahren habe, soll sie fünfzehn Jahre alt sein, wie ich damals. Und ich erinnere mich an den Satz, den er eines Tages zu meiner Schwester gesagt hat: »Es ist besser, man heiratet eine ungebildete Frau als eine, die zur Schule gegangen ist.«

Er wollte meine kleine Schwester von dieser Meinung überzeugen, sie, die so hoffte, in Frankreich zur Schule gehen zu können. Meine Mitfrau ist also Analphabetin und fünfzehn Jahre alt. Und zusätzlich vertrat er noch die Auffassung: »Man heiratet besser eine ganz Junge, die keine Probleme mit dem Gehorsam machen wird.«

Eines Tages am Ende des Jahres ruft mich eine Freundin vom CERFA, Madame Drakité, an: »Der Internationale Migrantendienst sucht Dolmetscherinnen.«

Die Arbeit in diesen Organisationen gewährt mir die einzigen Momente, in denen ich die Streitereien und mein trauriges Dasein vergesse. Ich nähe zu Hause, ich nehme mein Baby mit und unterrichte ehrenamtlich, wobei ich meine Stunden nach den Stillzeiten ausrichte. Ich leistete auch Dolmetscherdienste, denn das Stillen eines Kindes hindert einen nicht daran, in Krankenhäusern, in den Zentren der Schutzvereinigung für Mutter und Kind, sogar im Gericht aufzutreten!

Am Ende des Schuljahres hole ich meine zwei ältesten Töchter zurück, so habe ich also fünf Kinder, die ich in den beiden Zimmern unterbringe. Das Zimmer, in dem ich lebe, und dasjenige, das wir für den Aufenthalt meines Vaters gemietet hatten. Es ist eng, aber für mich geht es. Einzig mit den Geldproblemen komme ich nicht zurecht. Er will meine Gehaltsabrechnung und den entsprechenden Scheck. Ich gehe davon aus, dass er für die Ankunft seiner zweiten Ehefrau Ersparnisse braucht. Aber ich gebe ebenso viel wie er für den Haushalt aus! Ich sage Nein.

»Die anderen Frauen geben ihrem Mann ihren Lohn, das ist normal!«

»Wenn sie damit einverstanden sind, dass sie außer einem Hundert-Francs-Schein nichts dafür bekommen, dann ist das ihr Problem, aber mit mir läuft das nicht!«

Ich habe verstanden, dass die afrikanischen Frauen in meiner Umgebung nie so aufbegehren würden wie ich. Sei's drum, ich kämpfe für mich selbst. Ein Kampf, begleitet von Briefen an meine Eltern, in denen er sich über meinen bösen Willen beklagt. Von Diskussionen mit den Männern der afrikanischen Gemeinschaft in Frankreich, die ihn immer wieder auffordern, das »Gesetz« anzuwenden. Und da ich mich nicht verteidige, prasseln jede Menge Ratschläge auf mich ein, die besänftigend und versöhnlich sein sollen, für mich jedoch eher schrecklich sind.

»Du musst auf deinen Mann hören. Du bist nun mal verheiratet, du wirst in dieser Ehe auch sterben, du wirst aus dieser Ehe nicht herauskommen. Also gehorche deinem Mann! Du bist im Unrecht!«

Von Zeit zu Zeit, wenn ich Gelegenheit habe, mit der Familie in Afrika zu telefonieren, erkläre ich meine Version der Dinge. Und meine Mutter antwortet immer: »Wenn das so ist, darf er das nicht tun.«

Im Februar 1986 kündigt mein Mann mir das Kommen

seiner Frau an. Ich bin glücklich, meinen Plan zur Ausführung bringen zu können. Ich bin entschlossen, ihn zu verlassen. Mein Gehalt ist bescheiden, ich verdiene den Mindestlohn – fünftausend Francs –, aber mit dem Kindergeld habe ich die berechtigte Hoffnung, mich durchschlagen zu können.

Die neue Ehefrau kommt bei Schnee an, mitten im Winter. Ein erstes Mal wurde sie abgelehnt, sie hatte ein Problem mit ihren Papieren. Es dauerte mehrere Wochen, bis in Dakar alles geregelt war. Schließlich ist sie da, ich bereite ihr einen großzügigen Empfang: Ich lade all meine Freundinnen ein, organisiere und bezahle das kleine Begrüßungsfest für sie. Um damit meinem Mann zu verstehen zu geben, dass die Situation mir völlig einerlei ist.

Einige in seiner Umgebung behaupteten nun, ich sei eifersüchtig. Also würde ich ihnen zeigen, wie eifersüchtig ich war. Eine große Feier musste her: viele Gäste, all meine Freundinnen aus den Organisationen, alle, denen ich in den Zentren zum Schutz von Mutter und Kind half, und am nächsten Tag liegt sie auf ihrem Bett, während das Haus voller Leute ist. Sie ist noch ein Kind. Sie ist klein und nicht sehr hübsch, aber was mich bei ihr vor allem schockiert, ist ihr Verhalten: Sie ist weder herzlich noch nett. Sie spricht nicht.

Meine Kinder, die von all dem nichts verstehen, laufen überall in der kleinen Wohnung herum. Am vierten Tag liegt sie noch immer im Bett, sogar als ihr Vater sie besuchen kommt. An diesem Tag bringt ihr meine zweite Tochter, die damals neun Jahre alt ist, ein Tablett mit Obst ans Bett. Sie hält es ihr freundlich hin, ja unter die Nase. Doch sie bleibt unbeweglich, rührt nichts an, kein Danke, kein Ja, kein Nein. Und ich höre, wie ihr Vater hinter ihr ruft:

»Das Kind, das da zu dir kommt, bedeutet, dass diese Familie dich willkommen heißt! Rühr dich! Tu was!«

Vielleicht war sie verängstigt, vielleicht war sie an einen Ort geraten, an dem sie gar nicht sein wollte. Vielleicht litt sie, wie ich seinerzeit, darunter, den Anstürmen eines Mannes ausgesetzt zu sein, der älter war als sie. Es hieß, sie habe diese Heirat wegen des Geldes und der Möglichkeit, nach Frankreich zu kommen, akzeptiert. Man hat ihr wohl zwei- oder dreitausend französische Francs angeboten, stelle ich mir vor.

Sie ist ein Mädchen vom Dorf, eine meiner Nichten, das heißt eine aus der Familie und eine Soninké wie ich. Ich beobachte sie durch die offene Tür, ein verschlossenes, mürrisches Gesicht. Wenn sie sympathisch wäre, könnte ich sie bedauern – immerhin ist sie mit ihren fünfzehn Jahren in die gleiche Falle geraten wie ich. Doch ich habe wirklich keine Lust, weich zu werden; überdies sind alle wegen ihres Verhaltens entsetzt. Ich spüre sofort, dass sie weder eine Freundin noch eine Verbündete sein wird. Ich vermute, sie ist mit einem Vorurteil im Kopf hierher gekommen: Mit einer Mitfrau zu leben heißt, mit einer Feindin konfrontiert zu sein, die man zu bekämpfen hat. Im Übrigen hat sie sich sofort wie eine Feindin benommen, und das wegen Belanglosigkeiten.

Um mich mit ihr über das Thema Sexualität auszutauschen, das wichtigste Thema in meinen Augen, habe ich mich, wie es Brauch ist, einer Frau als Vermittlerin bedient.

»Sag ihr, dass ich ihr ihren Mann überlasse, mindestens zwei Monate kann sie ihn für sich behalten.«

Doch nach drei Wochen lässt sie mir durch die Vermittlerin antworten: »Deine Mitfrau sagt, jetzt muss jede an die Reihe kommen.« Da verstehe ich, dass es leider auch bei ihr in diesem Bereich nicht gut läuft.

Sie ist jung, er hat sie zweifellos jungfräulich und beschnitten übernommen und fordert jeden Abend sexuellen Verkehr ein, was sie nicht erträgt. Ich habe keine Chance. So antworte ich notgedrungen: »Gut, dann

schläft er eben zwei Nächte mir ihr und zwei Nächte mit mir.«
Ich empfinde Hass. Ich wollte ihn doch nicht mehr in meinem Bett haben. Ich gehe zu meinem Frauenarzt und bitte ihn, mir eine Spirale einzusetzen. Eine Zeit lang muss ich die Pille noch nehmen, aber dieses Mal habe ich das tief in meinem Gedächtnis gespeichert, unmöglich, sie zu vergessen.
Wir beide sprechen nicht viel miteinander. Sie wird sofort schwanger und bekommt ein kleines Mädchen. Sie bleibt in ihrem Zimmer, ich in meinem. Die Unterhaltungen beschränken sich auf Floskeln; wir sind weder Freundinnen noch Feindinnen.
Das Dumme ist, dass sich die beiden nicht gut verstehen. Sie muss ihm im Bett oder anderweitig Schwierigkeiten machen, ich habe keine Ahnung. Was ich dagegen weiß, wieder durch das »afrikanische Telefon«, ist, dass sie sich von ihrem Mann einwickeln lässt. Er versucht, sie mit dummen Drohungen einzuschüchtern, im Stile von: »Wenn du Schwierigkeiten machst, wird die andere dich nach Afrika zurückschicken. Für sie ist das einfach, du hast ja keine Papiere!«
Er erzählt ihr, dass in Frankreich die Zweitfrauen schnell ausgewiesen werden. Dass die Erstfrauen sich für wer weiß wen halten und die Ehemänner bekämpfen … Und sie spricht offensichtlich nicht darüber, stellt keine Fragen und glaubt ihm alles, was er ihr sagt.
Ich kann sie in ihre Heimat zurückschicken, ich bin ihre Feindin, alles Unglück kommt daher von mir. In der polygamen Ehe verfolgen manche Männer eindeutig das Prinzip »teile und herrsche«.
Ich habe diese Art von Krieg in meiner näheren Familie nie erlebt, weder bei meinem Großvater noch bei meinen Eltern. Es führt dazu, dass die junge Ehefrau sich jetzt für die Königin der Familie hält und mich verachtet. Sie teilt nichts, weder mit mir noch mit meinen Kindern.

Sie ist schwanger und erhält eine kleine Unterstützung, die ihr Ehemann ihr großzügig jeden Monat überlässt (etwa sechshundert Francs, denke ich). Dagegen behält er die Beihilfen, die mir für meine fünf Kinder zustehen, für sich! Er macht die Einkäufe für den Haushalt, doch ich bekomme keinen Centime. Dennoch bin ich diejenige, die die Kleidung, die Schuhe sowie alles, was der Schulbesuch erfordert, für meine Kinder zahlt. Ich sage nichts. Ein falsches Wort, und der Streit ist da.
Ich habe genug davon, meine Kinder in dieser Atmosphäre aufwachsen zu lassen. Meine zweite Tochter hat sich eines Tages – sie war neun Jahre alt – vor ihren Vater hingestellt und gesagt: »Wenn du Mama noch einmal anrührst, bekommst du es mit mir zu tun.«
Er hat gelacht oder so getan als ob, und das hat ihn ein wenig zur Vernunft gebracht. Aber nicht sehr. Er will seine Umgebung und sogar meine eigene Familie davon überzeugen, dass meine Eifersucht schuld ist an seiner schlechten Ehe. Dies erfordert sein Stolz als Mann. Er wird nie zugeben, dass ich ihn nicht liebe, die andere ihn sehr wahrscheinlich auch nicht. Dass mir die sexuelle Beziehung zu ihm zuwider ist und ich, wenn ich damals über diese Dinge besser Bescheid gewusst hätte und emanzipiert gewesen wäre wie die anderen Frauen, mehr dazu sagen würde. Aber aus Achtung vor mir selbst und meinen Kindern beschränke ich mich auf das Wesentliche. Als ich mit meinen Nerven am Ende bin, mache ich mit den Kindern ein paar Tage Ferien in der Normandie. Der Großonkel, seine Felder, sein Garten, die Wiesen und die Kühe, die gute Milch und die Zuwendung dieses Mannes, seine netten Nachbarn – seine wahre Familie – tun uns gut. Leider erwartet mich ein schreckliches Unglück.
Die Gemeinde organisiert für einen Donnerstag einen Ausflug ans Meer, und ich habe mich mit den Kindern dafür angemeldet. Ich habe meiner Mitfrau sogar ange-

boten, uns mit ihrem Baby zu begleiten, um sie an Frankreich zu gewöhnen und auch, um ihr zu zeigen, dass ich nicht ihre Feindin bin, wie sie meint. Wir bereiten ein Picknick vor – Butterbrote, die Kühltasche, Croissants für das Zehn-Uhr-Frühstück. Und wir fahren im Bus los. Unterwegs schlagen die Organisatoren eine Pause für die Kinder vor. Alle setzen sich in ein kleines Café am Straßenrand. Und plötzlich sagt meine Tochter zu mir: »Mama, wir haben die Croissants im Bus vergessen, ich geh sie holen.«

Sie geht hinaus. Eine Minute später höre ich einen Schrei, das Quietschen von Reifen.

Ein Auto war zu schnell durch die Ortschaft gefahren. Innerhalb von zehn Minuten ist der Rettungsdienst da. Der junge Mann, der meine Tochter angefahren hat, sagt immer wieder: »Madame, ich habe es nicht absichtlich getan, ich habe es nicht absichtlich getan.«

Meine Kleine wird ohnmächtig ins Krankenhaus gebracht. Sie ist am Kopf verwundet, aber sie blutet nicht. Es muss eine Computertomografie gemacht werden; sie schläft, die Pfleger kneifen sie, um sie zu wecken, sie darf nicht einschlafen, auf keinen Fall …

Ich rufe ihren Vater in Paris an. Der Donnerstag vergeht, es ist Freitagmorgen. Von seinem Dienstzimmer aus ruft der Arzt in Paris an. Er fragt, ob das Krankenhaus Beaujon sie aufnehmen könne, man brauche auch einen Hubschrauber, um sie zu transportieren. Ich höre, wie er mir seine Machtlosigkeit erklärt: »Hier kann man nichts tun, sie hat ein Blutgerinnsel im Gehirn …« Ich gehe in das Zimmer meiner Tochter, beuge mich über sie, um sie anzufassen, sie ist leblos. In diesem Augenblick hat sich etwas von mir gelöst, ich spürte es und schrie: »Sie ist tot!« Die Krankenschwestern eilten mit ihren Reanimationsgeräten herbei, es war zu spät.

Man musste mir eine Spritze geben, um mich zu beruhigen.

Sie war zehn Jahre, zwei Monate und zehn Tage alt. Und sie hat uns verlassen. Eine Minute, quietschende Reifen, und meine kleine Tochter ist nicht mehr. Sie ist fortgegangen, mit strahlendem Gesicht, als würde sie friedlich schlafen.

Ich fuhr nach Paris zurück und fühlte mich völlig leer. Ein Kind zu verlieren ist das Schlimmste, was einer Mutter passieren kann. Eine schreckliche Leere. Leere in mir, auch Leere unter den verstörten Geschwistern. In mir ist absolute Leere.

Die Stadtverwaltung schlug mir vor, den Leichnam hier, in Frankreich, zu bestatten. Doch meine Familie fragte, ob es möglich sei, dies in Afrika zu tun, um sich von ihr zu verabschieden. Ich habe dies der Stadtverwaltung mitgeteilt, und sie haben es akzeptiert. Sie haben den Transport finanziert. Ich bekam ein Flugticket, um den Sarg zu begleiten. In diesem Augenblick habe ich die Männer von der afrikanischen Gemeinschaft richtig gehasst. In letzter Minute, am Abend vor der Abreise, haben sie entschieden: »Ihr Vater muss fliegen, nicht ihre Mutter. Sie ist eine Frau, sie muss hier bleiben. Wenn es zwei Flugscheine gäbe, wäre es in Ordnung. Aber da es nur einen gibt, muss der Vater fliegen!«

Er ist mit dem Leichnam abgereist, und ich bin zurückgeblieben und habe geweint wie ein krankes Tier.

Das habe ich ihnen nie verziehen, meine Mutter auch nicht. Ich musste mein Kind nach Hause begleiten, mit meiner Mutter zusammen sein, mit ihr zusammen trauern. Das ging weit über ihren Horizont. Der Mann, der Vater, immer der Mann, derjenige, der nicht unter der Geburt gelitten hat, der auch nicht zugesteht, dass er seinen Platz der Mutter überlassen oder ihr einfach ein weiteres Flugticket kaufen könnte. Nichts, diese Männer verstehen nichts von der Liebe einer Mutter, auch nichts von der Achtung, die sie ihr schulden.

Die Kinder, die sonst so fröhlich waren, zogen sich in

sich zurück. Die Kleinste war gerade zwei Jahre alt. Sie sagte: »Kiné weg, Krankenhaus, weg, Krankenhaus.« Sie weiß es nicht mehr. Ich war sehr depressiv; drei Monate später nahm ich ein Ticket, das ich selbst bezahlt hatte, und flog für einen Monat nach Hause, zum Grab meines Kindes. Ich glaube an Gott, glücklicherweise, ich habe Freunde, sie konnten mir helfen, mich trösten. Denn ein Teil der afrikanischen Gemeinschaft war der Meinung, dass ich in gewisser Weise die Schuld an diesem Drama, auf jeden Fall die Verantwortung dafür trage. Ihrer Meinung nach war alles meine Schuld, weil ich leben wollte wie die Weißen und meine Kinder überallhin mitnahm. Dieser Eindruck ist damals bei mir entstanden.

In dieser Zeit war das Leben für mich schwer. Manchmal ging ich durch die Straßen und traf Frauen, die mir sagten: »Ich habe dich gestern gesehen, und ich habe dich gegrüßt. Du hast nicht geantwortet.«

Ich sah die Leute nicht mehr, die an mir vorbeigingen. Ich hatte eine Depression, eine sehr schwere und sehr lang andauernde Depression.

Ich wollte meinen Mann nicht mehr sehen; für mich war es vorbei. Der Tod dieses Kindes, all das, was im Zusammenhang mit der Trauer um dieses Kind geschehen war, hat mich angewidert. Ich wollte endgültig nichts mehr mit dieser Ehe zu tun haben. Ich wusste, dass es irgendwo in Paris eine Kanzlei mit afrikanischen Anwälten gab, und habe sie ausfindig gemacht. Als meine Jüngste, Binta, in den Kindergarten kam und ich damit entlastet wurde, habe ich die Scheidung eingeleitet. Ich habe zunächst mit meinem Mann darüber gesprochen, doch er hat mich ausgelacht.

Ich treffe einen schwarzen Anwalt, der einen Honorarvorschuss von mir verlangt. Ich habe nicht viel Geld, doch ich verspreche ihm, in der folgenden Woche meine Ersparnisse zu bringen. Und in derselben Woche treffe ich eine marokkanische Freundin, die sich auch scheiden lassen will, sie kommt gerade aus dem Krankenhaus. Ihr Mann hat sie geschlagen und aus dem Fenster gestoßen, glücklicherweise im Erdgeschoss. Sie hat sich dabei das Bein gebrochen.

Diese Begegnung gibt mir zu denken, denn mein Mann fängt an, gewalttätig und aggressiv zu werden. Was er vorher nie war. Ich habe schon einige Male Schläge bekommen, vor allem dann, wenn sich die zweite Frau in die Streitereien einmischte. Ich bin die Schlechte, die Eifersüchtige, die Böse. Doch ich lasse mir nichts gefallen! Das letzte Mal, als er mich geschlagen hat, bin ich zum Gesundheitsamt gegangen und habe es mir ärztlich bescheinigen lassen. Mein Anwalt hat es in seinen Akten, und im nächsten Monat werden wir beide vor Gericht geladen.

Meine Mutter sagt mir eines Tages: »Zieh vor allem die Zweitfrau nicht in diese Geschichte hinein, sie hat dir nichts getan!«

»Aber ich habe ihr doch auch nichts getan!«

»Man hat mich hier angerufen und mir gesagt, dass du Ärger machst!«

»Ganz bestimmt nicht!«

Er wagte also, meine Mutter anzurufen und ihr Lügen aufzutischen. Da kannte er sie aber schlecht. Er glaubte, dass meine Eltern wie leider viele afrikanische Eltern nur auf ihn hören würden; meine Eltern haben nie für mich Partei ergriffen, aber sie dachten immerhin nach. Wenn die Tochter sich scheiden lassen will, tun die Eltern oft alles, um sie daran zu hindern. Sie gehen manchmal sogar so weit, sie zu schlagen, damit sie »in die Ehe zurückkehrt«.

Dies gilt nicht für meine Eltern. Wenn ich meiner Mutter sagte, dass ich nichts getan habe, so war dies die Wahrheit, und sie vertraute mir. Sie ergriff jedoch auch nicht Partei für mich. Doch dieses Mädchen ging mir allmählich wirklich auf die Nerven. Sie wollte meinen Platz einnehmen? Herzlich gern, doch das konnte sie auch ohne diese Kleinkariertheiten – wie zum Beispiel klammheimlich ein Verlängerungskabel an die Telefondose in meinem Zimmer anschließen zu lassen. Mein Mann hatte sich darum gekümmert, damit sie billig telefonieren konnte, da der Anschluss auf meinen Namen lief. Beide profitierten vom Kindergeld für meine Kinder; ich hatte zu dieser Zeit nur mein kleines Dolmetschergehalt. Das einzige Mal, wo ich mich wirklich über sie aufgeregt habe, habe ich zu meinem Mann gesagt: »Wenn sie mir weiter so auf den Geist geht, wird sie in den Senegal zurückkehren – aber frag nicht, in welchem Zustand!«

An diesem Tag hatte sie mich zum Äußersten gebracht, ich erinnere mich nicht, warum.

Diese Frau behandelte mich wie eine Gegnerin, sodass ich, als ich in den Senegal zum Grab meiner Tochter flog, eine Cousine bat, sich um meine Kinder zu kümmern. Ich hatte kein Vertrauen zu meiner Mitfrau, sie verabscheute meine Kinder.

Die Polygamie ist nach wie vor Sitte im Senegal, ich werde nicht dagegen kämpfen, es ist mir egal. Doch die Frauen leben jede für sich (das ist die neue Form der Polygamie im Senegal). Die Polygamie in Europa, da sage ich Nein! Das ist eine Polygamie, die die menschlichen Beziehungen ruiniert und die Kinder kaputtmacht. Heute leben die polygamen Familien in den Städten in einer Vierzimmerwohnung, in der die Kinder ihr Zimmer haben sollten, um ihre Hausaufgaben unter normalen Bedingungen machen zu können. Doch sie haben kein Recht darauf. Wenn es ein Zimmer gibt, so ist dies für die Frau, die Kinder sollen sehen, wie sie zurechtkommen. Sie haben keinen Ort zum Lernen oder zum Spielen. Die Mütter verbringen ihre Zeit damit, miteinander zu konkurrieren, auf engem Raum und ohne

Komfort, und einzig der Mann profitiert von dieser Situation.
Und die Männer werden so lange davon profitieren, wie die afrikanischen Frauen diesen Status hinnehmen, der sie nicht als Individuen respektiert, denn das Ziel der Polygamie ist – auch wenn dies nicht offen zugegeben wird –, ihnen Kinder am Fließband zu machen, jedes Jahr eines, wegen des Kindergeldes, von dem die Frauen nie auch nur einen Centime sehen. Nur der Mann weiß, wo das Geld bleibt. Das ist Sklaverei. Das neue Gold der Schwarzen. Denn die Mehrzahl der zugewanderten und polygamen Frauen kann in den ersten Jahren der Immigration weder lesen noch schreiben; die meisten von ihnen haben bei ihrer Ankunft noch nicht einmal Papiere. Sie bekommen sie erst, wenn sie Kinder haben, die auf französischem Boden geboren sind. Nur wenige Frauen wollten in ihre Heimat zurückkehren, weil sie nicht unter diesen Bedingungen leben konnten. Ich habe solche Frauen gekannt, aber sehr wenige. Alle anderen bleiben. Sie sagen mir: »Was ich hier habe, habe ich dort nicht! Ich muss nicht mehr Wasser und Holz holen gehen, ich muss keine Hirse mehr zerstoßen …«
Das ist verständlich. Doch ich weiß, dass keine Frau auf dem afrikanischen Kontinent die Lebensbedingungen akzeptieren würde, die ihnen allzu oft in Frankreich zugemutet werden: ein einziges Zimmer, ein einziges Bett, die eine schläft darin, die andere schläft mit den Kindern in der Küche auf dem Boden. Kein Reichtum wiegt das auf. Und die kleinen Mädchen, die während der Ferien im Heimatland beschnitten werden, die immer noch zwangsverheiratet werden, damit sie das Gleiche erleben wie ihre Mütter! Und die kleinen Jungen, die mittendrin herumhängen, in einer abgeschlossenen Welt, wo sie nur das Verhalten eines polygamen Mannes kennen lernen. Sie wachsen ohne Ehrgeiz auf, bereit, das Denksystem ihres Vaters zu reproduzieren.

Ich habe einmal von »getrenntem Wohnen« gehört. In manchen Städten Frankreichs kann ein polygamer Mann, der zwei, sogar drei Frauen und zehn, manchmal fünfzehn Kinder in einer Vierzimmerwohnung hat, bei der Gemeinde die Zuteilung einer weiteren Wohnung beantragen. Jedoch nur unter der Bedingung, dass er sich scheiden lässt. Hier ist die Heuchelei offenkundig. Gewiss wird der Mann eine Scheidungsurkunde vorlegen, doch in Wirklichkeit wird er nie geschieden sein, da bei uns die zivile Heirat nur eine Formsache ist! Allein die religiöse Heirat zählt.
Frankreich glaubt, dieses Problem technisch lösen zu können; doch kulturell ist das nicht möglich und auf praktischer Ebene noch weniger, da diesen Frauen die Hände gebunden sind, sie haben keine andere Möglichkeit zu überleben.
Ich frage mich, ob das alles im Interesse der betroffenen Frauen ist.
Ich gehöre einer polygamen Familie an. Mein Vater hatte sechzehn überlebende Kinder. Ich habe die Polygamie nicht so erlebt, wie sie in Frankreich praktiziert wird. Ich hatte Glück, dass meine Mutter mit uns ganz allein gelebt hat. Wir besuchten manchmal die anderen Frauen und ihre Kinder, aber wir haben nie wirklich zusammengewohnt. Manchmal gibt es keine Zuneigung zwischen den Geschwistern von unterschiedlichen Müttern. Einfach deshalb, weil die Mütter unbewusst ihre Ängste und ihr Misstrauen auf ihre Kinder übertragen. Bei uns ist jedes Kind ein Faba rémé, auf Soninké »das Kind des Vaters«. Um die Tatsache zu rechtfertigen, dass nur der Vater zählt. Und die Beziehungen in der Familie bauen auf diesem Prinzip auf, mit ihrer Vielfalt von Eifersüchteleien und Misstrauen. Die Mütter und, als Folge davon, ihre Kinder werden nie eine enge Beziehung zueinander aufbauen, da sie immer Angst haben, dass der oder die »andere« ihnen ein Unrecht antut.

In Frankreich ist Polygamie verboten. Der Staat hat sich jedoch für die Duldung entschieden, und es ist zu spät, einen Rückzieher zu machen. Es gibt nicht viele Zweitfrauen aus Afrika, zumindest aus Schwarzafrika, die über die Familienzusammenführung gekommen sind. Was das Wohnen und die Löhne betrifft, sind die Bedingungen für sie sehr hart. Trotzdem kommen viele Frauen für die Ferien und bleiben da. Als ich nach Frankreich kam, war die Aufenthaltsgenehmigung wie ein Stück Zeitungspapier, jeder, der wollte, konnte damit reisen, sofern man von gleicher Hautfarbe war. Die Polizeibeamten achteten nicht auf das Foto, sondern nur auf die Gültigkeit der Karte. Für sie sahen alle Schwarzen sich ähnlich. Und die Schwarzen profitierten davon. Und Gott weiß, dass man einander überhaupt nicht ähnlich ist! Aber so war es. Und das hat vielen Frauen die Möglichkeit gegeben, mit der Aufenthaltsgenehmigung der ersten Frau nach Frankreich einzureisen. Heute ist das unmöglich, denn die Aufenthaltsbestimmungen haben sich geändert.

Was ich an der in Europa tolerierten Polygamie unerträglich finde, ist, dass nur die Männer davon profitieren. Auch wenn sie sich nicht mit der ersten Frau verstehen, so ist dies noch kein Grund, ihr eine andere vor die Nase zu setzen. Ein Kind noch, das vom Alter her die Tochter der ersten Frau sein könnte.

So war es bei mir, und normalerweise durfte ich nichts sagen, da ich durch sozialen und familiären Druck gebunden war. Ein Wort, nur ein einziges Wort zu diesem Thema, und man hätte mich der Eifersucht bezichtigt und mir vorgeworfen, meine Kultur leugnen zu wollen. Das ist zu einfach. Ich wünsche meinen Kindern, dass sie diese Polygamie nie leben müssen. Ich würde mir auch wünschen, dass die Journalisten in Afrika und in Frankreich Reportagen über die Realität der Lebensbedingungen von polygamen afrikanischen Frauen drehen und sie im Fernsehen des jeweiligen Landes ausstrahlen. Anstatt die Leute mit Serien, im Allgemeinen aus den USA, einzuschläfern, die sie glauben lassen, dass alles gut sei, dass materieller Luxus für jedermann zugänglich sei, dass Geld leicht zu haben sei! Zu viele Menschen bei uns meinen, »das« sei das Leben. Afrikanische Frauen, die nie zur Schule gegangen sind, sind in der Lage, *Les Feux de l'amour* (dt. Titel *Schatten der Leidenschaft)* von A bis Z zu erzählen.

Dieselben Frauen leben in Paris oder in einem der Vororte, seit Jahren eingeschlossen, und wissen nicht einmal, wo der Eiffelturm ist!

Als ich über all dies nachdachte, damals, als ich auf meine Scheidung hoffte, war ich – und ich bin es noch immer – eine Revolutionärin, die mit der afrikanischen Gemeinschaft einen Konflikt austrug. Ich habe drei Jahre lang nachgedacht, bevor ich bei einem Anwalt gelandet bin. Gleichzeitig habe ich meine Ausbildung in der Modebranche fortgesetzt. Und mich versteckt, um die notwendigen Schritte zu unternehmen. Ich hatte begriffen, dass niemand mir helfen würde. Jedes Mal, wenn ich versucht hatte, meinen Kummer, meine Depression einem mir nahe stehenden Menschen anzuvertrauen, hatte mein Mann dies für seine Vorwürfe ausgenutzt. Eine Depression? Dieses Wort sagte ihm nichts. Dann wurden die »Familienstreitigkeiten« schlimmer. Selbstverständlich war ich es, die sie provozierte... Ich war eine *Guadian'gana,* »eine, die Probleme macht«.

Eines Tages – er hatte bestimmt eine Frage gestellt, die ich nicht beantwortet hatte, da ich nicht mehr mit ihm sprach – bekam meine Tochter eine Ohrfeige von ihm. Wir sahen einen Film im Fernsehen, in dem sich ein Paar küsste. Ein Skandal.

»Geh schlafen! Ihr werdet noch alle wie eure Mutter! Huren!« Diese Beleidigung wurde oft vor den Kindern geäußert. Ihre Mutter sei eine Hure.

An einem anderen Tag gab es einen weiteren Skandal: Ich hatte noch immer Depressionen und war im Krankenhaus. Ein Freund, den ich über meinen Vater kannte, besuchte mich. Ich liege zusammen mit einer anderen Patientin in einem Doppelzimmer. Mein Besucher sitzt neben meinem Bett, er erkundigt sich teilnahmsvoll nach meinem Befinden. Mein Mann öffnet die Tür und wird wütend, als er den Besucher bemerkt. Ein Mann hat in meinem Zimmer nichts zu suchen, er ist sicher mein Liebhaber, und wieder bin ich eine Nutte! Endlich hat er einen Beweis für seine Verdächtigungen! Der Arme versuchte zu antworten, ich riet ihm, nichts dergleichen zu tun, doch es war zu spät: Mein Mann hatte so geschrien, dass das Personal den Besucher und meinen Mann bitten musste, hinauszugehen. Aber er wollte nichts davon hören, und ich war gezwungen, mir das Weitere anzuhören, ohne dieser unberechtigten Beschimpfung entkommen zu können. Der Arzt musste einschreiten, und das Schlimmste war, dass er von dort aus gleich zum Mann einer meiner Freundinnen aus Mali ging und ihm seine Geschichte erzählte. Auf seine Weise.

»Ich habe einen Mann auf ihrem Bett gefunden! Niemand hat mir geglaubt, als ich gesagt habe, dass sie eine Nutte ist! Sie hat einen Liebhaber!«

Er war an den Falschen geraten. Dieser Mann hat ihm belehrend geantwortet: »Mach ein Loch, und wirf diese Geschichte hinein. Erzähl sie nie wieder, sie ist dumm. Selbst wenn du eines Tages einen Mann auf deiner Frau entdecken würdest, solltest du schweigen und das Problem ohne einen Skandal lösen. Solche Sachen darfst du nicht erzählen! Du weißt, dass es überall Probleme zwischen Paaren gibt, aber jeder muss sie für sich lösen.«

Ich hatte zwar keinen Liebhaber, dafür aber eine ganz andere Idee im Kopf. Fast ebenso skandalös für ihn. Ich wollte an das Kindergeld herankommen.

Mir ist völlig klar, dass ich mich endgültig in Teufels Küche bringe und in den Rachen des Wolfs stürze, wenn ich dies in die Wege leite. Entweder ich gewinne, oder ich sterbe. Das Kindergeld ist meist der Ausgangspunkt von Streitereien in den afrikanischen Familien in Frankreich. Einige Frauen fanden sich in einem Flugzeug nach Afrika wieder, ohne einen Centime und ohne ihre Kinder, weil sie diesen Konflikt gewagt hatten.

Doch meine Freiheit und die meiner Kinder hängt von diesem Kindergeld ab. Ich will mich nicht scheiden lassen und meine Kinder dieser Frau überlassen. Sie lieben ihren Vater, und ihr Vater liebt sie, daran will ich nicht rühren. Doch ich möchte sie einem familiären Klima entziehen, das für sie schädlich und für mich tödlich ist. In dem körperlichen und moralischen Zustand, in dem ich zu diesem Zeitpunkt bin, weiß ich nicht, wie ich die Kraft finden soll, es zu tun, doch ich stürze mich in diese Aufgabe wie eine Ertrinkende, die nach Luft schnappt.

Der große Sprung

Eine Woche vor meiner Entscheidung, mir einen Anwalt zu nehmen, bin ich zufällig auf eine Fernsehsendung über misshandelte Frauen gestoßen. Die Klarheit, mit der dort über das Problem gesprochen wurde, hat mich getroffen: Ich schämte mich. Ich selbst war eine misshandelte Frau, und wie alle Frauen, die dort berichteten, war ich mir dessen nicht wirklich bewusst. Sogar als ich mir nach einer zu heftigen Prügelszene ein ärztliches Attest ausstellen ließ, zählte ich mich nicht zu dieser Kategorie von Frauen. Mein einziges Ziel war die Scheidung, und die Scham und die Erniedrigung hatte ich ganz tief in mir vergraben. Wie diese Frauen hatte ich alle Demütigungen ertragen, hatte verhandelt, wie sie hatte ich mich in Schweigen geflüchtet, anstatt um Hilfe zu bitten. Wie sie war ich in eine Falle geraten, hatte mich in Argumente verstrickt, die mich jedes Mal einen Rückzieher machen ließen: »Dieser Mann ist der Vater meiner Kinder. Er liebt sie, ich habe nicht das Recht, sie ihm wegzunehmen.« Der Druck der afrikanischen Gemeinschaft ist so stark, dass ich mich wegen meines Freiheitsdrangs schuldig fühle. Man wirft mir vor, wie die weißen Frauen leben zu wollen, die Pille zu nehmen, für meine Kinder ein anderes Leben zu wollen.

Gegenwärtig fühlte ich mich wirklich wie eine geschlagene, ausgebeutete Frau, und ich musste diesen Gedanken zu Ende denken.

Zuerst der Anwalt, dann das Kindergeld, das mir zustand.

Ich werde der Verwaltung meinen Fall erklären. Durch meine Hilfe für andere kenne ich die Abläufe gut.

»Mein Mann bekommt das Kindergeld, nicht ich, er hat eine Zweitfrau, und ihr gibt er jeden Monat siebenhundert Francs, den Anteil, den er für ihr Kind bekommen hat. Und mir, die ich vier Kinder von ihm habe, gibt er nicht nur nichts, sondern er schlägt mich obendrein. Er benimmt sich nicht wie der Vater einer kinderreichen Familie. Er ist völlig verblendet durch seine eigene Art, durch seine Freunde und durch seine zweite Frau. Was muss ich tun, um das Geld meiner Kinder wiederzubekommen?«

»Sie kennen die Vorschriften«, antwortet mir die Dame. »Normalerweise bekommt Ihr Mann dieses Geld. Solange sie mit ihm zusammenleben, in der ehelichen Wohnung, kann ich das Kindergeld nicht zwischen Ihnen und ihm aufteilen. Ziehen Sie aus und bringen sie mir eine neue Wohnungsanschrift, dann kann ich tätig werden.«

Eine fiktive Adresse zu finden ist nicht so einfach. Denn ich habe nicht die Mittel, umzuziehen, mit meinem sehr bescheidenen Verdienst als Aushilfsdolmetscherin eine Miete zu bezahlen. Ich sitze in der Klemme und kann nur noch weinen.

Aber der liebe Gott ist mit mir. Beim Aussteigen aus dem Bus treffe ich eine Nachbarin aus Mali.

»Was ist mit dir? Warum weinst du?«

Ich hatte mir vorgenommen, mich nie mehr jemandem anzuvertrauen, aus Angst, dass meine Absichten meinem Mann zu Ohren kommen könnten, wie das oft genug der Fall war. Doch diese Frau ist kultiviert, und etwas bringt mich dazu, ihr von meinem Problem zu erzählen.

»Das ist doch ganz einfach, diese Frau hat Recht, du wohnst bei mir! Ich werde dir einen Unterkunftsnachweis ausstellen; von jetzt an wohnst du mit deinen vier Kindern bei mir. Du wirst niemandem etwas davon sagen, du lässt die Verwaltung machen. Geh zu der Dame

zurück, bring ihr den Nachweis, und beeil dich, man muss das Eisen schmieden, solange es heiß ist!«
Ich nehme wieder den Bus, dieses Mal in die andere Richtung, zum Amt für Kindergeld. Dort gibt es eine Schlange, und ich muss eine Nummer ziehen; hier laufe ich Gefahr, an jemanden zu geraten, der nicht unbedingt die gleiche Sicht meines Problems hat, also warte ich, bis ich derjenigen, die mich vor einer Stunde empfangen hat, ein Zeichen machen kann und ihr Schalter frei wird. Sie prüft das Papier und macht den Wohnungswechsel mit einem Handgriff aktenkundig.
»Ab nächsten Monat geht das Kindergeld für Ihre vier Kinder auf Ihr Bankkonto.«
Ich kehre nach Hause zurück und sage nichts. Über einen Monat muss ich noch warten.
In der Zwischenzeit bekomme ich einen Brief aus Afrika. Die Person, die mir diesen Brief schreibt, ist Analphabetin und kann weder lesen noch schreiben. Sie hat den Brief von jemand anderem schreiben lassen und sagt mir sehr deutlich: »Du solltest aufhören zu jammern. Du bist ist einem Rechtsstaat. Man sollte meinen, du wärst nie zur Schule gegangen!«
Das heißt: Verteidige dich mit den legalen Mitteln des Landes. Wenn du eine Familienaffäre daraus machst, wird jeder Partei ergreifen, und es hört nie auf.
Sie hatte Recht. Diese schlimme Geschichte dauerte schon zu lange. Seit dem Verlust meiner kleinen Tochter habe ich mich zu sehr auf mich selbst und die Kinder zurückgezogen. Ich habe mir eine Art Panzer zugelegt, in den ich meine Depression eingeschlossen habe, damit niemand in mich dringt, und in den letzten Jahren habe ich mein Unglück kultiviert, statt meine gesetzlichen Rechte einzufordern. Auf diese Weise haben sich die Dinge nur verschlimmert. Es gibt keinen Ausweg mehr, mein Mann beklagt sich unablässig über mein vermeintlich schlechtes Benehmen, meine Mutter

erträgt dies nicht mehr, mein Großvater ist in seinem Stolz verletzt ... Es war falsch, dass ich die Dinge nicht früher in die Hand genommen habe. Die Scheidung in Frankreich ist eine Lösung, doch ich muss vor allem meine religiöse Eheschließung im Senegal annullieren lassen. Sonst werde ich nie wirklich frei sein.

Mein Onkel seinerseits rät mir, für eine gewisse Zeit nach Afrika zu fahren. Auch er will mich nicht mehr leiden sehen und spricht klare Worte: »Allmählich nervt ihr die Familie, alle beide! Die ganze Zeit muss man einschreiten, eure Konflikte entschärfen. Du willst nicht mehr, dass man sich einmischt. Du willst nicht mehr, dass man dich verteidigt. Du hast gesagt, dass du die Dinge selbst in die Hand nehmen willst, also tu es! Fahr weg, komm wieder zu Kräften, sprich mit deiner Mutter. Ich werde deinem Mann raten, dir während dieser Zeit das Kindergeld zu überlassen, damit du deine Reise organisieren kannst.«

Ich bin bereit abzureisen, doch mit vier Kindern ist ein Aufenthalt von zwei bis drei Monaten sehr teuer. Die Verhandlung zwischen meinem Mann und meinem Onkel findet vor meinen Augen statt. Das Ergebnis ist ernüchternd: »Sie bekommt nichts von mir. Sie soll sehen, wie sie zurechtkommt!«

Nach einer gut einstündigen Diskussion gibt er doch nach: »Ich kann die Flugtickets bezahlen, das ist alles, was ich tun kann. Doch ich werde ihr keinen Centime überlassen, schon gar nicht das Kindergeld!«

Ich wusste, dass er in dieser Frage nie nachgeben würde. Mein Onkel beharrt nicht auf seiner Forderung, er weiß von meinem Vorgehen, er wollte ihn nur auf die Probe stellen.

»Du musst mir schwören, dass du Tickets für den Hin- und Rückflug besorgst.«

»Ja, ja ...« Ich sage nichts, aber an seiner Miene sehe ich, dass er dies nicht tun wird.

Der Monat geht zu Ende. Am Zehnten des folgenden Monats erwartet er wie gewohnt das Kindergeld, das nicht bei ihm eintrifft. Aus gutem Grunde. Still koste ich diesen Triumph aus. Ich weiß, es kommt der Tag, an dem er in seiner Not das einfordern wird, was ihm »zusteht«.
Noch am Abend, von der Arbeit zurück, verrichtet er wie gewohnt sein Gebet, und ich höre, wie er mich in seinen Gebeten verflucht: »Gebe es Gott, dass du dich vor den Leuten schämst.«
Er weiß, dass ich ihn höre, und er will, dass ich auf die Provokation reagiere.
»Gott ist gerecht.« Das ist meine einzige Antwort. Ich habe keine Lust mehr auf Streit, ich bin müde. Vor allem aber habe ich keine Angst mehr. Weder vor ihm noch vor den anderen, die mir mangelnde Achtung vor meinem Mann vorwerfen, da ich das Kindergeld eingefordert habe. Jetzt wünsche ich sie zum Teufel, ich argumentiere nicht mehr, weil man ihnen mit Logik nicht kommen kann.
»Hast du mir einen Liter Milch gegeben? Hast du mir ein Kilo Zucker gegeben? Hast du mir Schuhe gekauft? Nein. Also wovon redest du eigentlich?«
Am nächsten Tag rufe ich meine Mutter an, die mir seltsamerweise sagt: »Wir haben heute gerade von dir gesprochen, ich habe deine Schwester sogar gebeten, dich anzurufen.«
»Was ist los?«
»Dein Mann hat hier angerufen und gesagt, du hättest das Geld seiner Frau gestohlen.«
»Das hat er gewagt zu sagen!«
»Man kann von dir alles sagen, meine Tochter: dass du eine Kämpfernatur bist, dass du eine große Klappe hast. Aber ich glaube nicht, dass du in der Lage bist, zu stehlen. Wenn du das Geld dieser Frau an dich genommen hast, gib es ihr zurück. Du kannst das Geld deiner Kinder nehmen, aber nicht ihr Geld.«

»Ich schwöre dir, dass ich ihr Geld nicht angerührt habe, und ich habe nie die Absicht gehabt, dies zu tun. Er ist gemein, in diesem Punkt zu lügen, er weiß ganz genau, dass das nicht stimmt. Er hat es ganz bestimmt wie immer bekommen, auf sein Konto!«

An diesem Abend ist der Streit unvermeidbar. Ich bin wirklich gezwungen, ihm die Stirn zu bieten, jetzt, wo er das Gift des Zweifels im Herzen meiner Mutter und damit der gesamten Familie in Thiès ausgestreut hat. Aber nicht ich bin es, die anfängt.

»Bist du auf dem Amt für Kindergeld gewesen, um das Kindergeld an dich zu nehmen?«

»Ja, das habe ich getan.«

»Und das Geld meiner Frau!«

»Zieh sie da nicht hinein, du weißt genau, dass ich ihr Geld nicht angerührt habe.«

An diesem Abend hat er mich geschlagen. Wie an vielen anderen Abenden, als ich ihn nicht in meinem Bett haben wollte, obwohl ich an der Reihe war, ihn zu empfangen. Körperlich ist er mir überlegen, gegen die eheliche Vergewaltigung konnte ich nicht ankämpfen.

Ich nehme die Schläge schicksalsergeben hin, mir ist alles egal, ich bereite behutsam meine Reise nach Afrika vor. Er kann sein Versprechen an meinen Onkel, der in Abwesenheit meines Großvaters die Autorität des Familienoberhaupts innehat, nicht mehr rückgängig machen.

Eines Morgens, während das Datum des Gerichtstermins näher rückt, bekomme ich einen Brief vom senegalesischen Konsulat in Paris. Die Sozialarbeiterin lädt mich vor, da mein Mann um eine Vermittlung gebeten habe, immer noch wegen des Kindergeldes! Der neuralgische Punkt dieses Krieges ...

Er kommt in Begleitung eines Cousins von uns beiden. Zunächst schätzte ich ihn wegen seiner Neutralität in diesem Streit. Jetzt aber hat er sich auf die Seite meines Mannes geschlagen.

Ich stehe allein der Sozialarbeiterin gegenüber, sie sind zu zweit.
»Sie haben also das Kindergeld für Ihre Kinder und die Kinder der zweiten Frau genommen ...«
Sie hat ihren Satz noch nicht zu Ende gesagt, und schon schießen mir die Tränen in die Augen.
»Madame, Sie haben angerufen, um zu erfahren, was genau geschehen ist? Ich habe nur das Geld meiner Kinder genommen, das leugne ich nicht, aber nicht mehr! Das können Sie leicht überprüfen!«
Die beiden Männer lassen mich nicht ausreden und fangen an, über mich zu schimpfen. Es ist unerträglich, mir wird die Kleinkariertheit dieser Geldgeschichte bewusst, die Engherzigkeit meiner männlichen Landsleute. Ich schäme mich für sie und empfinde es als demütigend, immer wieder als Diebin beschuldigt zu werden!
Ich stehe auf.
»Madame, ich bitte Sie, gehen Sie jetzt nicht einfach weg!«
»Entschuldigen Sie, es ist kein Mangel an Respekt, aber ich kann diese Art der Anschuldigung nicht mehr ertragen. Auf Wiedersehen.«
Und dann bin ich gegangen. Es blieb noch das Gericht. Der Anwalt hatte mir versichert, dass mein Mann die Vorladung bestimmt bekommen habe, doch er hatte mir nichts davon erzählt. Ich habe später erfahren, dass seine Freunde, immer dieselben, ihm geraten hatten, nicht hinzugehen.
»Sie ist deine Frau! Das französische Gericht kann keine Scheidung aussprechen!«
Der Tag meiner Abreise naht, und glücklicherweise soll der Gerichtstermin zwei Wochen vorher stattfinden. Er hat die Flugtickets gekauft, ohne mir das Abreisedatum mitzuteilen, ich habe es erst eine Woche vorher erfahren. Und selbstverständlich bewahrt er die Tickets bei sich auf. Wir sprechen nicht mehr miteinander. Ich

bemühe mich, die Kinder aus jedem neuen Streit so weit wie möglich herauszuhalten; sie essen mit mir zu Abend, bevor ihr Vater nach Hause kommt. Ich erkläre ihnen, so gut ich kann, dass dieser Krieg nur die Eltern betrifft, nie sie, die Kinder. Die Eltern lieben ihre Kinder immer, auch wenn sie sich selbst gegenseitig nicht mehr verstehen ... Ich glaube, die Kinder haben das begriffen, seit sie mich krank, depressiv und unglücklich sehen. Ich vermute, dass auch sie das Bedürfnis haben, anders zu leben und diese Veränderung auch brauchen.
Ich bereite meine Reise vor, und an besagtem Tag komme ich zum Gericht, zitternd wie Espenlaub. Der Anwalt hatte mir schon angekündigt, dass ich von diesem Tag an zumindest eine Trennung von Tisch und Bett erreichen könne, vor der Scheidung. Jetzt versucht er, mich zu beruhigen:
»Machen Sie sich keine Sorgen. Wenn er kommt, umso besser; wenn er nicht kommt, ist es schlecht für ihn. Er hat das Papier bestimmt bekommen, und der Richter wird seine Arbeit mit oder ohne ihn tun.«
Der Richter stellt wirksam die Abwesenheit des Ehemanns fest und beschließt aufgrund der Aktenlage eine Verfügung über eine Trennung. Der Richter ist eine Frau, sie muss mir nicht viele Fragen stellen. Sie hat die ärztlichen Bescheinigungen geprüft und mich einfach gefragt, ob ich meinen Antrag immer noch aufrechterhalten möchte.
»Mehr denn je, Madame.«
»Gut. Ihr Mann hat nicht mehr das Recht, Ihre Wohnung zu betreten. Sie haben das Sorgerecht für die Kinder, er kann sie jedes zweite Wochenende sehen, und Sie werden sich die Ferien aufteilen ...«
Was weiter gesagt wird, höre ich schon nicht mehr, ich habe gewonnen. Die richterliche Verfügung dürfte mich im Prinzip nicht so rasch erreichen, doch – ich weiß nicht, durch welches Wunder – erhält der Anwalt sie

sehr schnell und lässt sie mir noch am Morgen meiner Abreise bringen.
Für mich ist es wichtig, dieses Papier zu haben, es nach Afrika mitzunehmen und meinen Eltern zu zeigen. Diese Reise ist wie eine Flucht. Ich weiß nicht einmal, ob ich eines Tages zurückkommen werde – so viele Komplikationen erwarten mich noch. Ich betrachte mein Zimmer, das Bett, den Schrank, alles, was ich gekauft habe. Es tut mir weh, ihnen meine Sachen dalassen zu müssen. Er will noch nicht einmal, dass ich meinen Fernseher mitnehme. Doch in Afrika ist das ein teurer Luxus.
»Ich weiß nicht, wann ich wiederkomme, deshalb möchte ich ihn mitnehmen, zumindest für die Kinder.«
»Nein. Ich gehe vor dir weg. Ich bringe die Kinder zum Flughafen, du kannst im Taxi hinterherkommen.«
Meine senegalesische Nachbarin, die gekommen ist, um sich von mir zu verabschieden, hat eine Idee.
»Hinter unserem Haus ist eine kleine Fabrik mit vielen großen Kartons, du hast noch Zeit.«
Ich gehe mir einen Karton holen, verpacke darin das Fernsehgerät mit einigen Kleidungsstücken und springe in ein Taxi. Als er mich mit meinem Karton an der Gepäckaufgabe ankommen sieht, lacht er gequält, kann aber nichts mehr sagen. Das Gepäck wird gewogen, die Stewardess bittet um die Pässe und die Tickets. Hier, an diesem Schalter, wird mir die letzte Falle bewusst: Er hat nur Tickets für den Hinflug gekauft.
»Was soll das?« Und er antwortet mir boshaft auf Soninké: »Nun, du fährst nach Afrika, was wirst du da unten machen? Die Männer werden bei dir ein- und ausgehen! Du wirst einen Franc und noch einen Franc verdienen …«
Mit anderen Worten: Dort unten wirst du nichts mehr haben, weder Lohn noch Kindergeld. Es wird dir nichts anderes übrig bleiben, als dich für einen Franc zu prostituieren.

An diesem Tag war ich zu glücklich, um mich auf einen Streit einzulassen, vor allem nicht am Flughafen. Er denkt in diesem Augenblick nicht an die Kinder, er ist wütend, will mich bestrafen und begreift nicht, dass er ihnen wehtut, wenn er ihre Mutter beleidigt.
Ende Juni lande ich in Dakar bei meinem Vater. Am ersten Tag sage ich nichts. Am nächsten Tag spricht mein Vater mich an: »Du bist gestern angekommen und hast nichts gesagt. Was bringen deine Füße?«
Diese Formel, die traditionell in der Sprache der Wolof gesagt wird, bedeutet: »Welche Botschaft haben deine Füße mitgebracht?«
Ich erkläre ihm in groben Zügen die Situation zwischen meinem Mann und mir und vor allem, dass ich kein Ticket für den Rückflug habe.
»Frankreich gehört niemandem, meine Tochter. Wenn der liebe Gott will, dass du nach Frankreich zurückgehst, wirst du dorthin zurückgehen. Alles, was er sagt, habe ich gehört, aber es ist nicht schlimm.«
Ich habe in den Augen meines Vaters weder Hass noch Wut oder Vorwürfe gesehen. Im Gegenteil: er hat mich gut aufgenommen. Ich konnte sogar mit seiner dritten Frau ebenso ruhig darüber sprechen.
»Wir haben alles gehört, wir wissen alles, was dort passiert. Auch Leute, die du nicht kennst, erzählen viel, wenn sie hierher zurückkommen. Du solltest nicht denken, dass alle gegen dich sind. Nicht jeder ist blind. Man kennt die Wahrheit. Was er dir am Flughafen gesagt hat, dass die Männer bei dir für einen Franc ein- und ausgehen werden, wir haben das gehört, meine Tochter.«
Mein Mann versuchte wirklich zu erreichen, dass ich in meiner Familie als Hure galt. Mich zu entehren, das war die letzte Waffe, die ihm geblieben war. Niemand glaubte ihm bei mir zu Hause.
Maßlosigkeit ist immer ein Fehler, er trieb es zu weit, und selbst die, die ihn bis dahin unterstützt hatten, wuss-

ten, dass er mich zu Unrecht beschuldigte. Ich habe seine Tante besucht, dann seine Mutter, sie haben mir keinen Vorwurf gemacht. Beruhigt fuhr ich nach Thiès zu meiner Mutter, um mich endlich auszuruhen.

Und eines Tages, als ich unter dem Mangobaum saß – wir hatten gerade unsere Mahlzeit beendet – stand eine Freundin meiner Mutter, die einige Zeit bei uns war, auf, um einen unbekannten Besucher zu begrüßen.

»Ich habe ihn eingeladen.«

Es ist ein großer Mann, mit hellem Teint, ein Peul. Er trägt einen großen Boubou und ein Tuch auf dem Kopf. Sie empfängt ihn für einige Minuten im Wohnzimmer und ruft meine Mutter. Dann bin ich an der Reihe. Ich gehe ins Wohnzimmer, ohne zu wissen, was mich erwartet.

Es ist eine Szene aus dem tiefsten Afrika mit seinen langen Traditionen. Der Mann setzt sich vor den beiden Frauen auf den Boden und sagt mir, ich solle mich ihm gegenüber hinsetzen. Die Frau, die ihn eingeladen hat, erklärt mir schlicht und einfach: »Ich musste ihn kommen lassen, das war meine Pflicht. Du bist mir wie eine Tochter, deine Mutter ist mir wie eine Schwester. Wenn ihre Tochter ein Problem hat, ist dies auch mein Problem. Dieses Problem brennt uns auf der Seele. Und da du deine Mutter achtest und liebst, wollen wir nicht, dass du untergehst. Dieser Mann ist ein Freund, er hat mir sehr geholfen, er versteht sich gut auf seine Arbeit, und ich will, dass er für dich in die Zukunft sieht.«

Der Mann breitet Sand auf dem Boden aus und zeichnet mit der Fingerspitze Linien darauf. Er wird meine Zukunft im Sand lesen, ich habe so etwas noch nie gesehen und höre ehrfürchtig zu.

»Du hast immer noch Bauchschmerzen, ja?«

»Das stimmt.«

»Ich werde dir etwas geben, Pflanzen, um dir Erleichterung zu verschaffen.«

Dann wendet er sich an meine Mutter: »Sie ist gekommen, weil sie Probleme hat. Sie hat eine Mitfrau. Ihre Ehe ist wirklich eine Katastrophe.«
Er sieht mich an: »Für dich ist diese Ehe am Ende. Dein Herz ist seit langer Zeit nicht mehr in dieser Ehe. Aber ich kann dir helfen. Wenn du in diese Ehe zurückkehren willst, werde ich für dich beten, damit du in dieser Ehe Frieden hast, wenn du das willst, denn ich kann es nicht tun, wenn du nicht willst.«
Er sieht meine Mutter an: »Wenn Sie es wollen, kann ich ihr helfen, es zu tun. Wollen Sie es?«
»Nur sie kann entscheiden. Nur sie kennt die Wanzen in ihrem Bett.«
Die Reaktion meiner Mutter befreit mich von einer enormen Last. Ich hatte erwartet, dass sie, wie viele Mütter es getan hätten, sagen würde: »Sie soll in ihre Ehe zurückkehren ...«
Aber nein, trotz der Entfernung hat sie mein Leiden verstanden und gespürt. Die Wanzen in meinem Bett! Sie weiß, dass ihre kleine Tochter nichts Böses getan hat.
In diesem Augenblick sehe ich nichts mehr, alles um mich herum ist verschwommen. Wie in eine Wolke gehüllt, antworte ich: »Ich möchte, dass Sie mir helfen, dass Sie mir Pflanzen für meinen Bauch geben, aber diese Ehe will ich nicht mehr.«
Mein Bauch hat mir jahrelang Schmerzen bereitet; keine Untersuchung, keine Röntgenaufnahme konnte den Grund für diesen Schmerz feststellen. Ich schleppte ihn von jeher mit mir herum. Und das hatte dieser Mann im Sand gesehen. Auf jeden Fall war ich erleichtert: Mit der Billigung meiner Mutter konnte ich mir ein neues Leben aufbauen, ich musste nur noch ein wenig Geduld haben.
Meine Mutter sagte noch: »Wenn die Wasserhähne geschlossen sind, soll der Durst dich nicht dazu bringen, Seifenwasser zu trinken. Habe den Mut, bis zur Öffnung der Wasserhähne durchzuhalten.«

Sie riet mir zur Geduld: »Wenn man sagt, dass du aus dem Hundenapf isst, lass sie reden, doch lass dich nie dabei erwischen.«
Das war ihr ganzer Kommentar zu den Lügengeschichten, die mein Mann über mich verbreitete. Sie fügte jedoch eine Warnung hinzu: »Wir glauben dir, du sagst die Wahrheit, du hast nicht gestohlen, du bist keine Hure, erweise uns die Ehre, und täusche uns nicht.«
Ich blieb die drei Ferienmonate in Afrika, dank des Kindergeldes, das jeden Monat auf meinem Konto eintraf. Ich konnte mir erlauben, meine Kinder angemessen leben zu lassen, ohne die Gastfreundschaft meiner Familie auszunutzen.
Doch die Ferien näherten sich ihrem Ende, ich musste wieder zurück. Die Kinder mussten zum Schulanfang in Paris sein. Eines Morgens ruft mich eine Freundin aus Frankreich an:
»Ich komme gerade von der Schule, die Direktorin hat mich angerufen und mich nach dir gefragt. Und sie sagt, dass die Kinder für das neue Schuljahr nicht angemeldet seien, ihr Vater sei gekommen und habe angekündigt, sie würden nicht wiederkommen! Aber mach dir keine Sorgen, sie hat mir im Vertrauen gesagt, dass sie das, was er gesagt hat, zunächst einmal nicht ernst genommen habe. Sie hofft, dass du wiederkommst.«
»Beruhige sie – und sie soll die Plätze für die Kinder freihalten! Das ist sehr wichtig. Ich tue alles, was ich kann, um zurückzukommen, vor allem der Kinder wegen.«
Ich wusste nicht, wo das Geld für die Rückflugtickets herkommen sollte, ich hoffte auf ein Wunder, und es ist eingetroffen. Ich war auf der Durchreise bei einer Halbschwester – sie ist Grundschullehrerin, ihr Mann ist Ökonom. Mit ihnen konnte ich über alles sprechen. Mein ältester Bruder kam mit einem Umschlag in der Hand. Aus Achtung vor meinem älteren Schwager hat er ihm diesen Umschlag gegeben.

»Ich war auf der Bank und habe einen kleinen Kredit für sie aufgenommen. Ich weiß, wenn sie hier bliebe, würde sie es schaffen, sie ist eine Kämpfernatur. Aber für die Ausbildung der Kinder wäre es eine Katastrophe. Mit diesem Geld kann sie Rückflugtickets kaufen, sie wird mir das Geld zurückgeben, wenn sie es kann. Was zählt, ist die Zukunft der Kinder.«

Ich habe geweint vor Rührung. Mein großer Bruder half mir mit dieser Geste, obwohl sein Gehalt als Journalist eher bescheiden war! Er nahm einen Kredit für meine Kinder auf!

Er war empört über die ganze Geschichte, über die Art, wie ich nach Hause zurückgekommen war.

Auf den letzten Drücker bekomme ich noch die Flugtickets. Es ist die Zeit, wo alle nach Frankreich zurückkehren und die Flugzeuge voll sind. Ich schreibe einen Brief an meine Arbeitgeber, um sie vorzuwarnen, dass ich meine Arbeit beim Internationalen Migrantendienst erst am 10. September und nicht schon am 2. wieder aufnehmen kann, da ich vor diesem Datum keinen Flug bekomme. Leider ist dieser Brief nie angekommen. Man hat mir vorgeworfen, meine Verspätung nicht mitgeteilt zu haben, und ich habe meine feste Anstellung als Dolmetscherin bei der Schutzvereinigung für Mutter und Kind verloren. Man hat mir vorgeschlagen, von Zeit zu Zeit Vertretungen zu machen, doch ich habe abgelehnt, die Geschichte vom nie erhaltenen Brief gefiel mir nicht. Vielleicht bezahlte ich hiermit für etwas, was man mir allzu oft vorwarf: meine »große Klappe«.

Während der Ausbildungsveranstaltungen sprach ich laut aus, was die anderen Frauen nur dachten. Zum Beispiel an dem Tag, an dem jene Gynäkologin, eine Weiße, uns gesagt hatte:

»Ich verstehe die Haltung meiner französischen Kollegen zum Thema Beschneidung nicht. Das geht sie nichts

an! Ich sage ihnen immer, sie sollen die Klitoris der afrikanischen Frauen in Ruhe lassen.«
So etwas ist schlimm! Sie forderte alle afrikanischen Dolmetscherinnen auf, nicht gegen diese barbarische Tradition zu kämpfen. Denn es gab schon einige von uns, die sich dagegen auflehnten. Wir informierten die Mütter und überredeten sie, auf die Beschneidung zu verzichten. Einige Frauenärzte interessierten sich dafür, und sie wollte, dass man die Klitoris der afrikanischen Frauen »in Ruhe ließe«? Also habe ich meine große Klappe aufgemacht. Ich hatte das Recht und die Pflicht dazu. Unter dem Vorwand des »kulturellen Schutzes« mischte sich diese Frau in etwas ein, wovon sie nichts verstand. Ich hätte sie sehen wollen, mit sieben Jahren, mit gespreizten Beinen vor einer Rasierklinge!
Doch das ändert nichts daran, dass ich keine Arbeit habe, als ich am 9. September nach Paris zurückkomme. Ich habe niemanden benachrichtigt, mein Mann rechnet nicht damit, mich wiederzusehen. Ich sage der Mitfrau kaum guten Tag, als ich an ihr vorbeigehe. Wahrscheinlich ist sie überrascht und sagt dümmlich: »Wie geht es deiner Familie?«
»Es geht allen gut.«
Ich öffne die Tür meines Zimmers, die Kinder stellen ihre Taschen ab, und ich sehe durch das Fenster, wie sie mit ihrem Baby auf dem Rücken verschwindet, um meinen Mann telefonisch vorzuwarnen. Eine halbe Stunde später ist er da. Keine Bemerkungen, keine Fragen. Er sagt guten Tag, ohne Theater zu machen, als wäre nichts geschehen. Ich bin aus den Ferien zurück! Die Kinder sind begeistert, ihren Vater wiederzusehen, die Atmosphäre könnte normal sein.
Ich war weg, habe drei Monate lang in meiner Familie gelebt, doch ich denke an die richterliche Verfügung: Wir sind getrennt. Da er nicht zur Gerichtsverhandlung

gekommen ist, weiß er vielleicht nichts davon. Mein Körper gehört mir.
Er ruft meine Tochter und gibt ihr einen Zweihundert-Francs-Schein:
»Gib das deiner Mutter.«
»Gib es ihm zurück, ich brauche es nicht. Sag ihm, es geht schon.«
Diesmal kommt er selbst in mein Zimmer.
»Musst du nichts für die Kinder kaufen?«
»Nein danke. Schenk es den Kindern, wenn du willst.«
Ich putze das Zimmer und räume meine Sachen weg. Er ist erstaunt und möchte alles genau wissen. Wie ich zurückgekommen sei? Er weiß es nicht. Er wird es nicht wissen.
Am nächsten Tag rufe ich den Anwalt an: Die Papiere sind in Ordnung, mit einer Gebührenmarke versehen und gestempelt, ich kann sie abholen. Mein Mann ist informiert.
Die Schule nimmt die Kinder wieder auf, das Collège ebenso wie die Grundschule; in dieser Hinsicht kann ich beruhigt sein. Trotzdem muss ich Arbeit finden. Bei der Abreise habe ich meinem Bruder gesagt, dass ich mir drei Monate geben will, um mit meinen Kindern irgendwo unterzukommen; wenn nicht, würde ich in den Senegal zurückkehren. So vergehen die Monate September, Oktober und November – ein entsetzlicher Leidensweg. Mein Mann will das gemeinsame Leben wieder aufnehmen, da ich ja zurückgekommen bin. Er hat die Papiere vom Richter bekommen, aber seine üblichen »Berater« reden ihm weiterhin ein, dass sich alles schon regeln werde und eine Scheidung in Frankreich nicht zähle. Er glaubt daran, der Unglückliche. Fast habe ich Mitleid mit ihm.
Ich habe keinen Hass, ich liebe ihn nicht. Auch wenn er sich gewalttätig und gehässig zeigt, er ist mir gleichgültig.

Zwei Tage nach meiner Rückkehr will er in meinem Zimmer schlafen und dringt ein, als wäre er hier zu Hause.
»Was machst du da? Zwischen uns herrscht Trennung von Tisch und Bett, du hast die Papiere bekommen! Das hier ist mein Zimmer. Hier kommst du nicht hinein!«
Ich scheine einen neuen Krieg ausgelöst zu haben!
Jahre später kann ich darüber lachen, aber im ersten Augenblick ganz und gar nicht.
Er entwickelt eine unglaubliche Gewalttätigkeit. Er sagt, ich sei in seinem Haus, und wenn ich in seinem Haus sei, sei ich seine Frau, also müsse ich mit ihm schlafen! Ich antworte ihm, seine Frau sei im anderen Zimmer, und er habe sich mit ihr zu begnügen. Es ist völlig ausgeschlossen, dass er in mein Bett kommt.
Jede Nacht findet eine Schlacht wie in den Schützengräben des Ersten Weltkriegs statt. Zeitweise bin ich am Ende. Dann wieder lasse ich ihn auf meinem Bett zurück, um auf dem Sofa oder auf dem Boden zu schlafen, aber er gewinnt nicht. Er gewinnt überhaupt nicht mehr.
Jeden Tag belästigt er mich. Ich koche: »Du benutzt nicht mehr mein Gas, wenn du sagst, dass du nicht mehr meine Frau bist! Du schläfst nicht mehr mit mir, also nimmst du nicht mehr mein Gas!«
Er macht sich nicht einmal klar, dass das, was ich auf »seinem Gas« koche, für seine Kinder ist. Ich nehme einen strategischen Rückzug vor. Aus Afrika habe ich einen kleinen Herd mitgebracht. Er versetzt ihm einen Fußtritt und wirft alles um.
Einmal habe ich die Nacht unter dem Vorbau des Wohnhauses zugebracht, das Gesicht blutverschmiert, so sehr hatte er zugeschlagen. In der ersten Zeit war ich mit meinem wertvollen Papier über die Trennung von Tisch und Bett zur Polizeiwache gegangen.
Der Dienst habende Polizist sagte mir: »Sie haben keine

Schnittwunden, es kann nicht so schlimm sein. Kommen Sie morgen wieder, dann sehen wir weiter.«
Nicht einmal eine helfende Hand. Ich war so empört und gekränkt, dass ich am nächsten Tag nicht wiedergekommen bin. Ich brütete an der Tür der Polizeidienststelle ganz allein vor mich hin: »Alle Männer sind gleich! Man braucht sich nicht zu beschweren, es sei denn, es wird einem ein Auge ausgekratzt! Und die Gewalt kann weitergehen. Keiner schert sich darum!«
Es war Mitternacht. Ich weinte, weil ich die Kinder hatte zurücklassen müssen. Es war mir nichts anderes übrig geblieben. Als es die Schläge hagelte, habe ich meine Tasche und meinen Mantel genommen und den Kindern gesagt, sie sollten im Bett bleiben: »Bleibt schön da, ich komme wieder.«
Ich hoffte, dass die Polizeibeamten etwas unternehmen würden, wenn sie meinen Kopf sahen, und zumindest kommen würden, um ihm die Leviten zu lesen, und dass man ein Wohnheim für mich finden würde, wo ich mit meinen Kindern Zuflucht suchen könnte. Doch nach allem, was geschehen war, hatte ich nicht mehr den Mut, in die Wohnung zurückzukehren, allein und ohne Hilfe. Ich wartete unter dem Vorbau des Wohnhauses und verfolgte auf meiner Uhr die Zeit. Um halb sechs ging ich in die Metro-Station, um es warm zu haben, und stieg in einen Zug. An der Endhaltestelle wechselte ich auf die andere Seite, um in die entgegengesetzte Richtung zu fahren. Ich fuhr zwei- oder dreimal von der Église de Pantin zur Place d'Italie und wieder zurück. Ich wartete bis halb acht, um nach Hause zurückzukehren, weil ich wusste, dass er um diese Zeit zur Arbeit gegangen sein würde.
In der Metro drehte es sich in meinem Kopf – Wut, Ärger, Ohnmacht. Wie sollte ich da herauskommen? Wie anderswo leben? Ich sah keinen Ausweg. Keine Arbeit, keinen Lohn, keine Wohnung. Ein Teufelskreis.

Ich wecke meine Kinder, wasche sie, gebe ihnen zu essen und bringe sie zur Schule. Und den ganzen Tag lang, wie an den anderen Tagen, bin ich auf Arbeits- und Wohnungssuche. Wie besessen. Ich laufe überallhin. Und weil ich kein Geld mehr habe, um den Anwalt zu bezahlen und das Scheidungsverfahren weiterzuverfolgen, beantrage ich Prozesskostenhilfe.
Die Dringlichkeit meiner Situation lässt die Verwaltung kalt. Sechs Monate Wartezeit, bis man eine Antwort erhält. Sei's drum. Ewas anderes drängt: Arbeit und Wohnung.
Ich weigere mich, in eine Depression zu verfallen, so etwas gibt es in Afrika nicht. In Frankreich habe ich zu viele Frauen gesehen, die langsam in ihren Depressionen versanken und nicht mehr zurechtkamen. Ich habe afrikanische Frauen gesehen, am Ende ihrer Kräfte, die für verrückt gehalten wurden. Ich möchte nicht so erschöpft dastehen, voll gestopft mit Medikamenten. Das entspricht nicht meinem Charakter. Wenn ich nach dem Tod meiner Tochter depressiv gewesen bin, so war das die notwendige Trauer. Ich habe sie überwunden, auch wenn ich sie nie vergessen werde.
Ich will mit meinen vier Kindern hier kämpfen und zurechtkommen oder zu meinen Ursprüngen zurückkehren, zu meiner Familie. Das habe ich mir selbst geschworen. Nie mehr Opfer sein, nie mehr unterdrückt werden und alles passiv hinnehmen. Wie man im Senegal sagt: »Bestell deinen Acker. Wenn du im Bett bleibst, wird der liebe Gott es dir nicht abnehmen.«

Die Wohnung der Tränen

Ich höre nicht auf zu laufen, renne von einer Hilfsorganisation zur nächsten. 1988 habe ich selbst eine gegründet. Ich gebe Alphabetisierungskurse und Nähkurse. Ich brauche das, denn indem ich anderen helfe, helfe ich mir selbst. Wenn ich aufhöre zu kämpfen, zu helfen, spüre ich, dass für mich alles verloren ist. Das ist meine Art, meinen Acker zu bestellen.

Das einzig stabile Element in meinem Leben sind meine Kinder. Sie sind den ganzen Tag in der Schule; mittags essen sie in der Schulkantine, wofür ich bezahle. Die Lehrer und Lehrerinnen sind über meine Situation unterrichtet und verhalten sich diskret. Die Nachbarinnen im Wohnviertel dagegen bekommen meine Schwierigkeiten aus nächster Nähe mit, denn die Streitigkeiten mit meinem Mann brechen alle zwei oder drei Tage aus, ich kann es nicht verhindern. Das würde bedeuten, ihm nachzugeben. Einmal lande ich mit meinen Kindern im Hotel, die Gewalt ist einfach mittlerweile unerträglich; ich habe ein geschwollenes Gesicht, er schlägt mich regelmäßig, und ebenso regelmäßig leiste ich Widerstand. Ich will den endgültigen Sieg. Er soll der Vater meiner Kinder bleiben, aber die Idee, mein »Ehemann« zu sein, aufgeben. Er soll sich den Gedanken aus dem Kopf schlagen, dass es Scheidung nur für die Weißen gibt.

Um durchzuhalten, bediene ich mich aller Mittel, die mir zur Verfügung stehen; ich bekomme eine Hilfe von der Stadtverwaltung, und ich stelle einen Antrag auf Zuweisung einer Wohnung. Die Polizei ist zweimal gekommen, weil die Nachbarn es leid waren. Vor allem meine französische Maman, die regelmäßig ihren Mann schickte, um meinen Mann zur Ruhe zu bringen. Eines Tages haben sie ihm gesagt: »Mit dir sprechen wir nicht mehr, es ist aus.«

Am Abend haben sie die Polizei gerufen, um uns auseinander zu bringen. Man schlug mir vor, Strafanzeige zu erstatten, aber das habe ich nicht getan, der Kinder wegen. Ich bin in meinem Zimmer geblieben, er in seinem. Ich habe sehr wohl daran gedacht, das Schloss auszuwechseln, doch das war zu teuer, dazu hatte ich nicht das Geld. Meine Mittel waren sehr begrenzt und ausschließlich für den Unterhalt und die Ernährung der Kinder bestimmt. Ich richtete es so ein, dass sie gegen sechs Uhr zu Abend aßen, da er gegen acht Uhr nach Hause kam. Damit es schneller ging, kaufte ich Fertiggerichte, gebratenes Hühnchen, Salat. Ich ging mit einer Stricknadel unter dem Kopfkissen schlafen – eine lächerliche Verteidigung, trotzdem: Wenn er in der Nacht käme, würde ich ihn damit irgendwohin stechen. Die Nadel hätte sich wahrscheinlich verbogen ... Dennoch fühlte ich mich so sicherer. Ich schlief sogar auf meiner Handtasche, weil er alles durchwühlte, auf der Suche nach meinen Papieren, um sie zu vernichten. Trotz all meiner Vorsichtsmaßnahmen ist ihm dies eines Abends schließlich gelungen.

Er kam und wollte in meinem Zimmer schlafen, böse, aggressiv, und ich habe ein weiteres Mal Nein gesagt. Er erwischte meine Tasche und nahm meine Aufenthaltsgenehmigung an sich. Am nächsten Tag habe ich noch einmal meinen Onkel aufgesucht. Und ich schämte mich so, den Leuten auf die Nerven zu gehen, unablässig um Hilfe bitten zu müssen.

»So wie du gekleidet bist, was gibt es da noch zu sagen?«

Er rief meinen Mann an, der schamlos beteuerte, meine Papiere nicht angerührt zu haben. Also ging ich zur Präfektur und bat um ein Duplikat meiner Aufenthaltsgenehmigung. Doch einige Wochen später sagte mir mein

Onkel: »Du hattest Recht, er hat deine Papiere genommen. Er hat damit bei jemandem angegeben, der es mir weitererzählt hat. Er hat sie in den Abfluss geworfen.«
Um meine Unterwerfung zu erreichen, hätte er nichts unversucht gelassen, glaube ich. Die eheliche Vergewaltigung, das Geld und jetzt die Papiere. Und er wurde wütend, weil er sein Ziel nicht erreichte. Er liebte mich nicht, er wollte nur wieder der Herr im Hause sein.
Doch je mehr seine Brutalität zunahm, desto mehr leistete ich Widerstand. Nach einer Nacht, in der er mir wieder einmal Gewalt angetan hatte, tauchte die Sozialarbeiterin bei uns auf.
»Ich kann sie hier nicht mehr lassen. Ich kann Ihnen keine Wohnung geben, aber ich finde etwas für Sie.«
Ich bat sie, in der Provinz zu suchen, fern von diesem Wohnviertel, auf dem Lande, in einem Dorf, irgendwo, ich würde auf dem Feld arbeiten gehen. Am Nachmittag kam sie wieder und brachte uns, die Kinder und mich, in ein Hotel, wo die Stadtverwaltung mir für einige Tage ein Zimmer gemietet hatte. Aber naiv, wie ich leider noch war, war ich bereit, auf meinen Cousin zu hören, der gekommen war, um mich umzustimmen, mit mir über die Kinder, ihren Vater, den schlechten Ruf, in den ich ihn brachte, zu sprechen – um in mir gezielt Schuldgefühle zu wecken!
Und ich habe auf ihn gehört. Wenn ich dieses Hotel nicht verlassen hätte, wäre ich vielleicht in einem Wohnheim fern von Paris gelandet und hätte mir woanders ein neues Leben aufbauen können. Dieses Zimmer war nicht gerade praktisch, aber wenigstens war ich frei, hatte meine Ruhe und wurde nicht geschlagen. Stattdessen bin ich nach Hause zurückgekehrt, um wieder Gewalt zu erdulden. Um zu schweigen, denn ich hatte versprochen, nicht mehr mit ihm zu reden. Doch ob ich mit Worten oder schweigend kämpfte, machte im Ergebnis keinen Unterschied: Ich erntete Schläge.

In dieser schlimmen Zeit habe ich mir meinen Panzer zugelegt. Wenn sich um mich herum ein Streit anbahnt, schweige ich; ich will mich nicht mehr zanken, es bringt nichts.
Eines Tages schlug mir ein nah verwandter Cousin vor, mit den Kindern für einige Zeit zu ihm zu kommen, um Ruhe in die Geschichte zu bringen. Er wohnte irgendwo in den Yvelines. Ich arbeitete nicht, es waren gerade Allerheiligenferien, also sagte ich zu. Ich verlor allmählich mein Selbstvertrauen. Wenn ich keine Wohnung fände, würde ich zusammenbrechen. Umso mehr, als ich meine Mutter nicht in die Gewalttätigkeiten, die ich erlitt, einweihte. Es gab schon zu viel Ärger, und ich schämte mich. Ich konnte mich bei der Polizei oder bei einer Sozialarbeiterin beschweren ... aber nicht bei meiner Mutter. 1989 war ich nicht die einzige afrikanische Frau in dieser Lage, doch man sprach damals zu wenig über die Gewalt an Frauen. Die Schläge und die Demütigung – das behielt man für sich. Wenn ich nachts geschlagen worden war, tat ich mein Möglichstes, um die Spuren am nächsten Morgen zu verheimlichen. Und um laufen zu können, immer zu laufen, die Stadtverwaltung wegen einer Wohnung zu behelligen, Arbeit zu finden.
Ich blieb nur wenige Tage bei meinem Cousin. Sich mit vier Kindern bei Verwandten einzuquartieren, wenn man selbst keinen Centime hat, ist schwierig.
Doch für sie war es eine Beruhigung. Am fünften Tag der Schulferien, an einem Freitag, fahre ich nach Paris, um nachzusehen, ob das Kindergeld überwiesen ist. Wenn es da ist, werde ich auf dem Rückweg einige Besorgungen machen. Ich lasse meine Kinder bei den Verwandten und fahre nach Paris. Unterwegs sagt mir meine innere Stimme: »Du solltest bei der Stadtverwaltung anrufen, man kann nie wissen ...«
Ich verlasse die Metro und rufe meine Sozialarbeiterin an.

»Ah, Sie sind's! Der Bürgermeister sucht Sie seit vier Tagen! Wir haben zwei Briefe für Sie, wir wollten sie Ihnen nicht nach Hause schicken, aus Angst, dass Ihr Mann sie abfängt. Der Bürgermeister hat ein Wohnungsangebot für Sie!«

Ich war von meinen Emotionen so überwältigt, dass ich dort in der Telefonzelle fast ohnmächtig geworden wäre.

»Was? Sagen Sie's noch mal! Ich komme, ich komme, ich bin gleich da.«

»Wo waren Sie denn?«

»Ich habe mich in Sicherheit gebracht.«

»Das haben wir uns gedacht. Gestern hat meine Kollegin bei Ihnen vorbeigeschaut. Wir haben seit Tagen versucht, Sie zu erreichen. Wir hatten schon Angst, dass Ihr Mann Sie in Ihre Heimat zurückgeschickt hat.«

Ich laufe zur Bank: das Kindergeld ist überwiesen. Ich hebe die Hälfte ab und springe in ein Taxi, das ich mit zweihundert Francs zahle! Eine Orgie.

Die Gedanken überschlagen sich in meinem Kopf, es ist wie ein Trommelfeuer, ich höre nichts mehr. Der Chauffeur spricht mit mir, ich verstehe nichts. Beim Aussteigen habe ich sogar Angst zu fallen, so sehr zittern mir die Knie. Und dennoch stürze ich ins Büro der Sozialarbeiterin.

»Es sind drei Wohnungen frei geworden, Sie haben die Wahl.«

»Ich nehme die, die am weitesten weg ist.« Sie bricht in Lachen aus, ich in Tränen!

»Sie können sich alle drei ansehen!«

»Nein, nein! Sagen Sie mir nur, welche am weitesten weg ist.«

Am weitesten weg ist eine Fünfzimmerwohnung. Und ich renne weiter. Ich vergesse, ihr zu danken, mich zu verabschieden; ich drehe mich noch einmal um, rufe ihr einen Gruß zu. Es ist Mittagszeit, alles ist geschlossen.

Man erklärt mir, dass der Hausmeister bis um drei Uhr weg und jetzt keine Besichtigung möglich sei. Also warte ich. Ich habe keinen Hunger, ich gehe vor diesem Wohnhaus, das einen Schatz birgt, auf und ab. Ich würde diese Wohnung sogar nehmen, ohne sie mir angesehen zu haben, doch ich muss es tun und kann erst hinterher zusagen.

Um zehn Minuten vor drei stehe ich vor der Loge des Hausmeisters. Er macht auf. Ich zeige ihm das Papier von der Stadtverwaltung, und er geht mit mir in die Wohnung. Sie ist groß, leer und frisch gestrichen. Ich vergesse den Hausmeister, setze mich mitten im Wohnzimmer auf den Boden und heule wie ein Schlosshund. Es ist der größte Sieg meines Lebens. Ich weine aus einem Gefühl der Erleichterung, der Befreiung. Es ist das Ende meines Albtraums. Man kann mich beleidigen, hinter meinem Rücken sagen, was man will, ich werde keine Schläge mehr bekommen. Ich bin FREI!

Ich eile zur Stadtverwaltung, um die Papiere zu unterschreiben. Das Problem ist, dass ich keine Gehaltsabrechnungen habe. Die Alphabetisierungskurse, die ich halte, gebe ich ehrenamtlich. Man hat mir zwar einmal versprochen, mir wenigstens meine Fahrtkosten zu bezahlen ... vielleicht könnte ich dafür eine Lohnabrechnung bekommen. Ich renne weiter, zum Sitz der Organisation.

Ich erkläre der Geschäftsführerin meine Situation.

»Wir werden sehen, was wir tun können. Ich habe von der Präfektur etwas Geld bekommen, ich kann dir die Fahrten auf den Lohnabrechnungen schon rückwirkend erstatten.«

Bewaffnet mit den drei unverzichtbaren Lohnabrechnungen gebe ich meine Unterlagen ab und werde eine Woche später vorgeladen, um den Mietvertrag zu unterschreiben.

Nach der Unterzeichnung ging ich hinaus und lachte

wie von Sinnen, die Leute mussten mich für krank halten! Sie konnten nicht wissen, was ich an diesem Tag erreicht hatte! Anstatt nach Hause zu gehen, sause ich gleich in die Cité. Leider ist es eine Cité, man kann nicht alles haben! Ich hole mir die Schlüssel und gelange dieses Mal ganz allein, als offizielle Mieterin, frei und unabhängig, in meine Wohnung. Ich habe das Bedürfnis, die Wände, den Fußboden und die Fenster noch einmal zu sehen. Das Bedürfnis, dieses so ersehnte Glück ganz auszukosten. Man muss erlebt haben, was ich erlebt habe, man muss jahrelang um die Befreiung von dem, was zum Gefängnis, zum Ort der geistigen und körperlichen Folter geworden war, gekämpft haben, um die Gefühle und die Dankbarkeit verstehen zu können, die mich in diesem Augenblick befallen. In der Stadtverwaltung haben mir die Sozialarbeiterinnen geholfen, sie haben für mich Himmel und Hölle in Bewegung gesetzt, wie ich dies für die anderen Frauen tue, das wissen sie sehr wohl. Gott hat mich nicht verlassen, nie. Er war immer da, selbst in den schlimmsten Augenblicken, er hat mir die Kraft gegeben, auszuhalten. Ich bin gläubig, ich kann ihm danken, dass er meine Gebete erhört hat.
Ich kehre nach Hause zurück, so glücklich, dass ich es nicht vor den Kindern verbergen kann. Ich habe beschlossen, sie zu fragen, ob sie mit mir kommen wollen: »Ich lasse euch die Wahl. Ich kann euch nicht euren Vater nehmen. Wer mit mir gehen will, geht mit mir, wer bei seinem Vater bleiben will, bleibt bei ihm.« Ich habe nicht die Absicht, sie gewaltsam wegzureißen und sie zu verwirren. Die Älteste ist jetzt dreizehn, die Zweite elf, mein Sohn acht und die Jüngste vier Jahre alt. Sie geht noch in den Kindergarten. Die Mittleren sind in der Grundschule, die Große geht aufs Collège.
Die Kinder ertragen die verheerende und gewaltsame Atmosphäre, die zu Hause herrscht, nicht mehr.

»Unmöglich, dass wir hier bleiben, wir gehen mit dir, Maman.«
»Aber das ist ein Geheimnis. Wenn einer von euch Papa sagt, dass wir eine Wohnung gefunden haben, schneide ich ihm die Zunge ab!«
Es tut mir Leid, aber das war die einzige Möglichkeit, sie zum Schweigen zu verpflichten, bis auf die Kleine, die nichts von unseren Plänen wusste. Ihr Vater durfte nicht erfahren, wo wir hingingen.
Ich brauche eine Woche, um den Umzug zu organisieren. Ich gehe in kleinen Schritten vor, wie ein leises und unsichtbares Mäuschen. Sobald die Kinder in der Schule sind, ziehe ich mehrere Kleidungsstücke übereinander an und nehme ein Taxi. Wenn ich die Wohnung verlasse, kann die andere Ehefrau mich nicht sehen, ihre Fenster gehen auf den Hof hinaus. Ich kann sogar durch das Fenster hinaussteigen, ohne durch die Haustür zu gehen, einen Ballen hinauswerfen und ihn mir wiederholen.
Meine französische Maman habe ich eingeweiht. Da ich nicht das Geld habe, einen Umzugswagen zu bezahlen, lasse ich bis zum letzten Augenblick meinen großen Reisekoffer in ihrem Keller sowie andere Koffer, die ich später holen werde. Langsam habe ich das Zimmer von meinen persönlichen Sachen geräumt, und sie haben nichts bemerkt.
Den Schrank, den Fernseher und vor allem das Bett will ich nicht. Sie stehen für mein Unglück, und das Unglück soll hier bleiben, hinter mir. Ich bin abergläubisch geworden, ich habe Angst, dass es mir folgt.
Ich will nur meine Kleider und die der Kinder, Decken, Betttücher und einige Küchenutensilien. Während dieser ganzen Woche habe ich den Kindern jeden Abend wiederholt, dass sie die Wahl hätten und dass ich sie nicht gewaltsam mitnehmen würde. Doch zur Sicherheit sind sie schon in der neuen Schule angemeldet.

Der große Tag, der letzte, ist gekommen. Ich muss noch das Gröbste mitnehmen, eine große Wanne mit meinen Küchenutensilien, den Decken und den Betttüchern. Ich hatte gehofft, mit dem Kleintransporter des Freundes einer Freundin rechnen zu können, doch er hat mich im letzten Augenblick versetzt. Ich schleppe einen großen Koffer bis zum Keller meiner französischen Maman und gehe dabei über den Hof, genau unter den Fenstern meiner Mitfrau her.

Normalerweise könnte sie mich sehr gut sehen, aber es ist neunzehn Uhr, die Zeit ihrer Fernsehserie, und sie ist so auf ihr *Santa Barbara* fixiert, dass sie das Kommen und Gehen im Hof nicht bemerkt.

Mein Mann kommt um zwanzig Uhr nach Hause. Ich muss los. Ich gehe hinaus und halte vor der Wohnanlage nach einem Taxi Ausschau. Welch eine Ironie des Schicksals: Der Chauffeur, der anhält, ist ein Afrikaner. Ein sehr sympathischer Malier. Auf diese Weise habe ich mich ganz leise mit den Kindern verdrückt. Es war eine Flucht, ich hätte es vorgezogen, anders weggehen zu können; doch das war leider unmöglich.

Eine viertel Stunde später waren wir bei uns. Keine Betten, kein Fernsehen, keine Möbel, ich werde erst am folgenden Tag Matratzen für die Kinder haben, Emmaus sei Dank. Ein Telefon werden wir nicht haben. Das wäre eine zu einfache Möglichkeit, mich zu finden.

Ich habe nur meine Mutter und meinen Onkel unterrichtet, damit sie sich keine Sorgen machen. Und ich habe erfahren, dass Letzterer meine Mutter angerufen und behauptet hat, ich sei mit einem Mann geflohen. Wahrscheinlich war es der Taxichauffeur ...

Man gab mir einen alten Kühlschrank, und ich wartete auf meine Einkünfte aus meinen Kursen, um einen Fernseher zu kaufen. Ich wollte nicht, dass die Kinder sich isoliert fühlten, und in diesem neuen Viertel zog ich es vor, dass sie nicht draußen spielten. Ich fürch-

tete auch, dass man sie eines Tages nach Afrika schickt. Das ist die Taktik der Männer, ihre Kinder zu entführen und sie im Heimatland auf ein Dorf zu verfrachten, sodass man nichts unternehmen kann, um sie zurückzubekommen.
Der Fernseher stand zwei Monate lang auf dem Boden, da ich keinen Tisch hatte. Doch nach und nach, mit der Hilfe vieler Menschen aus der neuen Schule, Menschen, die ich nicht einmal kannte, richtete ich mich ein. Nach dem Kühlschrank bot man mir freundlicherweise ein kleines Möbelstück hier, eine Kleinigkeit dort an ...
Ich kaufte ein Bett, ein Möbelstück, einen Tisch. Und das Wichtigste, einen Gefrierschrank, so sehr hatte ich Angst, dass meine Kinder hungern müssten! Mir selbst hat es als Kind nie an Essen gemangelt, meine Mutter achtete darauf ... Sie hat diese Angst wohl auf mich übertragen. Ich wollte, dass sie auch in meiner Abwesenheit in diesem Gefrierschrank immer etwas zu essen finden würden. Die Miete für die Wohnung betrug ungefähr zweitausend Francs. Am Ende des Monats blieb nicht viel übrig. Glücklicherweise hatte ich immer noch meine Nähmaschine, und ich nähte weiter für die afrikanischen Frauen. Ein Boubou brachte fünfzig Francs. Das half mir durchzuhalten. Meinen Kindern wollte ich alle sportlichen und außerschulischen Aktivitäten ermöglichen. Sie sollten nicht zwischen den Hochhäusern herumhängen oder sich zu Hause langweilen. Nun endlich hatten sie Platz, um ihre Hausaufgaben unter guten Bedingungen machen zu können. Ich hatte die Zimmer verteilt, und alles ging gut.
Eines Nachmittags kam uns mein Onkel, den ich sehr achtete, mit nah verwandten Cousins besuchen. Ich begrüße sie, alle lassen sich nieder, ich sehe ein Familientreffen auf mich zukommen ...
»Jetzt, wo du eine große Wohnung gefunden hast, wollen wir dich bitten, dich mit deinem Mann zu versöhnen.

Seine Frau soll kommen, ihr sollt alle zusammen wohnen, es sind genug Zimmer für alle da.«
»Ihr habt von Anfang an nichts verstanden! Das ist das Problem. Glaubt ihr, ich hätte das nur aus einer Laune heraus gemacht? Ich will ihn nie mehr sehen und nie mehr mit ihm zusammenleben. Hier ist mein Zuhause.«
»So beruhige dich doch!«
»Ich bin ruhig. Aber ich erinnere euch daran, dass für mich diese Ehe zu Ende ist!«
Es bringt nichts, mit ihnen über Scheidung und Trennung von Tisch und Bett zu reden. Sie verstehen den Ausdruck nicht, sie wollen es noch nicht einmal in Betracht ziehen. Ich stehe wie vor einer Mauer; ich könnte tagelang mit dem Kopf dagegen stoßen, ich würde immer das gleiche Lied hören, bis zur Erschöpfung.
»Er ist dein Mann. Er muss mit dir leben.«
»Nein, es ist vorbei. Ich will nichts mehr von ihm ...«
»Verbiete vor allem nicht den Kindern, ihren Vater zu sehen!«
»Das ist nicht meine Absicht. Ich habe den Kindern gesagt: Da ist die Metro; um zu eurem Vater zu gehen, müsst ihr drei Stationen fahren, ihr geht zu ihm, wenn ihr wollt; sagt mir nur Bescheid, das ist alles! Der Richter hat ihm ein sehr klares Besuchsrecht zugesprochen, aber ich werde sie nicht zwingen, es einzuhalten!«
Sie sind gegangen, und ich brauchte Zeit, um mich zu beruhigen. Der Druck meines Onkels und der Cousins würde anhalten. Ich verstand, was unter der Hand vor sich ging. Er wollte sich mit seiner zweiten Frau und ihren Kindern bei mir einquartieren, weil die Gemeinschaft – Onkel und Cousins – ihn offensichtlich dazu ermunterte. Diese Wohnung, die ich mit viel Hartnäckigkeit erobert hatte, schien ihnen viel zu groß für mich zu sein! Und wie ich denn die Miete dafür aufbringen könne ...
Mich quälte eine dumpfe Unruhe. Noch am Abend sagte

ich den Kindern, den drei älteren: »Hört mal, eines ist wichtig, ihr müsst darauf achten! Der Weg zum Flughafen ist nicht weit, man kann euch direkt nach Dakar schicken oder ins Dorf, und dort werdet ihr eingesperrt sein, bis ich kommen und euch holen kann. Also: Gebt Acht auf die Straße zum Flughafen! Das müsst ihr im Kopf behalten.«

Einige Zeit nach diesem ersten Besuch ruft mich mein Onkel an. Es ist ein erneuter Versöhnungsversuch. Da ich nicht will, dass die zweite Frau bei mir lebt, müsse ich wenigstens akzeptieren, dass mein Mann jeden zweiten Tag kommt und bei mir schläft.

»Deine Ehe muss aufrechterhalten werden. Dein Mann ist dein Mann, er hat das Recht, zu dir zu kommen!«

Zurück zur Polygamie! Dieses Mal habe ich vor Wut geschrien: »Rede ich gegen eine Mauer oder was? Versteht ihr nicht? Ich bin weder ihr noch ihm böse! Ich will diese Ehe nicht mehr! Ich will, dass man mich in Ruhe lässt. Ich will bleiben, wo ich bin!«

Nach diesem Eklat wähnte ich mich in Ruhe gelassen. Doch einige Zeit später, an einem Tag gegen ein Uhr mittags, klingelt es an meiner Tür. Ich mache auf. Es ist mein Mann.

»Was willst du hier?«

»Ich will sehen, wo du bist!«

Ich bin gerade im Begriff wegzugehen und will nicht, dass er in die Wohnung kommt. Ich nehme meine Tasche, ziehe die Tür zu, schließe ab und lasse ihn auf dem Treppenabsatz stehen. Er folgt mir. Draußen steige ich in den Bus vor dem Haus, auch er steigt in diesen Bus. Ich muss dreimal umsteigen, bevor ich ihn an einer Kreuzung abhängen kann. Dort steige ich wieder in einen Bus – ich bin außer mir. Wann wird er mich endlich in Ruhe lassen?

Vor meinem Auszug hat er mir immer wieder im Zorn gesagt: »Du kannst nirgendwohin gehen! Ich gebe dir

eine Woche. Du sagst immer, du würdest eines Tages gehen, und du tust es nicht! Und wenn du gehst, kommst du auf Knien wieder und bittest mich um Verzeihung.«
Er glaubte, ich sei nicht in der Lage, ihn zu verlassen, um nie mehr zurückzukommen.
Sechs Monate lang wurde ich von nahen Cousins und Freunden von ihm belagert.
»Geh in deine Ehe zurück ...«
Einer von ihnen begegnete mir in der U-Bahn oder auf der Straße:
»Bitte geh in deine Ehe zurück, deiner Kinder wegen!«
Schließlich haben sie verstanden, dass ich nichts davon wissen wollte. Ich habe zu meinem Onkel gesagt: »Ich habe einen großen Fehler, ich habe ihn gerade entdeckt: Wenn ich mich umdrehe und sage, es ist vorbei, dann gehe ich nie mehr zurück. Ich will nicht, dass die Probleme meinetwegen in der Familie andauern, ich will, dass das aufhört.«
Die Kinder besuchten ihren Vater beinahe jedes Wochenende. Ich habe meine Jüngste einmal für einige Tage in den Ferien zu ihm gehen lassen, sie kam zurück, den Kopf voller Läuse. Diese Frau war nicht einmal in der Lage, sich darum zu kümmern, oder sie übertrug den Hass, den sie gegen mich hegte, auf meine Tochter.
Eines Sonntags im Februar 1990, während die Kinder für das Wochenende bei ihrem Vater waren, habe ich die Gelegenheit genutzt und mein Loch verlassen. Ich hatte gerade zufällig im Gericht, wo ich Schritte für die Scheidung vorantrieb, einen Afrikaner getroffen, der nach Frankreich gekommen war, um sein Examen als Richter vorzubereiten. Da er neu in Paris war, hatte ich ihm angeboten, mit ihm eine Stadtrundfahrt zu machen. Mit jemandem auszugehen, der weder meine Geschichte noch meine Familie kannte, würde mir ganz gut tun. Wenigstens würde er keine Fragen stellen und mich

nicht bitten, in meine Ehe zurückzukehren! Ich zeigte ihm die Viertel, die ich gern mochte ... ein ruhiger Sonntagnachmittagsspaziergang. Als ich gegen fünf Uhr zurückkam, stürzten sich die Kinder auf mich!
»Nie mehr, nie mehr gehen wir zu Papa, wir gehen da nicht mehr hin.« Zum Glück hatten die Kinder den Schlüssel zur Wohnung, sonst hätte er sie zum Sozialdienst für elternlose Kinder gebracht!
Die Kinder haben mir ihr Abenteuer bruchstückhaft erzählt: Ihr Vater und die Cousins, denen ich so etwas nie zugetraut hätte, hatten ihnen erklärt, dass sie »einen Onkel zum Flughafen begleiten würden«.
»Die Freunde von Papa haben uns am Arm gehalten und uns jedes Mal, wenn wir ein Wort sagten, gekniffen!«
Sie hatten fünf Tickets für den Vater und die vier Kinder ausstellen lassen. Ich vermute, dass er hierbei das alte Familienbuch benutzte, denn später habe ich erfahren, dass er versucht hat, mit diesem alten Buch eine Ausreisegenehmigung für die Kinder zu bekommen. Doch in der senegalesischen Botschaft kannte man mich vom Sozialdienst, und die Dame dort sagte ihm: »Tut mir Leid, das kann ich nicht machen, ich brauche die Unterschrift der Mutter.«
Er ging unverrichteter Dinge von dort weg. Er hat den Trick mit dem Familienbuch versucht und gedacht, er könnte Frankreich ohne große Probleme zusammen mit den Kindern verlassen. Die Kinder gingen in die Abflughalle. Die Jüngste schlief auf der Schulter ihres Vaters; wenn sie allein gewesen wäre, hätte ich sie nie wieder gesehen ...
Die drei anderen konnten nicht viel machen, solange die Cousins sie festhielten; aber als sie in der Abflughalle waren, haben meine älteste Tochter und mein Sohn Polizisten in Uniform ausfindig gemacht, die gerade einen Rundgang machten. Sie schlichen sich schnell zu ihnen hin.

»Papa will uns mitnehmen, aber er hat kein Recht dazu. Mama will das nicht.«
Dann waren sie plötzlich im Dienstzimmer der Polizei. Man hat sie getrennt vernommen, und sie haben die gleiche Version erzählt, ohne sich abzusprechen.
Ihr Vater musste das nächste Flugzeug nehmen, ich vermute, er hatte einige Erklärungen abzugeben! Die Polizei brachte die Kinder nach Hause zurück und ließ sie dort mit der Zustimmung der Nachbarn in die Wohnung. Ich zitterte, als ich sie erzählen hörte. Wenn die Nachbarn nicht gewesen wären, wenn die Kinder nicht den Schlüssel bei sich gehabt hätten, hätte die Polizei sie in ein Heim bringen können. Meine drei kleinen Helden hatten sich nichts gefallen lassen. »Gebt Acht auf die Straße zum Flughafen!« Das hatten sie nicht vergessen. Ich habe meinen Vater telefonisch informiert.
»Das ist nicht schlimm, es sind auch seine Kinder. Wenn er kommt, werden wir darüber sprechen, mach dir keine Sorgen. Mach keine Geschichten.«
»Nein, ich mache keine Geschichten mehr. Der liebe Gott hat zugelassen, dass meine Kinder hier bleiben. Das ist alles, was ich wollte.«
Unmittelbar nach dieser Episode, am Montagmorgen, bin ich zur Präfektur gegangen, um Staatsangehörigkeitszeugnisse für meine Kinder ausstellen zu lassen. Ich meinerseits habe einen Antrag auf die französische Staatsbürgerschaft gestellt. Bis dahin zog ich es vor, die senegalesische Staatsangehörigkeit zu behalten …
Ich habe die Scheidung vorangetrieben, dank der Prozesskostenhilfe. Dagegen war die religiöse Scheidung für mich unerreichbar, nur mein Mann konnte darüber entscheiden. Doch er bekräftigte von Anfang an, dass er dies nicht wolle und nie nachgeben würde.
»Nicht ich habe die Ehe gemacht, sondern die Eltern! Und sie müssen die Scheidung durchführen. Frag sie, und geh mir nicht auf die Nerven!«

Man muss immer fragen, eine moslemische afrikanische Frau gehört sich nicht selbst.
Ich war immer eine afrikanische Frau, immer moslemisch und immer gläubig. Aber hartnäckig im Widerstand gegen ein System, das mich lebenslänglich einsperren wollte. Sicher bin ich so geboren, ohne es zu wissen.
Nie mehr Beschneidung, die Jüngste hatte ich davor bewahrt. Und keine arrangierte Heirat, weder für meine Töchter noch für meinen Sohn.
Ich flog nach Afrika und bat voller Ehrfurcht darum, dass die Familie das Notwendige unternehmen möge, um mir endlich meine Scheidung zuzugestehen. Es war nicht sicher, ob sie einwilligen würde.

Kampf

Dakar. Ich stehe vor meinem Vater, er ist derjenige in der Familienhierarchie, den ich zuerst fragen muss.

»Papa, bitte hilf mir, die Auflösung meiner Ehe zu erreichen.«

Er macht mir überhaupt keine Vorwürfe und stellt keine Fragen. Er weiß sicherlich über die Versuche meines Mannes, meinen Ruf zu ruinieren, Bescheid. Kein Kommentar.

»Wenn eine Ehe nicht gut geht, muss man die betreffenden Personen einfach auseinander bringen. Es ist sinnlos, einander zu beleidigen oder zu hassen. Ich muss mich nur mit meinem Bruder aus dem Dorf beraten. Er muss entscheiden, er ist zurzeit der Älteste in der Familie.«

Alles ist so kompliziert: Mein Mann ist der Neffe dieses Onkels, der Onkel wiederum ist der Bruder meines Vaters. Das hängt mit der Tradition der Soninké zusammen. Bei uns kam es vor, dass bei der Geburt eines Mädchens eine Mutter ihm ein kleines Stück Stoff am Handgelenk befestigte und damit sagen wollte: »Ich reserviere sie für meinen Sohn!« Und jede gute Mutter wollte, dass ihre Tochter ihren direkten Vetter heiratete, um die Familiennachkommenschaft zu erhalten. Eine Heirat zwischen verschiedenen Ethnien kam nicht infrage. Die Blutsverwandtschaft macht niemandem Angst, aus schlichter Unwissenheit. Daher kommen die arrangierten Ehen, die vor der Beschneidung vereinbart werden, denn ein Soninké-Mann, der seiner Familie würdig ist, würde nie ein »unreines« Mädchen heiraten.

Ich bekam meine Scheidung auf die gleiche Weise, wie man mir diese Heirat zugesprochen hatte. Durch eine mündliche Übereinkunft zwischen Männern löste sich meine Ehe auf wie eine Rauchwolke. Ich hatte endgültig meine Freiheit zurückgewonnen. Monsieur blieb Vater seiner Kinder, Madame konnte kämpfen und ihren Lebensunterhalt verdienen, wie sie es wollte.
Ich kämpfte in Frankreich seit den 1980er-Jahren. 1986 – ich arbeitete damals als Dolmetscherin – treffe ich Koumba Touré, selbst Dolmetscherin und stellvertretende Vorsitzende der GAMS (Vereinigung für die Abschaffung sexueller Verstümmelungen). Sie erzählte mir von dieser Organisation und schleppte mich dorthin, und seitdem sind wir mit der gleichen, nie nachlassenden Überzeugung dabei.
Es war und ist immer noch eine weltliche und apolitische Organisation von afrikanischen und französischen Frauen. Außer der Beschneidung bekämpft die GAMS durch Information und Prävention verhängnisvolle traditionelle Praktiken: Zwangsehen und/oder Frühehen, schnell aufeinander folgende Schwangerschaften. Es ist eine mühsame Arbeit, die im Wesentlichen darin besteht, die Frauen aufzuklären, sie bei einer sehr jungen Mutterschaft zu beraten, sie über Komplikationen als Folge der sexuellen Verstümmelung zu informieren – gynäkologische Probleme und Harnprobleme, Schwierigkeiten bei der Entbindung. Wir wissen, dass beschnittene Frauen in den meisten Fällen und bei jeder Entbindung einen Dammschnitt, oft sogar einen Kaiserschnitt brauchen. Und die schnell aufeinander folgenden und zahlreichen Schwangerschaften, im Durchschnitt vier, in Einzelfällen bis zu zehn, verschlimmern diese Probleme. Man muss erreichen, dass die Frauen nicht an ihren Töchtern, die bereits geboren sind oder noch geboren werden, diese Barbarei wiederholen lassen, unter der sie ihr Leben lang zu leiden haben. Man

muss auch erklären, dass die Religion diese Verstümmelung nie verlangt hat. Und hierfür ist eine Einbeziehung der religiösen Führer in Afrika erforderlich. Sie müssen zeigen, welche gewaltige Lüge seit Jahrhunderten ohne Kenntnis der Texte aufrechterhalten worden ist. In Wirklichkeit wird die Exzision oder Infibulation von den Männern gepredigt und von den Frauen ausgeführt, aus fadenscheinigen Gründen.

Ein Afrikaner hat mir einmal gesagt: »Das geschieht, damit die Frauen nicht vergewaltigt werden!«

»Weil du glaubst, dass ein Vergewaltiger sich für die Intimsphäre der Frau interessiert? Du glaubst, er wird erst nachsehen und anschließend vergewaltigen?«

Und ein anderer: »Das geschieht, damit sie nicht in Versuchung kommen, sich einen anderen Mann zu suchen!«

»Wenn man ihnen die Lust nimmt, nimmt man ihnen damit noch nicht das Verlangen. Die Sexualität einer verstümmelten Frau ist für sie selbst ebenso traurig wie für dich!«

Ich habe eine Reihe von noch schlimmeren fadenscheinigen Gründen gefunden: Angeblich geht es darum, die Lust des Mannes zu steigern. Es geht darum, den sozialen Zusammenhalt aufrechtzuerhalten ...

Dieses Geschlechtsorgan der Frau ist scheinbar schmutzig und hässlich, gar teuflisch. Das Kind soll es bei der Geburt nicht berühren, sein Überleben hängt angeblich davon ab.

Dieses Organ, dem männlichen Geschlechtsorgan durchaus vergleichbar, müsse entfernt werden. Die operative Entfernung der Klitoris sei ein Symbol der Unterordnung. Sie erhöhe die Fruchtbarkeit der Frau.

Und schließlich der besondere Vorwand der Religion. Diese Barbarei ist mir erst wirklich bewusst geworden, als in Frankreich ein kleines malisches Mädchen an den Folgen einer Beschneidung gestorben ist. Das war 1982, das Mädchen hieß Bobo Traoré. Lange Zeit hatte ich diese Verstümmelung »akzeptiert«, so weit, dass selbst meine drei ältesten Töchter ihr zum Opfer gefallen sind. Ich hatte sie sogar »vergessen«, sie war in meinen persönlichen Problemen untergegangen. Doch der Tod dieses kleinen Kindes in Paris, den die Medien zu Recht zu ihrer Sache gemacht haben, hat mich aufgeweckt, so wie er die französische Gesellschaft und viele Afrikaner aufgeweckt hat.

Damals sprach niemand offen darüber, und die überwiegende Mehrheit der Franzosen wusste nicht einmal von der Existenz dieser Praxis in Afrika. Kein Ethnologe, kein Forscher hatte dieses Problem zum Thema gemacht. Und plötzlich wurden die Afrikaner in den Acht-Uhr-Nachrichten als Barbaren bezeichnet!

Einige Zeit nach dieser Geschichte, während meiner Arbeit als Dolmetscherin beim Internationalen Migrantendienst, fingen die Kinderärzte an, uns die richtigen Fragen zu stellen. Ich selbst wusste nicht viel über die Herkunft dieser Praxis, doch je mehr sich meine persönlichen Probleme regelten, desto öfter nahm ich an den monatlichen Zusammenkünften im Frauenzentrum Maison des femmes in Paris teil.

Am Anfang sagte ich nichts und hörte zu. Und nach und nach erfuhr ich die Wahrheit über dieses Thema. Durch Ärzte, dann durch Lektüre, die ich mir in den Bibliotheken selbst zusammensuchte. In der ersten Zeit wurde mir klar, dass nicht alle moslemischen Frauen beschnitten waren. Bei mir zu Hause im Senegal wird die Beschneidung nicht von den Wolof praktiziert. In einigen arabischen Ländern und Ländern Nordafrikas auch nicht.

Erste Feststellung: Die Beschneidung hat nichts mit Religion zu tun. Warum wir und nicht die anderen?

Zweite Feststellung: Die Kinderärzte erzählen uns viel über die körperlichen Schäden und die verheerenden

Folgen für die Gesundheit der Frau; doch es kommt auch zu seelischen Problemen.
Unsere Mütter haben uns nie darüber informiert, obwohl sie es selbst erlebt haben.
Über die psychischen Folgen haben wir afrikanischen Frauen eine Arbeit über uns angefertigt. Und es war sehr schwierig, sich damals selbst infrage zu stellen. Schwierig vor allem, von unseren Erfahrungen zu sprechen. Keine Frau hat Lust, ihre Sexualität auszubreiten. Bei allen die gleiche Scham und die gleiche Abschottung, was dieses Thema betrifft. Wie soll man im Übrigen von einer Lust sprechen, die man gar nicht kennt? Die Frauen schämten sich und waren schockiert von der Vermarktung des Themas durch die Medien. Ihr Schamgefühl litt tatsächlich darunter.
»Nein, nein, wir fühlen uns sehr wohl in unserer Haut, keine Probleme bei der Entbindung, keine sexuellen Probleme, gar nichts.«
Dagegen war der Schock heilsam, was die »Legitimität« dieser Praxis anging. Die Medien nannten uns Barbaren wegen einer so genannten kulturellen Tradition, und wir hatten keinerlei vernünftige Erklärung dafür. Aus gutem Grunde.
Auf der Suche nach Informationen lief ich von Bibliothek zu Bibliothek, doch es gab damals wenig Material zu diesem Thema. Auf jeden Fall war im Koran nicht davon die Rede, das war sicher.
Die aktiven Mitglieder der GAMS waren besser informiert. Sie verfügten im Übrigen über einen kleinen Film aus Afrika, der zu Unrecht den Titel *La Duperie* (dt. *Der Schwindel)* führte.
Die Bilder sind schrecklich anzusehen. Sie illustrieren die Grausamkeit und Barbarei der Beschneidung jenseits des Erträglichen. Hier wird in Direktaufnahme die Skarifikation eines kleinen Mädchens und seine Beschneidung in Nigeria gezeigt, und, was das Aller-

schlimmste ist, in diesem Fall wird sie von einem Mann praktiziert!
In meinem Land ist die Beschneidung immer eine Sache von Frauen, die Männer sind nicht dabei und sprechen nicht darüber. Das weibliche Geschlechtsorgan ist ein Tabu, ich wusste nicht, dass in anderen Regionen die Männer, die diese vermeintliche Tradition am Leben halten und verteidigen, sich selbst darum kümmern. In dieser Reportage ist die Verstümmelung extrem. Es handelt sich um eine Exzision und Infibulation. Dieser Horror besteht darin, alles wegzuschneiden: Vom Sexualorgan des kleinen Mädchens bleibt nichts übrig. Keine Klitoris, keine kleinen und keine großen Schamlippen. Und das arme Kind wird wieder ganz »zugenäht«. Das Geschlechtsorgan wird gegen jedes Eindringen verschlossen. Dies bleibt dem Ehemann vorbehalten, der die Frau bei der Hochzeit entjungfern wird. Man lässt ihr nur eine kleine Öffnung für ihre natürlichen Bedürfnisse.
Denn man geht davon aus, dass der Mann, wenn man ihn in diesem Fall überhaupt noch als Mann bezeichnen kann, seine auf diese Weise »zugenähte« junge Frau nur durch die Kraft seiner Männlichkeit entjungfern wird. Wenn ihm dies nicht gelingt, ist seine sexuelle Potenz infrage gestellt. Man hat mir gesagt, dass Männer sich manchmal eines Messers bedienen, um auf diesem Gebiet nicht als Versager dazustehen.
Wenn das junge Mädchen schwanger ist, muss man es für die Entbindung »auftrennen« und dann wieder »zunähen«. Und sie dann bei jeder Entbindung erneut »auftrennen«. Und so weiter, und so fort …
Es ist ein einziger Horrortrip, ein lebenslanges Leiden für die jungen Mütter, die oft genug daran sterben, als Opfer von starken Blutungen, von Infektionen aller Art und von unbeschreiblichen Schmerzen.
Ich war niedergeschmettert, als ich vom Ausmaß der

Schädigungen erfuhr. Jede Volksgruppe hat ihre Bräuche. Es gibt die einfache Exzision, wenn man so sagen kann: die Entfernung der Klitorisvorhaut. Manchmal ist es nur symbolisch, ein Schnitt, der das Blut spritzen lässt. Bei anderen Volksgruppen entfernt man die Klitoris völlig. Doch schlimmer als alles andere ist das, was man die pharaonische Beschneidung nennt, die Infibulation, wie sie seit der Antike in Ägypten praktiziert wurde.

Die ersten afrikanischen Mädchen, die in Frankreich geboren wurden, sind alle beschnitten worden, ohne dass jemand davon wusste oder sich Gedanken darüber machte. Die Gynäkologen und Hebammen konnten dies nicht ignorieren, und dennoch kann ich aus meiner eigenen Erfahrung bestätigen, dass sie sich sehr wohl hüteten, darüber zu sprechen. Ich vermute, dass dies zu dieser Zeit politisch nicht korrekt gewesen wäre.

Das tragische Ereignis von 1982 machte es uns möglich, die afrikanischen Mütter leichter zu warnen. Das Erste war, sie mit der Hilfe von Kinderärzten in den Zentren der Schutzvereinigung für Mutter und Kind davon zu überzeugen, diese Verstümmelung bei ihren Töchtern nicht ausführen zu lassen.

Die meisten lasen keine Zeitungen und verstanden die Informationen im Fernsehen nicht, aber alle wussten nun, wovon die Medien sprachen. Die Aktiven der GAMS bedienten sich ganz einfach des Telefons, denn auch wenn sie in den Vororten isoliert lebten, so hatte doch jede zu Hause ein Telefon. So wurden die Informationen weitergegeben. Und mir fiel auf, dass viele afrikanische Frauen damals, so wie auch ich, die Beschneiderin der kleinen Malierin kannten. Leider musste erst ein Baby von drei Monaten sterben – es wurde von einer Blutung dahingerafft –, damit die Immigrantenfrauen aufwachten, und Frankreich ebenfalls.

Aber die Eltern wurden damals nur wegen Körperverletzung strafrechtlich zur Verantwortung gezogen, ob-

wohl es sich allem Anschein nach um ein Verbrechen handelte.
Im Jahre 1983 hat ein Urteil des Kassationsgerichtshofs die Entfernung der Klitoris bei Minderjährigen unter fünfzehn Jahren als eine vorsätzliche Verstümmelung definiert, als ein Verbrechen also, das vor einem Schwurgericht verhandelt wird. Darauf steht eine Strafe von zwischen zehn und zwanzig Jahren Haft.
1984 beschließen die Ligue du droit des femmes (Liga für Frauenrecht), die Ligue du droit international des femmes (Liga für internationales Frauenrecht) und SOS Femmes alternatives (Organisation zum Schutz vor Gewalt gegen Frauen) als Nebenkläger im Prozess um die kleine Bobo aufzutreten. Linda Weil Curiel, eine hervorragende Anwältin, die ich damals kennen lernen durfte, gelingt es, die Inkompetenz des Strafgerichts in dieser Frage zu beweisen. Es handelt sich nicht um Körperverletzung, sondern um vorsätzliche Verstümmelung, die von Eltern verübt wird, die die elterliche Gewalt über ein minderjähriges Kind haben. Nun ist Verstümmelung in Frankreich ein Verbrechen, die Beschneiderin und die Eltern sind in gleicher Weise eines Verbrechens schuldig.
Die nationale Diskussion hat begonnen, eine erste Fernsehsendung fordert uns auf, darüber zu diskutieren, vor allem mit dem Anwalt der Eltern des Kindes. Es gibt die Anhänger der »kulturellen Besonderheit«, die empörten Afrikaner, deren Traditionen anzutasten Frankreich gewagt hat. Einige Anwälte, bereit, Unhaltbares zu verteidigen, bezeichnen die afrikanischen Frauen als arme Ignorantinnen, deren Verantwortung nicht ernst zu nehmen sei. Sie sind weder arm noch ignorant, auch wenn sie nicht die Schulbank gedrückt haben, aber sie sind gefügig gemacht und missbraucht worden durch das System, ja! Was ihnen fehlt, ist Aufklärung. Und wenn ihnen niemand die Wahrheit sagt, werden sie unterdrückt bleiben

in einem Land, das ihnen im Prinzip die Mittel geben sollte, sich zu entwickeln. Ich nahm an dieser Fernsehdiskussion teil und war wütend, solchen Unsinn aus dem Mund eines Juristen zu hören.

Es gab auch eine afrikanische Frau, die für die Beschneidung »kämpfte«. Sie kam aus Guinea, behauptete, keine sexuellen Probleme zu haben, und war stolz auf ihre Beschneidung: »Das ist eine gute Sache! Wenn ich noch einmal von vorne anfangen könnte, würde ich es wieder machen!« Ich war schockiert über eine solche Heuchelei. »Jeder tut das, was er will, Madame. Lassen Sie sich noch einmal beschneiden, wenn Ihnen das gefällt. Aber ich verbiete Ihnen hiermit, zu sagen, das sei eine gute Sache!«

Ich konnte an meinem Körper die schädlichen Folgen der Beschneidung sehen, außerdem hatte ich ein schlechtes Gewissen wegen der Beschneidung meiner Töchter. Und ich konnte jetzt, in Kenntnis der Sachlage, meine »große Klappe«, wie meine Mutter sagte, in den Dienst der Wahrheit stellen.

Nach dieser lächerlichen Diskussion stürzte ich mich in einen militanten Aktionismus. Man forderte uns zu diesem Thema überall an. Wir waren aber nicht ausreichend ausgerüstet, um allen Anfragen nachkommen zu können. Wir brauchten finanzielle Hilfen, um den Ehrenamtlichen wenigstens ein Minimum zahlen zu können. Wie die anderen Frauen der GAMS arbeitete ich, um leben zu können, und jeder weiß, dass die Stunden und Tage ehrenamtlicher Arbeit weder die Mütter noch die Kinder ernähren. Doch es gab eine enorme Präventions- und Kommunikationsarbeit zu leisten.

Es gab damals eine Gruppe von Frauen und Männern, die heuchlerisch genug waren, zu behaupten, dass die Aktiven der GAMS den französischen Feministinnen ausgeliefert und von ihnen manipuliert seien! Man musste erklären, dass, auch wenn wir in Frankreich kämpften, dieser Kampf zuerst von Afrika ausgegangen war. Die afrikanischen Frauen hatten sich in einem »interafrikanischen Komitee« zusammengeschlossen, in dem zu jener Zeit mehr als zwanzig Länder vertreten waren. Heute sind es um die dreißig. Sollte Afrika kein Recht auf seinen eigenen »Feminismus« haben?

War der Krieg gegen die Beschneidung nicht ein legitimer Krieg von Frauen? Wir ließen uns nichts vormachen und uns von niemandem manipulieren. Dagegen waren die afrikanischen Frauen, die dies behaupteten, ganz offensichtlich von den Männern manipuliert, denn endlich tasteten wir ihre immer währende Macht an!

1986 wird ein Paar, das für die Verstümmelung von sechs kleinen Mädchen verantwortlich ist, noch wegen des Vergehens der »Körperverletzung« verurteilt, wobei die Staatsanwaltschaft sie für »Opfer der Prägung durch die Kultur ihrer Vorfahren« hält. Im folgenden Jahr, im Berufungsverfahren und gegen die Meinung der Staatsanwaltschaft, kommt es zu einer Korrektur dieser Einschätzung. Es handelt sich durchaus, wie Frau Weil Curiel gezeigt hat, um ein Verbrechen.

Und 1988 findet vor dem Schwurgericht die erste richtige Verurteilung eines Mannes und seiner zwei Frauen zu drei Jahren Gefängnis auf Bewährung statt. Doch erst 1991 kommt es zur ersten Verurteilung einer Beschneiderin zu fünf Jahren Gefängnis. Dann, 1993, die Verurteilung einer Mutter und 1996 eines Vaters, der seine Töchter in Afrika gegen den Willen ihrer Mutter hatte beschneiden lassen. Schließlich hat 1999 zum ersten Mal in der Geschichte der Justiz eine junge Frau aus Mali den Mut, eine Beschneiderin anzuzeigen.

Sie ist vierundzwanzig Jahre alt und studiert Jura. Sie, die selbst im Alter von acht Jahren beschnitten wurde, hat beschlossen, gegen die angekündigte Beschneidung ihrer jüngeren Schwester Widerstand zu leisten.

Die Beschneiderin, die 1988 zum ersten Mal zu einer Be-

währungsstrafe verurteilt worden war, verteidigte ihre verwerfliche Praxis unter dem Vorwand, nicht zu wissen, »dass das Gesetz die Beschneidung in Frankreich untersagt«. Und sie erklärte auch, dass sie in ihrer Eigenschaft als Angehörige der Schmiedekaste die Rolle habe, den vornehmen Familien zu helfen und sich in ihren Dienst zu stellen. Sie wollte das alles nicht wahrhaben, vor allem nicht, dass ein französischer Richter sie unter Aufsicht gestellt und herausgefunden hatte, dass sie gegen Entgelt praktizierte. Für jeden Einsatz wurden zwischen einhundertvierzig und einhundertfünfzig französische Francs berechnet. Die Anklage warf ihr offiziell die Verstümmelung von achtundvierzig kleinen Mädchen vor. Es waren sicherlich noch mehr ...
Als ich hörte, wie afrikanische Frauen die Beschneiderin verteidigten und sagten: »Sie hat bei mir an die Tür geklopft, ich kannte sie nicht. Sie hat gefragt, ob meine Tochter eine Beschneidung brauche«, konnte ich es nicht glauben. Soweit ich weiß, wird so etwas nicht zufällig gemacht. Entweder ergreift die Beschneiderin der Familie, die Frau aus der Schmiedekaste, die Initiative und macht es ohne Vorwarnung und ohne Bezahlung – so war es bei mir, im Senegal –, oder die Eltern holen und bezahlen sie; so ist es in der Gemeinschaft der Immigranten. Die Eltern sind ebenso schuldig wie die Beschneiderin. Ich war bei diesem Prozess dabei. Linda Weil Curiel vertrat die Nebenkläger. Ich habe gehört, wie das junge Mädchen seine Zeugenaussage machte, von seinem unerträglichen Leiden, den Schreien der Schwestern und seinem verpfuschten Sexualleben gesprochen hat.
Ich habe die Zeugenaussage eines Kinderarztes gehört, der erklärte, dass die Entfernung der Klitoris nur eine oberflächliche Verstümmelung sei ...
Ich hätte ihm gern vor versammeltem Publikum entgegengeschrien, dass, wenn man ihm etwas Gleichwerti-

ges (um höflich zu sein) mit einer Rasierklinge wegschneide, er anschließend kommen und mir davon erzählen könne.
Glücklicherweise hat ein Experte die Dinge richtig gestellt. »Gleichwertiges ist bei einem Mann die Durchtrennung des Gliedes oder der Eichel.«
Schließlich führte die Verteidigung der Beschneiderin an, dass es eine Sache sei, »ein Verbot zu kennen«, dessen Begründung zu verstehen jedoch eine andere …
An diesem konkreten Punkt haben ich und der Arzt unseres Zentrums der Schutzvereinigung für Mutter und Kind erklärt, dass in unserem Wirkungsbereich diese Praxis dank unserer Informationsarbeit beinahe aufgehört habe.
Doch im übrigen Paris zeigten sich die Zentren der Schutzvereinigung für Mutter und Kind sehr viel ängstlicher, immer unter dem Vorwand der »kulturellen Besonderheit«, man dürfe die immigrierten afrikanischen Frauen nicht »durcheinander bringen«. Wie es die Gynäkologin sagte, die ich nie vergessen habe:
»Lassen Sie die Klitoris der afrikanischen Frauen in Ruhe!«
Das lässt sich so viel einfacher und leichter sagen, wenn man selbst seine Klitoris behalten hat.
Heute haben zahlreiche afrikanische Länder, darunter die Elfenbeinküste, der Senegal und Burkina Faso, die Beschneidung gesetzlich untersagt. Der ägyptische Staatsrat hat dies 1996 versucht, doch wenige Monate nach seiner Entscheidung hat die Opposition der religiösen Fundamentalisten die Regierung dazu gebracht, einen Rückzieher zu machen. Diese Männer haben erreicht, dass Beschneidungen in Krankenhäusern erlaubt sind. Und dennoch hat der Imam der Al-Azhar Moschee in Kairo allein gegen alle öffentlich bestätigt, dass der Koran diese Praxis nicht rechtfertige. Es ist noch ein langer Weg, bis diese Lüge aufhört.

In der Zwischenzeit, im Jahre 1990, erhält unsere Organisation zum ersten Mal Subventionen, und seitdem bekommen wir bei der GAMS ein Gehalt. So wenig das auch sein mag, diese Hilfe erlaubt uns, unsere Informationsarbeit für medizinisches und pflegerisches Personal zu beschleunigen. Und heute arbeiten wir in den Schulen, angefangen in den Collèges, in Gymnasien und Universitäten, Schwestern- und Hebammenschulen – mit all denen, die später im Beruf mit afrikanischen Frauen in Kontakt kommen. Wir gehen weiter in die Zentren der Schutzvereinigung für Mutter und Kind, um Informationstreffen mit afrikanischen Frauen und für das Personal zu organisieren.
Die GAMS ist die erste Organisation in Europa zu dieser Frage, wir nehmen an internationalen Konferenzen teil. Ich bin als beratende Sachverständige und Vortragende dabei. Im Jahre 2000 treffe ich Emma Bonino – Europaabgeordnete –, die mich bittet, an einer internationalen Kampagne teilzunehmen: Stop FGM (engl. female genital mutilation, dt. Genitalverstümmelung von Frauen). Sie ist eine außergewöhnliche Frau, die für Menschenrechte im Allgemeinen und die Rechte der Frau im Besonderen kämpft.
Und während dieser Zeit habe ich Arbeit gefunden. In den 1980er-Jahren hatte ich alle möglichen Ausbildungen versucht, darunter auch die zur Pflegehelferin, und ich hatte einen Vorbereitungskurs für die Schwesternschule absolviert, doch wegen meiner vielen privaten Kämpfe hatte ich nicht weitermachen können. Dank der Klinik, bei der ich ein Praktikum gemacht hatte, hatte ich eine menschliche, aber schwierige Arbeit gefunden, denn es ging darum, sich um Kranke zu kümmern, die im Sterben lagen. Ich arbeitete nachts, von acht Uhr abends bis acht Uhr morgens. Am Tag kämpfte ich. Die Kinder wurden größer, und dank einer senegalesischen Freundin, die ich bei mir aufgenommen hatte, fühlte ich

mich weniger allein. Sie war meine einzige wirkliche Freundin und ist es auch heute noch. Ich hielt mich von der afrikanischen Gemeinschaft fern – zu viele Landsleute lehnten mich ab, weil ich das afrikanischen Frauen auferlegte Muster verlassen hatte. Einige halfen mir dadurch, dass sie in diesem Ehekonflikt neutral blieben, andere schlossen mich aus und beleidigten mich in dem Augenblick, als ich in den größten Schwierigkeiten war. Es sind vor allem Menschen von außerhalb meiner afrikanischen Gemeinschaft, die mich gerettet haben. Die Sozialarbeiterinnen der Stadtverwaltung, die mit mir befreundeten Kämpferinnen und einige afrikanische Freundinnen und Freunde.
1993 hatte ich plötzlich Lust auf eine Universitätsausbildung und machte die Aufnahmeprüfung an der Universität Paris VIII, um ein Vordiplom in afrikanischer Soziologie zu erwerben. Ich wollte wissen, ob ich in der Lage wäre, so weit zu gelangen. Nach einem Jahr Unterrichtsveranstaltungen verlor ich die Geduld, ich lernte dort nur Dinge, die ich bereits kannte!
Die GAMS arbeitet immer mit den lokalen afrikanischen Organisationen zusammen. Wenn eine Familie sich weigert, in Frankreich auf uns zu hören, kümmern sich die afrikanischen Kollegen um sie. Denn einige Eltern nutzen immer noch die Ferien im eigenen Land, um ihre Töchter beschneiden zulassen und sie dann in aller Ruhe zurückzubringen, auf diese Weise entziehen sie sich der französischen Gesetzgebung. An der Grenze kontrolliert man zwar das Gepäck, aber nicht die kleinen Mädchen. Was kann man dagegen tun?
Es gibt auch Richter und Staatsanwälte, die die Möglichkeit haben, die Eltern vorzuladen, wenn das Kind in Frankreich geboren und noch nicht beschnitten ist. Es ist unsere Arbeit, auf die Besorgnis erregenden Fälle hinzuweisen. Ich wünsche mir so, dass die kleinen Mädchen von immigrierten Eltern, die in Frankreich ge-

boren sind und die Chance einer doppelten Kultur haben, wie gebürtige Französinnen behandelt werden und von dem gleichen Gesetz profitieren, das weder Tradition noch Kultur bestraft, sondern einfach das Verbrechen der Verstümmelung. »Tradition, Kultur!«, das waren die einzigen Argumente der Gegner des Gesetzes am Beginn unseres aktiven Kampfes. Jedes Mal wenn wir im Fernsehen oder anderswo über dieses Thema diskutierten, wurden wir angerufen und beleidigt. Heute ist das anders. Ich bin sehr glücklich, wenn man mir sagt: »Wir haben dich im Fernsehen gesehen, meine Schwester. Das, was du tust, ist sehr gut. Mach weiter, wir müssen mit diesen Traditionen Schluss machen!« Aber dies höre ich erst seit zwei oder drei Jahren ...

Ich glaube, dass die Beschneidung nach diesem Kampf irgendwann aufhören wird, aber dass die Polygamie diese Entwicklung überdauern wird. Was einmal akzeptiert ist, steht einem auch zu!

In unserem Land überlegte es sich der Mann zweimal, bevor er seine Frau verließ. Die Familien passten auf, sie waren immer in der Lage, die Tochter, die sie jemandem zur Frau gegeben hatten, »zurückzuholen«. Doch in der Ferne und Isolation, als Gefangene ihrer Kinderschar und des Ehemannes in einer Siedlung, hat es die afrikanische Frau sehr schwer, ohne finanzielle Unabhängigkeit zu überleben. Dies gilt immer noch. Viele Männer versichern uns: »Ich kann meine Kinder ohne Kindergeld ernähren!«

Ich erinnere mich an eine Familie, in der ein Mann mit zwei Frauen fünfzehn Kinder hatte. Zehn von ihnen gingen zur Schule, und diese Schule hatte mich gebeten, einzugreifen. Die beiden Mütter hatten mir damals, 2002, gesagt: »Das Geld kommt auf sein Konto, und wir haben darauf keinen Zugriff. Er hat einen Teil des Geldes genommen und ist nach Afrika gefahren, um seine dritte Frau zu besuchen. Er ist jetzt seit drei Monaten dort, die Schule beginnt wieder, und wir haben kein Geld für die Kinder. Was er uns an Geld gelassen hat, reicht kaum für die drei Großen.«

Es ist leicht, das »Einkommen« dieses Mannes zu berechnen, wenn man das Kindergeld und die Hilfen bei Schulbeginn mit der Anzahl der Kinder multipliziert ... Dieser Mann lebte nicht schlecht in seinem Dorf.

Hier muss man sicherlich tätig werden, um so etwas zu verhindern. Wenn die Männer, die von diesem polygamen System profitieren, wenigstens ihren Frauen die Möglichkeit geben würden, etwas für ihre Bildung zu tun und sich mit ihren Kindern zu beschäftigen! Nein, es gibt noch zu viele von ihnen, die dieses Geld dazu verwenden, sich eine zweite oder dritte Frau zu leisten und die erste zu demütigen.

Ich meine, dass der Staat in diesem Bereich seine Aufgaben nicht erfüllt. Doch es gibt auf der ganzen Welt so viel für die Rechte der Frauen zu tun.

Im Juli 2003 haben die Außenminister der Afrikanischen Union die »Afrikanische Charta für Menschen- und Völkerrecht in Bezug auf die Rechte der Frau in Afrika« unterzeichnet, das so genannte »Protokoll von Maputo«. Ein wunderbares Dokument, das, wenn es eines Tages Anwendung findet, tatsächlich zu einer Verbesserung der Lebensbedingungen afrikanischer Frauen führen wird. Es betont die Gleichheit zwischen Männern und Frauen, verurteilt die Gewalt gegenüber Frauen und die für ihre Gesundheit verhängnisvollen Praktiken, darunter Genitalverstümmelungen und Zwangsehen.

Leider haben einige der Länder, die dieses Protokoll unterzeichnet haben, es immer noch nicht ratifiziert. Derzeit fehlen noch fünf, bevor es in Kraft treten kann, fünf Länder, die neue Änderungen verlangen, wahrscheinlich Änderungen mit dem Argument der »kulturellen Besonderheit« ... Jedes Land beruft sich auf seine »kulturelle Besonderheit«, und die Frauen bleiben unterjocht, trotz internationalen Drucks. Aber wir afrikanischen Frauen sind strikt dagegen, dass man am unterzeichneten Text auch nur ein Komma ändert! Wir wollen die Ratifizierung durch ausnahmslos alle Länder Afrikas, und im Übrigen sind Emma Bonino und andere dabei, eine Kampagne durchzuführen, damit dieses Protokoll von allen Ländern nicht nur ratifiziert, sondern auch umgesetzt wird, insbesondere von denen, die sich immer noch Zeit lassen.

Seit 2002 bin ich Vorsitzende des »Europäischen Netzwerks zur Prävention von weiblichen Genitalverstümmelungen« (EuroNet – FGM). Die Gründung dieses Netzwerks geht auf die Konferenz zurück, die 1997 in Schweden durch das »Centre international de la santé reproductive« (Internationales Zentrum für Fortpflanzungsgesundheit) und auf Initiative der GAMS organisiert worden war. Die eigentliche Gründung war dann erst 1998 möglich, dank der Universität von Gent in Belgien, der »Organisation ATD« somalischer Frauen in Göteborg und der Einwanderungsbehörden der Stadt. Wir wollen die Zusammenarbeit der NGOs auf europäischer Ebene verstärken, um unsere Wirksamkeit zu erhöhen und die Gesundheit immigrierter Frauen zu verbessern, indem wir gegen die traditionellen Praktiken, die die Gesundheit der Frauen und ihrer Kinder beeinträchtigen, und insbesondere gegen Genitalverstümmelungen und Zwangsehen und/oder Frühehen kämpfen.

Junge Mädchen kommen jetzt zu uns und sind regelmäßig in unseren Organisationen aktiv. Und ich hoffe, sie werden uns ablösen, denn wir sind es allmählich leid, auf den guten Willen männlicher Politiker zu warten, auf den guten Willen der Männer überhaupt!

Wir sind die Opfer der Immigration. Wir haben unser Privatleben in aller Öffentlichkeit ausbreiten müssen, um wirksam kämpfen zu können. Die ersten Immigrantenfrauen mussten die Gewalt ihrer Männer und den Druck unserer afrikanischen Gemeinschaften in Frankreich über sich ergehen lassen. Ich spreche von der ersten Immigration, von meiner Immigration. Für die ersten Alphabetisierungskurse war ich manchmal gezwungen, die Erlaubnis des Mannes beinahe zu erbetteln, damit er seine Frauen an den Kursen teilnehmen ließ. Ich weiß nicht, durch welches Wunder mir dies immer gelungen ist. Wir haben dieses Netzwerk mit dem Ziel gegründet, die Zusammenarbeit zu verstärken. Auf diese Weise können die Mädchen lernen, ihrerseits zu kämpfen. Die Beschneidung ihrer Töchter zu verweigern. Und die Korrektur ihrer Verstümmelung zu fordern, warum eigentlich nicht. Denn dies ist von nun an möglich, dank eines Chirurgen, der eine Technik der plastischen Chirurgie entwickelt hat. Immer mehr junge Frauen wollen ein normales, wirkliches Leben als Frau führen. Für europäische Frauen ist es schwierig, diese Leere, diesen Mangel, der uns verfolgt, zu verstehen. Doch es ist eine Rückkehr in die Vergangenheit, die vor und nach dieser Operation einer psychologischen Vorbereitung bedarf, um nicht eine Form von zweiter Beschneidung zu werden. Wenn man diese Narbe auch eine Zeit lang vergisst, so vergisst man doch nie den Schmerz. Und dieser alte Schmerz kommt zwangsläufig im Augenblick der Operation zurück, aber diesmal hat die Frau es gewollt. Sie hat die Wahl getroffen. Ich vermute, dass es sehr merkwürdig sein muss, diesen verschwundenen Teil seines Körpers wiederzufinden.

Ich habe einige dieser »wiederhergestellten« jungen Mädchen getroffen.

Die Erste, die sich den Aktiven der GAMS anvertraut hat, hat uns zum Lachen gebracht. Sie sagte: »Ich habe eine Klitoris! Es funktioniert! Es macht vrrr ...!« Mit zwanzig Jahren hatte sie einen Freund und das Leben noch vor sich. Andere sind ihr gefolgt, andere werden ihr noch folgen. Aber hüten wir uns davor, zu behaupten, es gebe mit dieser plastischen Chirurgie keine Probleme mehr! Sie ist nicht die Lösung. Die Lösung bleibt die völlige Ausrottung dieser Praxis auf der ganzen Welt. Das Gesetz allein genügt nicht, Aufklärung und Bildung müssen hinzukommen.

Im Sudan bleibt die Infibulation, die härteste Form der Verstümmelung, die übliche Folter für Frauen, auch wenn das Gesetz, das sie verbietet, in den 1940er-Jahren erlassen wurde. Viele afrikanische Staatsoberhäupter weichen vor dem zurück, was einer von ihnen »die emotionalen Reaktionen mancher religiöser Führer oder Minderheitengruppen« nennt. Bei der Bekanntgabe des Gesetzes forderte man sogar, dass dieses Gesetz differenziert angewendet werden solle, so groß waren die Widerstände bei einigen Volksgruppen. Wir brauchen Geistliche und Griots, um die gute Nachricht zu verbreiten und die afrikanischen Mütter davon zu überzeugen, dass die Religion keineswegs dieses Opfer verlangt.

Gott hat uns so geschaffen, wie wir sind, warum sollten wir das Werk Gottes zerstören?

Und wir brauchen die NGOs in den Dörfern, um die Mütter dazu zu bringen, zu verstehen, dass die »Reinigung« ihrer Töchter tragische Folgen für deren Gesundheit haben wird.

Zurzeit werden die weiblichen Genitalverstümmelungen in etwa dreißig afrikanischen Ländern praktiziert, besonders in Ägypten, Mali, Eritrea, Äthiopien und Somalia.

Wissen die Touristen, die die Schätze der Pharaonen bewundern, dass es in Kairo noch von Männern unterhaltene »Behandlungsräume« gibt, in denen die Beschneidung kleiner Mädchen ungestraft und gegen Bezahlung praktiziert wird? Diese Einrichtungen sind sehr wohlhabend!

Die Zahl der Opfer wird auf weltweit einhundertvierzig oder einhundertfünfzig Millionen Frauen und Mädchen geschätzt. Fast zweieinhalb mal so viel wie die Bevölkerung Frankreichs.
Ich war eines dieser Opfer. Mein Schicksal hat an jenem Tag seinen Lauf genommen. Der weitere Weg war vorgezeichnet. Verstümmelung in der frühen Kindheit, Heirat kurz nach Beginn der Pubertät, Schwangerschaft vor dem Erwachsenenalter – ich habe nichts anderes gekannt als Unterordnung. Die Männer wollen dies zu ihrem Vergnügen, und die Frauen erhalten es aufrecht – zu ihrem Unglück.
Einige Frauen sagen immer noch: »Ich habe es erlebt. Ich bin beschnitten worden! Warum nicht meine Tochter?« Sie glauben, dass ihre Töchter sonst keinen Mann finden werden.
Aber ich treffe in afrikanischen Dörfern auch Großmütter, manchmal im Alter von achtzig Jahren, die eine andere Sprache sprechen: »Weißt du, meine Tochter, warum die Männer das erfunden haben? Um uns den Mund zu verbieten! Um unser Leben als Frau zu kontrollieren!«
Das Wort »Orgasmus« gibt es nicht in meiner Sprache. Die Lust einer Frau ist nicht nur ein Tabuthema, sondern wird gänzlich ignoriert. Ich hatte es nie gehört. Das erste Mal, als eine Frau vor mir davon gesprochen hat, bin ich in die Bibliothek gelaufen und habe Bücher gewälzt. Und ich habe wirklich verstanden, was uns fehlte. Da die Verstümmelung in der Kindheit stattfindet, will man uns glauben machen, dass wir damit geboren seien. Man nimmt uns die Lust, um uns zu beherrschen, doch nicht das Verlangen.
Ein Mensch, der in eine enge Zelle eingesperrt ist, dem man Handschellen und Fußfesseln angelegt hat, bewahrt dennoch die Freiheit des Denkens. Sein Körper ist zwar unbeweglich, aber sein Kopf ist frei.

So fühlte ich mich: gefangen in meinem Körper als Frau, aber frei in meinem Denken. Ich brauchte Zeit, um dies zu verstehen, Zeit, bevor ich Zeugnis ablegen konnte, um andere Frauen zu überzeugen. Zu Beginn, vor allem wenn ich auf einer Konferenz sprechen sollte, war ich schrecklich gehemmt. Ich dachte: »Alle starren mich an, alle wollen mich sehen, um zu wissen, wie ich bin.«
Und ich beobachtete die Leute aus den Augenwinkeln und versuchte zu erraten, was sie dachten, es war schrecklich. Wenige Sekunden lang hatte ich das Bedürfnis zu fliehen: »Aber was mache ich hier? Warum setze ich mich dem aus? Warum diskutiere ich darüber? Warum ich?«
Einige stellten Fragen, die manchmal sehr drastisch und persönlich waren, und wandten sich direkt an mich, obwohl ich eher allgemein gesprochen hatte:
»Wenn sie Sex haben, was empfinden Sie dabei?«
Es kam sehr oft vor, dass ich die Frage nicht direkt beantwortete oder ihr auswich. »Das sage ich Ihnen nicht, weil das mein Privatleben betrifft.«
Ich saß dort, ich drückte mich ruhig aus, aber ich hatte den Eindruck, eine eiskalte Dusche abbekommen zu haben. Ich fühlte mich schlecht, ich schämte mich, ich zitterte. Das erste Mal, als ich hinausging, fühlte ich mich erneut vergewaltigt, weil ich gezwungen war, mich mit alldem zu konfrontieren.
Dann sagte ich mir: »Denk doch mal nach, du bist dabei, zu kämpfen, du streitest dich mit allen. Du gehörst zu denen, die sich opfern müssen, damit die anderen weiterkommen. Das macht doch nichts, steck deine Scham in die Tasche, und pack dein Taschentuch darüber. Mach weiter.«
Heute antworte ich dem Fragenden oft direkt ins Gesicht.
Wenn mein Gesprächspartner ein afrikanischer Mann ist, sage ich: »Gehen Sie zu einer unbeschnittenen Frau,

und erklären Sie mir den Unterschied, weil ich ihn nicht kenne ...«

Wenn es eine weiße Frau ist: »Sie sind weiß, ich bin schwarz. Versuchen Sie, sich das Gegenteil vorzustellen; ich kann Ihnen dazu nichts sagen, ich habe es nicht erlebt und Sie auch nicht.«

Heute stört uns diese Art Fragen nicht mehr. Wir sind an einem Punkt angekommen, wo es kein Zurück mehr gibt. Wir müssen weiterkommen, den Weg freimachen für die anderen, diejenigen, die uns ablösen werden.

Die einzige Frage, auf die ich immer noch ungern antworte, betrifft meine Kinder. Sie ist mir einmal im Fernsehen gestellt worden: »Sind Ihre Töchter beschnitten?« Ich habe es bei zweien meiner Töchter einfach »geschehen lassen«, und ich habe es bei der dritten bewußt erlaubt, also trage ich dafür die Verantwortung. Ich hätte zu meiner Entlastung sagen könnten, dass ich zu jung war, unwissend und geprägt von den Reden der Mütter und Großmütter meiner Kindheit. Aber was ich vor allem als peinlich empfand, war, über meine Töchter zu sprechen und ihre intimste Wunde offen zu legen. Ich meinte, dazu kein Recht zu haben, aus Achtung vor ihnen. Aber ich wollte auch nicht lügen, das ist nicht meine Art. Ich habe also mit Ja geantwortet. Das hat mich ganz krank gemacht. Aber wer konnte besser als eine Frau meiner Generation – mit sieben Jahren verstümmelt, um als »Reine« im Alter des Übergangs von der fünften in die sechste Klasse verheiratet zu werden – von den Bewusstwerdungsprozessen Zeugnis ablegen, die sich schrittweise in ihr vollzogen hatten, ehe sie vor den Fernsehkameras landete? Ich musste den Mut haben, auch meine Verantwortung anzunehmen. Seit vielen Jahren forderte ich Transparenz bei diesem Thema und ging meiner persönlichen Situation dabei aus dem Weg. Tief in meinem Herzen hoffe ich, dass meine Töchter mir verzeihen werden, ihnen das angetan zu haben.

Das Einzige, wozu ich nicht den Mut fand, war, einen Mann zu treffen und mir ein neues Leben aufzubauen. Das Bett war immer noch eine Gefahr.
Seit meiner Scheidung, ja schon seit meiner Ehe empfand ich Männern gegenüber ein solches Misstrauen und Ressentiment, nahe am Hass, dass meine Freunde oft sagten: »Du wirst bitter!«
Es war ein zufälliges Treffen, bei einer afrikanischen Tauffeier unter Freunden. Er, der die Vierzig schon überschritten hatte, die Haare eher weiß als grau, hatte mich bemerkt, nicht ich ihn, und eine Freundin, eine der Veranstalterinnen, nach meiner Telefonnummer gefragt, die sich beeilte, sie ihm anzuvertrauen. Wahrscheinlich war dies von seiner Seite eine Art kleiner freundschaftlicher Falle, um mich aus meiner Reserve und meiner Einsamkeit zu locken. Ich lebte seit Jahren allein.
Da dieser Mann nicht in Frankreich, sondern im Norden Europas lebte, hat er mich fast ein Jahr lang hartnäckig aus der Ferne angerufen. Anfangs erinnerte ich mich absolut nicht an ihn, ich hatte keine Lust, ihm zu antworten, tat es aber aus Höflichkeit. Dann folgte ein freundschaftliches Gespräch nach dem anderen, bis zu dem Tag, wo er mich einlud, ihn in seinem Land zu besuchen. Ich bin ausgewichen in der Art: »Wir werden sehen, ich rufe Sie wieder an …« Und ich habe nicht zurückgerufen.
Eine Arbeitskollegin, eine meiner weißen »Schwestern«, und meine Cousine, die bei mir lebte, denen ich von dieser merkwürdigen telefonischen Fernbeziehung und der Einladung erzählt hatte, drängen mich ein wenig: »Das kommt nicht infrage, dass du nicht hinfährst! Unternimm mal was, beweg dich, das ist nur ein Wochenende, das wird dir gut tun!«
Aber ich muss den Zug nehmen, um zu ihm, einem weißen Mann, den ich nicht kenne, zu gelangen, irgendwo in einem entlegenen Winkel. Dass er weiß ist,

ist nicht das Problem. Er ist ein Mann, das ist es. In diesem Fall finde ich all meine Panzer wieder und schließe mich darin ein. Ich ziehe den Kopf ein. Doch am nächsten Morgen ruft er wieder an.

»Ich schenke Ihnen die Fahrkarte für den Zug, es ist mein Geburtstag, ich lade Sie ein!« Und ich sage mir: »Vorsicht ... ein Weißer, der dich einlädt und dir die Fahrkarte schenkt, was will er von dir?« Meine Arbeitskollegin gibt nicht nach und sagt lachend: »Komm, ich reserviere dir einen Platz! Das ist ein netter Kerl! Ich kenne ihn! Er hat viele afrikanische Freunde, was riskierst du denn?«

An einem Freitagnachmittag verabschiede ich mich von den Kindern. Meine Cousine ist da und kümmert sich um sie. Und ich gehe auf gut Glück los. Und schon sitze ich im Zug. Beim ersten Halt ist die Klimaanlage ausgefallen! Ich sitze in meiner Ecke, warte, dass der Zug wieder losfährt, und weil ein Mann sich mir gegenüber hinsetzt, wird mir klar, was ich im Begriff bin zu tun, und ich gerate in Panik: »Du bist verrückt! Du fährst zu einem Mann, den du nie gesehen hast, und wenn er dich umbringt? Wenn er dich in Stücke schneidet? Wenn er dich in seinem Kamin verbrennt? Niemand wird etwas davon erfahren!«

Ich weiß nicht, warum ich mir ein so dummes Szenario ausdenke. Meine Freundinnen wissen, wo ich bin, meine Cousine und die Kinder auch, sie haben die Telefonnummer dieses Herrn ... Nichts zu machen. Ich sehe mich in Stücke geschnitten und in den Kamin geworfen ... Ich muss nach Hause zurück, mir eine Fahrkarte zurück nach Paris kaufen! Zu spät, der Schaden ist repariert, der Zug wieder losgefahren.

Die Nacht bricht an. Und je mehr ich versuche, mich zu beruhigen, desto mehr habe ich Angst. Unmöglich, mich von dieser blöden Idee zu befreien. Ich gehe sogar so weit, mir das »Danach« vorzustellen. Wenn meine Cou-

sine, meine Kinder, meine Kollegin mich nicht zurückkommen sehen, werden sie mich notgedrungen suchen, und dann wird man im Kamin eines unbekannten Mannes meine zerstückelte und verkohlte Leiche finden!
Als der Zug in den Bahnhof einfährt, habe ich meine Entscheidung getroffen. »Dieses Mal, mein Mädchen, steigst du aus und fährst in die andere Richtung zurück! Auf jeden Fall hat der Zug eine Stunde Verspätung, er wird nicht gewartet haben, und du entkommst diesem schrecklichen Massaker!«
Ich frage den Schaffner nach dem nächsten Zug nach Paris. Er fährt in fünfundvierzig Minuten ab. Ausgezeichnet. Doch das Schicksal will es anders. Keine Chance, ein Mann ist da, mit grauen Haaren, und er wartet! Ich mustere ihn, als müsste ich später meinen Mörder beschreiben! Und sage mir gleichzeitig: »Mein armes Mädchen, du bist verrückt. Wenn er dich erst einmal zerlegt hat, bringt das auch nichts mehr!« Roter Polo, klassische Hosen, Sommerschuhe aus Leder …
»Guten Tag, hatten Sie ein gute Reise? Der Zug hatte Verspätung!«
Er lächelt. Er ist sympathisch, ungezwungen, freundschaftlich. Er nimmt meine Tasche, wir gehen zu seinem Auto. Wir gehen in ein Restaurant essen, er führt das Gespräch für mich, erklärt mir, dass er viele Freunde zu seinem Geburtstag eingeladen hat und dass morgen das Haus voll sein wird …
Morgen wird das Haus voll sein, aber heute Abend werden wir allein sein? Ich wage nicht, diese Frage zu stellen, ich denke nur: »Du bist verloren, mein Mädchen, du kannst nicht mehr entkommen …«
Und dann kommen wir in ein kleines, verlassenes Haus. Ich habe keine Ruhe! Ich überreiche ihm das Geschenk, das ich aus Paris mitgebracht habe, und zum Dank küsst er mich auf die Wange.
Etwas Unbekanntes berührte mich, wie ein Zittern, ein

seltsames und angenehmes Gefühl. Ich trat einen Schritt zurück ... so überrascht war ich. Es war das erste Mal in meinem Leben, dass ich dieses Gefühl einem Mann gegenüber empfand. Und ich war unfähig, dieses für mich undefinierbare Zittern mit einem Wort zu benennen.
Trotzdem habe ich nicht viel geschlafen, von dem Gedanken verfolgt, er werde mich im Schlaf umbringen oder mich vergiften ... und gleichzeitig sagte ich mir: »Hör auf! Er hat dir ein Zimmer gegeben. Du kannst dich einschließen, wenn du willst, er ist rücksichtsvoll, das ist albern!«
Es war wirklich albern. Vielleicht eine unbewusste Rückkehr zu der Beschneidung von einst, wer weiß ... Ich bin mit psychoanalytischen Theorien nicht vertraut. Am nächsten Tag war das Fest in vollem Gange. Ich sah all seine Freunde kommen, Männer und Frauen, Afrikaner, Leute aus Surinam. Er erzählte mir von seinen Reisen, seiner Fotoleidenschaft, wir haben viel getanzt und viel gelacht, bis spät in die Nacht. Am nächsten Tag Spaziergang in der Gruppe in den Sanddünen, Fotos – alles war so einfach, so fröhlich und so ruhig an der Seite dieses Mannes.
Ich fuhr mit dem Zug zurück. Er nahm mich zum Abschied in den Arm, und ich empfand nicht die geringste Abneigung; im Gegenteil, ich fühlte mich wohl ... Und auf dem Rückweg habe ich nicht aufgehört zu träumen, wie ein Mädchen. Und das hält seitdem an. Endlich habe ich einen zärtlichen, rücksichtsvollen und humorvollen Mann gefunden, großzügig, der sehr nett zu den Kindern ist und sich ausgezeichnet mit ihnen versteht. Er ist mit einer solchen Leichtigkeit in meine Familie und in mein Leben eingedrungen, dass ich auch Jahre später noch diesem Zauber unterliege.
Damals arbeitete ich in Paris so viel, dass ich gar kein Privatleben mehr hatte. Ich war bereit, mich zu verän-

dern, Frankreich zu verlassen, anderswo weiterzumachen, in anderen Ländern. Ich bin eine Nomadin, wie eine Peul, ich muss mich bewegen. Meine älteste Tochter sagt von mir, wenn ich sie besuche: »Sieh mal, da ist die Touristin!«

Er hat mich immer unterstützt und mir geholfen. Er hat verstanden, dass der Kampf für mich mehr war als eine Pflicht, eher eine Leidenschaft. Es kommt vor, dass ich wochenlang von ihm getrennt bin, und er fehlt mir, wie auch ich ihm fehle. Dann rufe ich ihn von überall her an: Rom, Stockholm, London, Paris, Afrika, Asien, New York. Seit neun Jahren schon. Und ich gehe voran, immer entschlossen, immer genauso leidenschaftlich, bis zu dem Gedenktag bei den Vereinten Nationen, wo ich bescheiden, aber stolz den Kampf unseres Europäischen Netzwerks zur Prävention von weiblichen Genitalverstümmelungen repräsentiere.

Das war im Februar und März 2005 anlässlich der 49. Sitzung der UNO zur Lage der Frau, an der fast sechstausend Nichtregierungsorganisationen teilnahmen. Und als wir erfuhren, dass alle Regierungen ohne Vorbehalt die in Peking fünf Jahre früher eingegangene Verpflichtung zum Kampf gegen die Gewalt gegenüber Frauen noch einmal bestätigt haben, haben wir Beifall geklatscht und unsere Freude herausgeschrien, wir, die Aktiven von der Basis, die kleinen fleißigen Ameisen. Ich fühlte mich wie auf einer Wolke, alles würde sich ändern ...

Doch am Abend, als ich die Rede noch einmal las, die ich am nächsten Tag auf der UNICEF-Konferenz in Zürich halten sollte, bin ich wieder auf den Boden der Tatsachen zurückgekehrt und habe geweint.

Mein gesamtes Leben zog an mir vorüber, wie ein Film, dessen erster Teil eher entsetzlich war.

Seit der ersten Konferenz der UNO in Mexiko im Jahre 1975, jener Zeit, da ich nach Frankreich kam, waren dreißig Jahre vergangen. Wie viele Frauen hatten seitdem gelitten und würden künftig noch leiden? Wie viele Frauen würden kämpfen müssen, wie ich gekämpft hatte? In wie vielen Ländern wussten die Männer immer noch nicht, was der Ausdruck »Rechte der Frau« bedeutet? Ich hatte einen großen Augenblick erlebt, als ich all die schönen Reden der Politiker hörte. Ich hätte gern hinausgeschrien, wer ich war und warum ich da war. Ihnen mein Leiden und meine Wut entgegengeschrien, ihnen gesagt, sie sollten mit ihren Reden aufhören und sich selbst aus der Nähe das Leben der Frauen ansehen, in deren Namen sie heute Entscheidungen träfen, die erst in einem halben Jahrhundert zur Anwendung kämen ... vielleicht.

Es kommt vor, dass ich entmutigt bin, erschöpft von diesem endlosen Kampf, wie vor drei Jahren in Italien, wo man mir einen Preis für meine Arbeit verliehen hat, einen Preis, den ich mir mit einer jungen Frau aus Bangladesh teilte, der man das Gesicht verbrannt hatte, weil sie sich geweigert hatte, zu heiraten. Auch an diesem Tag habe ich geweint, vor dieser Frau, aus Wut, aus dem Verlangen, alles aufzugeben, so gewaltig ist die Aufgabe, und so endlos ist die Gewalt der Männer.

Und dann habe ich meinen Mut wiedergefunden. In New York wie in Genf, in Zürich oder anderswo habe ich den Marsch wieder aufgenommen, und ich werde weitermarschieren. Solange mich meine Füße tragen, werden sie die Botschaft der gefolterten und gedemütigten afrikanischen Frauen weitertragen.

Meine Mutter sagt nicht mehr, dass ich zu viel laufe. Ich hoffe und ich glaube, sie ist stolz auf mich. Ihr widme ich dieses Buch, in der Hoffnung, die Kraft zu haben, jedes meiner Worte für sie zu übersetzen, ohne schwach zu werden.

Ihr wie auch meinem Vater muss ich danken, dass sie mich zur Schule geschickt haben. Das Verbot, zu den-

ken, wäre für mich schlimmer gewesen als die körperliche Verstümmelung.
Dank meiner Bildung, so gering sie anfangs war, habe ich mich entwickelt, verstanden, Zugang zu Informationen bekommen, bis zu dem Punkt, an dem ich fähig war, sie selbst zu verbreiten.
In einigen Ländern leisten die Imame eine sehr seriöse und überlegte religiöse Aufklärungs- und Bildungsarbeit. Das Ziel ist die Weiterbildung ihrer Mitbrüder, denn nicht alle haben eine Universität besucht, und einige verkünden noch, aus Unwissenheit, eine falsche Auslegung des Koran. Doch sie werden von der Bevölkerung sehr geachtet, und ihr Wort ist umso wertvoller.
Aufgrund der Arbeit der NGOs und der Gesundheitsbehörden haben einige Dörfer kollektiv auf die Beschneidung verzichtet.
Und dieser Fortschritt ist bereits beachtlich, denn die Dorfbewohner wissen, dass, wenn ihre Nachbarn ihre Töchter nicht mehr beschneiden, sie ihre eigenen Töchter nicht mehr verheiraten können.
Ich möchte, dass dies Buch für alle afrikanischen Frauen zum Werkzeug der Reflexion, nicht aber zum Skandal wird. Ich möchte, dass es in Afrika übersetzt und verbreitet wird.
Leider scheint mir dieser Wunsch derzeit nicht realisierbar. Afrika hat eine mündliche Tradition, man müsste auf eine Verbreitung durch die Griots setzen. Sie haben uns schon von sich aus geholfen.
Wenn ich mein Leben erzählt habe, wie ein Griot, dann nicht, um Loblieder auf mich selbst zu singen. Mein Leben illustriert vielmehr diesen Kampf, diesen hartnäckigen Weg, der mich vom Schatten des Mangobaums am Haus meiner Familie ins Licht internationaler Organisationen geführt hat. Von der intimen und heimlichen Verstümmelung zum Kampf in aller Öffentlichkeit.
Es ist unsere Pflicht, Nein zu sagen, allen Formen von

Gewalt und Verstümmelung Einhalt zu gebieten. Es ist inakzeptabel, kleine Mädchen im Namen wie auch immer gearteter Traditionen oder Kulturen verstümmeln zu lassen.
Jede afrikanische Frau hat jetzt die Pflicht zu handeln. Jede wird es auf ihre Weise tun. Niemand hat das Recht, die Wahrheit über die Geschlechtsteile afrikanischer Frauen zu unterdrücken. Sie sind weder teuflisch noch unrein.
Seit ewigen Zeiten schenken sie Leben.

Ich widme dieses Buch meiner Mutter,
meinen Großeltern,
meinen Geschwistern,
meinen Kindern, ohne die ich nie die Kraft und den
Mut gehabt hätte, zu kämpfen,
meinem Lebensgefährten.

Ich danke allen, die mir begegnet sind und die mich durch ihr Engagement im Kampf für die körperliche und moralische Würde der Person, die Grundrechte im Allgemeinen und die Grundrechte der Frau im Besonderen, ermutigt haben.
Ich danke allen, die mich aus der Nähe oder aus der Ferne in meinem Kampf unterstützt haben, sowie allen, die mir bei der Entstehung dieses Buches geholfen haben.

Adressen

Réseau européen pour la prévention et l'éradication des pratiques traditionnelles néfastes à la santé des femmes et enfants en particulier les M G F et les mariages forcés et précoces [europäisches Netzwerk zur Prävention und Abschaffung von traditionellen, für die Gesundheit der Frauen und Kinder verhängnisvollen Praktiken, insbesondere der F G M (weiblichen Genitalverstümmelungen) und der Zwangs- und Frühehen]
10 Rue du Méridien, 1020 Bruxelles.
Tel : + 32 495 99 24 27.
E-Mail: reseaueuropeenmgf@hotmail.com

Deutschland

EuroNet (Europäisches Netzwerk zur Prävention von weiblichen Genitalverstümmelungen)
www.euronetfgm.org

DAFI – Deutsch-Afrikanische FrauenInitiative (Berlin)
www.dafi-berlin.org

FORWARD Germany (Foundation for Women's Health, Research and Development)
www.forward-germany.de

GTZ (Gesellschaft für Technische Zusammenarbeit)
www.gtz.de/fgm/

INTACT e. V. (Internationale Aktion gegen die Beschneidung von Frauen und Mädchen)
www.intact-ev.de

Terre des Femmes e. V.
www.terre-des-femmes.de

Aktion Weißes Friedensband
www.friedensband.de

Amnesty International Deutschland
www.amnesty.de

EqualityNow
www.equalitynow.org

Netzwerk RAFAEL e. V.
www.netzwerk-rafael.de

Stop mutilation e. V. – Düsseldorf
(Somalischer Frauenverein)
www.stop-mutilation.org

UNICEF Deutschland
www.unicef.de

Österreich

Afrikanische Frauenorganisation Wien (Wien)
Türkenstraße 3, A-1090 Wien

UNICEF Österreich
www.unicef.at

Schweiz

Comité Inter-Africain
www.iac-ciaf.org

UNICEF Schweiz
www.unicef.ch

World Health Organization
(Weltgesundheitsorganisation der Vereinten Nationen, Genf)
www.who.int

Glossar

Bambara (Bamanakan): zu den Mandingo gehörende, etwa drei Millionen Menschen umfassende Volksgruppe, die vor allem in Mali, aber auch in Guinea-Bissau und der Elfenbeinküste lebt. Ihre Sprache, Bambara, ist Verkehrssprache in Mali.

Bamboula: im Französischen abwertend für Schwarzafrikaner; Bamboula oder Bambule ist ursprünglich ein afrikanischer Tanz, der zur Trommel (frz. »bamboula«, abgeleitet aus einer westafrikanischen Sprache) getanzt wurde.

Beschneidung, weibliche: in zahlreichen Ländern Afrikas, des Nahen Ostens und Südostasiens verbreitete rituelle Verstümmelung der Geschlechtsorgane, die an Mädchen vom Säuglingsalter bis zur Vorpubertät vorgenommen wird. Formen der Beschneidung sind die Exzision und die Infibulation. Häufig wird die Beschneidung ohne Betäubung unter unhygienischen Bedingungen und mit unsterilem Material durchgeführt, was Infektionen, schmerzhafte Vernarbungen und seelische Traumata zur Folge haben kann, gelegentlich auch zum Tod führt. Die Beschneidungspraktiken werden ursächlich auf den Wunsch nach Kontrolle weiblicher Sexualität und Fortpflanzung, aber auch auf Reinheitsvorstellungen zurückgeführt; von den Verfechtern werden sie meist religiös oder traditionell begründet.

Boubou (Bubu): traditionelles westafrikanisches Kleidungsstück, das weit geschnitten und bodenlang ist und meist von Männern, aber auch von Frauen getragen wird.

Chawarma: Fladenbrot, gefüllt mit Hammelfleisch, Zwiebeln und Tomaten; beliebtes Schnellgericht im Senegal.

Daba: traditionelle Feldhacke; das Wort stammt aus dem Bambara.

Déré: traditionelles Gericht aus Fleisch, Fisch und Gemüse, serviert mit Couscous (Grieß) und einer Erdnuss-Sauce.

Emmaus: Organisation, die 1949 von Abbé Pierre in Paris gegründet wurde, um in Not geratenen Menschen vor allem durch die Beschaffung von Unterkunft und Arbeit zu helfen. Heute gibt es international über 400 Emmaus-Lebens- und Arbeitsgemeinschaften.

Ethnie: Gruppe von Personen mit gemeinsamer Sprache, Kultur und Geschichte; Volksgruppe, Stamm.

Exzision: Form der weiblichen Beschneidung, bei der (Teile der) Klitoris, Klitorisvorhaut und innere Schamlippen herausgeschnitten werden; bisweilen werden zusätzlich die äußeren Schamlippen teilweise oder gänzlich entfernt.

Faba rémé: Soninké-Ausdruck für »das Kind des Vaters« (»faba« Vater, »rémé« Kind in Beziehung zu seinen Eltern).

Falasha-Juden (»schwarze« Juden): eine etwa 35 000 Personen umfassende jüdische Volksgruppe, die in der Provinz Begemder in Äthiopien lebt. Die Angehörigen dieser Volksgruppe, die sich selbst »Beta Israel« (»Haus Israels«) nennen, lehnen die Bezeichnung als verunglimpfend ab.

GAMS: Abk. von frz.: Groupe pour l'Abolition des Mutilations Sexuelles (Vereinigung zur Abschaffung sexueller Verstümmelungen).

Gombopulver: Pulver aus der Okra (westafrikanisch: Gombo), einer schotenartigen tropischen Gemüsefrucht; das Pulver macht Speisen sämig.

Griot (Jali): Angehöriger der Kaste der Musiker und Geschichtenerzähler in Westafrika. Die Stellung des Griots innerhalb des hierarchisch strukturierten Berufsstands hängt von seiner Abstammung ab, die Tradition wird vom Vater auf den Sohn vererbt. Das Aufgabengebiet der Griots ist weit gefasst: Sie sind Musiker, Sänger, Redner, Mittler, weise Berater und Chronisten und treten bei wichtigen Feierlichkeiten wie Geburten, Hochzeiten oder Begräbnissen auf.

Horé (Hoore, Pl. Hooro): Soninké-Begriff für Angehörige der höchsten Kaste, die traditionell die Könige, Krieger und islamische Gelehrte stellt, aber auch einem strengen Verhaltenskodex unterliegt.

Imam: islamischer Theologe oder Jurist; Vorbeter beim rituellen Gebet in der Moschee.

Infibulation (»pharaonische Beschneidung«): Weitestgehende Form der weiblichen Beschneidung, wobei die vaginale Öffnung nach einer Exzision fast völlig zugenäht wird, um sexuelle Enthaltsamkeit (bis zur Hochzeit) zu gewährleisten. Für den Geschlechtsverkehr und für Geburten ist das schmerzhafte Öffnen (Defibulation) notwendig, nach der Geburt wird die Öffnung bis nach Beenden der Stillzeit oft erneut verschlossen.

Kalebasse: aus einem Flaschenkürbis hergestelltes bauchiges Trink-, Transport- und Lagergefäß.

Kapokbaum (Ceiba pentandra): tropischer, bis zu 70 Meter hoher Baum mit mächtiger Wurzel, zu den Wollbaumgewächsen gehörend.

Karitébutter (Sheabutter): aus der Nuss des Karitébaums gewonnenes Fett, das zur Nahrungszubereitung und für die Herstellung von Kerzen und von Kosmetik-, Seifen- und Schokoladeprodukten verwendet wird.

Kaste: bei vielen afrikanischen Volksgruppen wie z.B. den Soninké, Wolof, Tukulor, Serer, Peul gibt es eine strenge soziale Hierarchie, die drei voneinander abgeschlossene Gruppen umfasst: die am höchsten stehenden »Freien« oder »Vornehmen« (Horé), die Herrscher, Krieger, Gelehrte stellen; die »Handwerker« wie Schmiede, Kürschner, aber auch die Griots; schließlich die Gruppe der »Unfreien«, bestehend aus ehemaligen Haus- oder Kriegssklaven. Jede Kaste ist wiederum in Unterkasten unterteilt, Heiraten finden oft nur innerhalb der eigenen Kastengruppe statt.

Kaurimuschel: Gehäuse der kleinen, bis etwa 2,5 cm langen Kaurischnecke (Cypraea annulis); Zahlungsmittel und Zierrat in West- und Ostafrika, Symbol für Geldsegen und Reichtum.

Kinkeliba (Combretum micranthum): aus den Blättern dieser Strauchpflanze wird ein Tee hergestellt, der besonders im Senegal beliebt ist und entschlackende Wirkung haben soll.

Kolanuss: Frucht des Kola(nuss)baums, der im tropischen Afrika wächst; die Nuss wird zur Herstellung anregender Erfrischungsgetränke verwendet.

La Duperie (dt. *Der Schwindel):* Dokumentarfilm über die weibliche Genitalverstümmelung, Nigeria 1996, mit schockierenden Szenen einer im Süden Nigerias stattfindenden Beschneidung.

Les Feux de l'amour: Seifenoper im Fernsehen (Original: The Young and the Restless, USA 1973; dt. Schatten der Leidenschaft).

Mandingo (Mande): große Sprachgruppe verschiedener westafrikanischer Völker, die ihren Ursprung im mächtigen Reich von Mali am oberen Niger (13./14. Jh.) hat und heute etwa 20 Millionen Menschen umfasst. Zu den Mandingo-Volksgruppen und -Sprachen zählen die Malinké, Soninké, Bambara, Djula.

Mauren, maurisch: große islamische Volksgruppe arabisch-berberischer Herkunft, die in Nordafrika (Mauretanien, Mali, Senegal, Gambia) lebt und etwa 5 Millionen Menschen umfasst. Die Mauren sind traditionell Nomaden, bilden heute aber den Großteil des armen städtischen Proletariats.

NGO: Abk. für engl. Non-governmental organization (Nichtregierungsorganisation).

Niembaum (Azadirachta indica): immergrüner tropischer, aus Indien stammender Baum, der bis zu 30 Meter hoch wächst.

Pagne: traditionelles Tuch, häufig farbig bedruckt oder gebatikt; oft werden zwei gleiche Pagnes verwendet, um

Pumphose oder Rock und ein jeweils passendes Oberteil anzufertigen.

Peul (Fulbe, Fulani): ursprünglich als Hirtennomaden lebende Volksgruppe, die wiederum in viele Untergruppen unterteilt ist und weite Gebiete Westafrikas bewohnt, von der Atlantikküste Senegals bis zum Tschad. Auch heute noch sind etwa die Hälfte der 17 Millionen Peul Nomaden. Ihre Sprache ist Ful (Fulfulde) und gehört wie die Sprache der Wolof, Tukulor und Serer zu den westatlantischen Sprachgruppen. Die Religion der Peul ist der Islam.

Piroge: Einbaum, Kanu

Salindé: Soninké-Wort für die traditionelle Genital-Beschneidung. Salindé bedeutet »Reinigung«: Eine unbeschnittene Frau wird als unrein betrachtet und kann nicht verheiratet werden.

Schmiedekaste: eigener Stand innerhalb der Kaste der Handwerker, der Waffen und Werkzeuge herstellt und dadurch eine vergleichsweise mächtige Position innerhalb dieser Kaste innehat. Die Männer der Schmiedekaste sind traditionell für die Beschneidungen der Knaben zuständig, ihre Frauen beschneiden die Mädchen.

Serer: in Gambia, Guinea-Bissau und im Senegal lebende, etwa eine Million Menschen umfassende Volksgruppe. Die Serer sind überwiegend Bauern, ihre Religion ist der Islam.

Skarifikation: Willentliche Erzeugung von Narben durch Schnitte in die Haut, die in Afrika entweder als Körperschmuck, zum Zeichen der Zugehörigkeit zu einem Clan oder als Initiationsmerkmal vorkommt. In der Medizin Hautritzung oder -stichelung bei Impfungen.

Soninké (Serakolé, Serculeh): westafrikanische, etwa 2,6 Millionen Menschen umfassende Volksgruppe, die meist als Bauern und Händler in Mali, Mauretanien, Burkina Faso, Ghana, der Elfenbeinküste und in geringer Zahl auch im Senegal lebt. Seit dem 15. Jh. islamisch. Azer, die Sprache der Soninké, die zu den Mandingo-Sprachen gehört, wird heute nur noch von wenigen gesprochen; die Soninké übernehmen meist die Sprache der dominanten Volksgruppe ihrer Umgebung.

Téhiné: Soninké-Wort für zweite (dritte, vierte) Frau in einer polygamen Ehe.

Toubab: aus dem Arabischen stammende, in Westafrika geläufige Bezeichnung für einen Weißen, einen Europäer.

Tukulor (Toucouleur, Takruri, Tukri): etwa 750 000 Menschen umfassende Volksgruppe, die im Senegal, in Mali, Mauretanien und Guinea lebt. Ihre Sprache ist Fulbe, ihre Religion der Islam, der oft mit animistischen Traditionen durchsetzt ist.

Wolof: etwa 30 Millionen Menschen umfassende, überwiegend islamische Volksgruppe, die im Senegal zahlenmäßig und in den großen Städten wie Dakar, St. Louis, Kaolack auch politisch die dominierende Gruppe ist. Ihre Sprache, das Wolof, ist Verkehrssprache im Westsenegal und in Gambia.

Youyou (Djudju): traditionelles Rhythmusinstrument